10|18
12, avenue d'Italie — Paris XIIIe

Sur l'auteur

Que peut faire un acteur anglais qui, après avoir interprété le rôle d'Hortensio dans *La Mégère apprivoisée* et celui de Fest dans *La Nuit des rois*, s'est spécialisé dans la comédie policière, d'abord au théâtre puis à la radio, lorsque sonne l'âge de la retraite ? Lorsqu'il s'agit d'Heron Carvic, il invente Miss Seeton. Et que faire lorsqu'il décède en laissant derrière lui, après cinq aventures, une héroïne excentrique et déjà célèbre qui ne demande qu'à vivre ? Eh bien, reprendre le flambeau, comme on dit (sans trop savoir pourquoi). C'est ce qu'a fait Hampton Charles d'abord, le temps de trois romans, avec un succès croissant et une belle longévité, puis Hamilton Crane a pris sa suite.

LE COUP DE FOUDRE DE MISS SEETON

PAR

HAMILTON CRANE

Traduit de l'anglais
par Katia HOLMES

10|18

INÉDIT

« Grands Détectives »
dirigé par Jean-Claude Zylberstein

Les enquêtes de Miss Seeton
aux Éditions 10/18

PAR HERON CARVIC

MISS SEETON ENTRE EN SCÈNE, n° 2805
MISS SEETON PERSISTE ET SIGNE, n° 2806
MISS SEETON JETTE UN SORT, n° 2847
MISS SEETON FAIT DES VOCALISES, n° 2915
MISS SEETON JOUE ET GAGNE, n° 2937

PAR HAMPTON CHARLES

MISS SEETON PREND L'AVANTAGE, n° 2989
MISS SEETON AU SERVICE DE SA MAJESTÉ, n° 3052
MISS SEETON À LA BARRE, n° 3104

PAR HAMILTON CRANE

HAUT LES MAINS, MISS SEETON, n° 3172
MISS SEETON AU CLAIR DE LUNE, n° 3321
► LE COUP DE FOUDRE DE MISS SEETON, n° 3487

Titre original :
Miss Seeton Rocks the Cradle

ISBN 2-264-03577-3

CHAPITRE PREMIER

Miss Seeton se regarda dans la glace et hocha la tête pour la énième fois. Pour la énième fois, elle enleva le vieux chapeau de paille à large bord et mit à sa place le couvre-chef un tantinet frivole (elle rougit de sa complaisance) qu'elle avait acheté à Brettenden, pas plus tard que ce matin-là. Il était exactement du jaune qu'elle désirait. Elle s'en était aperçue dès qu'elle l'avait repéré dans la vitrine de *Monica Mary, Modiste*. L'œil d'un professeur de dessin ne s'y trompe pas (même si ledit enseignant est à la retraite depuis sept ans ou plus). Pourtant, il est aussi vulnérable qu'un autre à la lumière vive, à l'éblouissement et au grand soleil, comme celui qui allait briller par ce superbe après-midi d'été où Miss Seeton devait emprunter Marsh Road pour parcourir les quelque sept cents mètres séparant son cottage de Rytham Hall.

« Mon cher vieux chapeau de paille serait tellement plus pratique — il donne une si belle ombre ! songeait Miss Seeton, plongée dans les affres de l'indécision, jetant un regard par la fenêtre de sa chambre sur le ciel sans nuage et sur les ombres noires et nettes que projetait l'astre brûlant. Mais la couleur n'est pas tout à fait... Et puis, ce serait tellement dommage de ne pas porter celui-ci, il est si bien assorti à tout le reste. Et donc l'avoir acheté, si ce n'est pour aller ...ue ? Car il va si bien... »

...iss Seeton avait eu plus de facilité pour procéder à ses autres choix. La robe : un imprimé floral discret, à motifs de primevères pâles. La veste : celle en popeline crème, avec un joli roulotté au col et des boutons si originaux ! Quelle gentille attention de la part de Martha Bloomer ! Cette fouineuse invétérée les avait dénichés chez une mercière d'Ashford et offerts à sa patronne le lendemain, avec une telle expression de triomphe que Miss Seeton n'avait pas eu le cœur de lui avouer qu'elle avait fini par retrouver le bouton égaré.

— Cette chère Martha ! Ils ne sont peut-être pas tout à fait du genre que j'aurais choisi personnellement, murmura Miss Seeton, son regard quittant les hauteurs de sa tête chapeautée pour descendre sur les boutons.

Mais comment aurait-elle osé froisser Martha, quand celle-ci lui avait proposé de les coudre sur la veste : c'eût été une telle ingratitude de refuser ce cadeau ! Un brin d'excentricité est pardonnable, non, quand il est la conséquence d'un geste spontané et si charitable, de la part d'une amie très chère ?

Pour un bref instant, ses yeux s'humectèrent de larmes de gratitude tandis qu'elle repensait à ses premiers jours à Plummergen, le village du Kent qu'elle était maintenant fière d'appeler le sien. Quel généreux accueil elle avait reçu de la part de tous ceux qui voulaient rendre un dernier hommage à Cousine Flora ! Car Cousine Flora (connue au village sous le nom de vieille Mrs. Bannet) avait légué à sa jeune cousine Emily son ravissant cottage, *Sweetbriars,* et tout ce qu'il contenait. Sans compter ses loyaux gardiens, en la personne de Martha Bloomer (déesse des arts ménagers) et de Stan, son époux, ouvrier agricole célèbre pour les fruits, les fleurs, les légumes et les volailles dont il s'était occupé à la place de Mrs. Bannet, à leur avantage mutuel. Cet arrangement avait si bien fonctionné qu'il avait été inclus dans l'héritage transmis à Miss Seeton.

— Une bien chère amie ! répéta Miss Seeton, tapotant affectueusement le bouton supérieur du bout de son doigt. Et qui a le chic pour vous tenir en éveil... Cette chère Martha estimerait que j'aurais déjà dû me décider depuis belle lurette, je le crains...

Résolue, le geste ferme, elle campa sur sa tête le nouveau bibi au bord bien plus étroit que d'habitude, puis elle le transperça d'une de ses extraordinaires épingles à chapeau. Son choix du jour s'enorgueillissait d'une perle d'ambre de forme curieuse qui faisait autant office d'ornement que de dispositif de sécurité : ainsi, pas de risque de se piquer les doigts et de tacher de sang la paille neuve de couleur vive qui composait la dernière création de Monica Mary.

— Et puis, ce chapeau-ci est en outre pratiquement de la même couleur que mon collier, confia Miss Seeton à son miroir d'un ton d'excuse, lui jetant un dernier regard avant de se forcer à prendre son sac à main sur le lit et à se diriger vers la porte sans plus attendre.

Elle risquait d'arriver en retard à Rytham Hall, si elle traînait davantage ; non seulement ce serait discourtois, s'admonesta-t-elle en trottant dans l'escalier, mais, en plus, le thé a si mauvais goût quand il a trop attendu, il faut le reconnaître...

Ce fut néanmoins sans l'ombre d'une hésitation que Miss Seeton vint choisir un parapluie. Le ciel avait beau ne pas avoir vu un nuage de pluie depuis des semaines, la météo promettre la sécheresse, les grandes chaleurs et l'interdiction d'arroser, Miss Emily Dorothea Seeton n'était pas plus disposée à quitter ses pénates sans pépin qu'à oublier de régler ses factures à temps. Des riflards, elle en avait une assez belle collection, rangés sur leur râtelier, à côté du portemanteau de l'entrée, mais il n'y avait aucun doute dans son esprit, s'agissant de grandes occasions, telle l'invitation d'aujourd'hui à prendre le thé chez les Colveden. Passant devant la glace du hall d'un pas pressé, elle fonça droit sur le râtelier pour en prendre un d'un geste plein d'amour.

— Mon parapluie en or, annonça-t-elle avec fierté.

Non, pas en or massif, s'empressait-elle toujours d'ajouter quand on admirait ce précieux bien. Mais pas en plaqué, non plus — on peut distinguer le poinçon, n'est-ce pas ?

— Il est creux, avait-elle coutume d'expliquer, à cause du poids, ça va de soi. Et du prix, évidemment, car je ne crois pas qu'ils soient payés si grassement, quoiqu'ils aient bien sûr des satisfactions plus nobles que l'argent. Pour accomplir leur devoir de si admirable manière — les policiers, j'entends. Un travail valorisant, dit-on, je crois. Et puis il y a la promotion, le moment venu, qui est aussi une chose gratifiante. D'ailleurs, il n'était que commissaire principal à l'époque où nous nous sommes connus...

Il était en effet à l'époque le commissaire principal Alan Delphick, CID[1], New Scotland Yard — alias l'Oracle. À présent devenu l'un des divisionnaires les plus respectés de la police métropolitaine, c'était un homme assez généreux pour reconnaître à Miss Seeton la part qu'elle avait eue dans sa réussite. Car la première affaire à laquelle elle avait participé avait laissé une empreinte indélébile dans l'esprit de Delphick : elle avait pour ainsi dire mâché le travail de la police qui n'avait plus eu qu'à la suivre docilement, en limi-

1. Criminal Investigation Department : Service des enquêtes criminelles. *(N.d.T.)*

tant les dégâts par-ci par-là, tandis qu'elle ne semblait même pas consciente du service qu'elle leur avait rendu. Un parapluie de soie noire à manche d'or avait été un petit prix à payer pour le privilège de leur collaboration : une marque de reconnaissance autant que l'expression d'un repentir, pour n'avoir pas su pleinement apprécier dès le départ les qualités uniques de Miss Seeton, véritable catalyseur de la chasse au crime. Elle ne savait jamais comment elle y arrivait — Delphick doutait même qu'elle se rendît compte de ce qu'elle accomplissait — mais, une fois que Miss Seeton se penchait sur une affaire (elle était maintenant attachée à Scotland Yard en qualité de conseiller, à l'instigation de Delphick), même de très loin, il était évident qu'on trouverait une solution, grâce à ses méthodes aussi peu orthodoxes qu'inoubliables.

— Mon parapluie en or ! répéta Miss Seeton, souriante, l'accrochant à son bras et le tapotant affectueusement.

Elle prit ses clés sur la table de l'entrée, lança un regard coupable dans le coin où se dressait l'horloge et se hâta de partir pour Rytham Hall et le rendez-vous attendu avec tant de joie : l'invitation à prendre le thé avec sir George et lady Colveden.

— Et avec ce cher Nigel aussi, s'il peut délaisser les travaux de la ferme un moment, bien sûr, murmura-t-elle.

Tournant le dos à la porte, elle se dépêcha le long de la petite allée pavée, ne s'arrêtant qu'un bref instant pour savourer les riches parfums des fleurs estivales dans leurs parterres. Grâce à Stan Bloomer et aux chapitres qu'elle avait étudiés dans son précieux manuel de jardinage, *Mainverte vous guide,* Miss Seeton était au moins sûre de savoir distinguer les plantes des mauvaises herbes quand elle désherbait. Du moins l'espérait-elle. Mainverte avait été son guide depuis ses premiers jours de propriétaire de *Sweetbriars,* Stan lui servant d'interprète quand elle ne saisissait pas bien les paroles imprimées du sage. Mais encore fallait-il qu'elle parvînt à comprendre Stan... Un accent intéressant, certes, mais qui n'était pas toujours, euh, totalement limpide.

« Un véritable homme du Kent ! songea Miss Seeton en marchant d'un bon pas sur Marsh Road. Ou devrais-je plutôt dire un *Kentishman* ? Mon Dieu, il serait si vexé d'une telle ignorance de ma part — ça a un rapport avec la Medway, je sais, suivant qu'on est né à l'est ou à l'ouest de cette rivière. Stan a sûrement vu le jour à l'est de la rivière, ce qui en fait, je crois, un *Kentishman.* Quoique... »

Elle marchait sur la route de Rytham Hall, occupée à méditer sur le mystère de la naissance de Stan. Puis, insensiblement, sa pensée dériva vers les *Kentishman's Tails,* ces mythiques appendices caudaux et congénitaux qui avaient été, racontait-on, le châtiment des meurtriers de Thomas Becket, l'archevêque de Canterbury (elle en avait entendu parler à l'école en classe d'histoire, elle s'en souvenait).

— Cloches de Canterbury[1], chuchota-t-elle, se rappelant son jardin et les conseils que Mainverte donnait à l'usage des néophytes, mois par mois, dans son précieux ouvrage. Cloche, livre et bougie[2] ! annonça Miss Seeton au pilier du portail de Rytham Hall, en tournant pour entrer dans l'allée.

Quelle ne fut donc pas sa surprise d'entendre le pilier lui répondre :

1. Sorte de campanule *(Campanula medium). (N.d.T.)*

2. Formule prononcée jadis lors des cérémonies catholiques d'excommunication. La cloche représentait le caractère public de l'acte ; le livre, l'autorité des paroles prononcées par l'évêque présidant à la cérémonie ; la bougie symbolisait la possibilité de lever l'anathème si l'excommunié s'était repenti. Nigel commet donc une erreur en évoquant un exorcisme. *(N.d.T.)*

— Juste ciel, Miss Seeton, comptez-vous donc pratiquer un exorcisme ?

Miss Seeton oublia aussitôt les enchères à la bougie sur lesquelles elle allait enchaîner, s'arrêta net et laissa choir son parapluie. Elle cligna les yeux, secoua la tête, regarda autour d'elle. Après un nouveau clignement d'yeux, le pli de stupéfaction qui s'était creusé entre ses sourcils s'évanouit lorsqu'elle vit un jeune homme émerger des ombres, derrière le pilier. Il souriait et s'épongeait le front.

— Zut alors, je suis navré, Miss Seeton ! Je n'avais pas l'intention de vous effrayer. Non, laissez-moi donc ramasser...

Souriant, car elle avait reconnu Nigel, et rougissant de sa distraction, Miss Seeton se pencha avec aisance et rapidité pour saisir la poignée de son pépin tombé à terre — non sans bénir silencieusement le yoga qui avait transformé ses genoux ! Elle se releva sans craquement ni souffle court, et rendit à son jeune ami son salut.

— Comme c'est gentil à vous d'être venu à ma rencontre ! fit-elle, tandis qu'il accordait son pas au sien pour l'accompagner le long de l'allée. J'espère vivement que je ne suis pas en retard — que vous n'attendez pas depuis longtemps, je veux dire. Mais, voyez-vous, je me demandais où il avait bien pu naître — à l'est ou à l'ouest ? — et puis je me suis laissé entraîner, et je me suis retrouvée en train de m'interroger sur les épingles. Pour les enchères, je veux dire, les épingles repères : elles tombent à mesure que la bougie se consume. Et si on le questionnait, nul doute qu'il répondrait Plummergen, ce qui est vrai, mais pas particulièrement utile pour préciser de quel côté de la rivière il s'agit. Et ça m'a plutôt distraite, j'en ai peur, ajouta-t-elle, tapotant tendrement son pépin en piquant un nouveau fard.

Depuis les années que Nigel pratiquait Miss Seeton, les associations d'idées de cette dame n'étaient plus toujours pour lui le mystère total auquel on se heurtait à la première rencontre. Il ne lui fallut qu'une poignée de secondes pour parvenir à formuler ce qui lui parut une réponse convenable à l'inintelligible question de son interlocutrice.

— Stan Bloomer? C'est un homme du Kent, comme moi. Né à l'est de la Medway. Les Bloomer remontent sans doute au temps d'Hengist et Horsa[1], j'imagine. Ces brutes saxonnes qui se sont pointées ici, euh... bon, il y a bien longtemps de ça, prêtes à foutre une sacrée pâtée à ces maraudeurs de Pictes. Oh, veuillez m'excuser, Miss Seeton.

Miss Seeton n'avait pas remarqué le vocabulaire de Nigel, trop occupée qu'elle était à penser.

— C'était bien Vortigern[2], n'est-ce pas? demanda-t-elle, au grand désarroi de Nigel.

Il venait de s'étonner lui-même d'avoir réussi à se rappeler tout cela, depuis le temps qu'il avait quitté les bancs de l'école. Heureusement pour lui, Miss Seeton reprit la parole avant qu'il eût eu le temps de confesser son ignorance.

— Le cheval blanc du Kent, je suppose, continua-t-elle, faisant allusion à l'emblème de son cher comté d'adoption.

Nigel s'éclaircit bruyamment la gorge et répondit que, sûrement, sa mère le saurait. C'est avec soulagement qu'il fit entrer Miss Seeton à Rytham Hall. La porte était ouverte et la demeure accueillante pour qui

1. Deux frères, chefs des premiers Anglo-Saxons à venir s'installer en Grande-Bretagne au Ve siècle, et qui débarquèrent sur les côtes du Kent. Hengist devint le premier roi du Kent. *(N.d.T.)*

2. Nom du roi grand-breton pour le compte duquel Hengist et Horsa étaient venus combattre les Pictes. *(N.d.T.)*

arrivait du dehors, car il flottait une brume de chaleur sur la campagne.

— Miss Seeton ! Vous avez l'air merveilleusement pimpante et fraîche ! s'exclama lady Colveden, qui était sortie de la cuisine en les entendant arriver.

Elle avait à la main une théière, qu'elle promena sous le nez de Nigel avec des gestes circulaires destinés à accompagner son propos :

— Ton père sera là d'une minute à l'autre — du moins, il devrait l'être, après le nombre de fois que je le lui ai rappelé, ce matin ! Alors, je vais installer Miss Seeton au salon pendant que tu iras faire le thé. J'ai déjà chauffé la théière, ajouta-t-elle, tendant l'objet à son fils estomaqué, avant d'entraîner son invitée.

Elle ne s'arrêta que pour décharger cette dernière de son parapluie en or qu'elle posa, avec toute la déférence due au noble riflard (l'histoire lui en était bien connue), sur la vieille commode d'acajou sculpté de l'entrée, à côté d'une rangée de patères.

— Il fait vraiment trop chaud pour s'installer au jardin, non ? Si seulement j'avais réfléchi un peu ! regretta lady Colveden, tandis que Miss Seeton et elle s'asseyaient à côté de la table basse qui avait été placée parallèlement à l'âtre vide. J'aurais envoyé Nigel vous chercher en voiture — à condition que vos nerfs aient été capables de supporter le stress ! —, au lieu de vous laisser marcher sous ce soleil carrément brûlant. Quoique... ce joli nouveau chapeau a dû vous protéger du pire, ajouta-t-elle avec un regard admiratif. J'imagine que c'est une des créations de Monica Mary.

— Je le crains, en effet, confessa Miss Seeton qui rougit de son extravagance, sa main se portant inconsciemment sur le collier jaune dont les teintes inhabituelles trouvaient un rappel presque exact dans la paille de sa nouvelle emplette. Il m'a attiré l'œil quand je suis passée devant la vitrine et je...

— Je vois parfaitement ce que vous voulez dire, affirma lady Colveden, avec dans le regard une étincelle de complicité féminine. George refuse de me laisser me balader seule dans ce coin-là et, quand il nous arrive de passer ensemble devant la boutique, il s'arrange toujours pour se mettre entre la devanture et moi, lui d'ordinaire si intraitable sur le principe de l'homme qui doit marcher sur le côté extérieur du trottoir, en bordure de rue. Mais, à propos d'extérieur, peut-être préféreriez-vous vous asseoir dans le jardin ? s'enquit-elle quand Nigel arriva, porteur d'un plateau chargé de tout le nécessaire pour le thé. Sauf que nous avons beaucoup de guêpes cette année — il y a une éternité que je demande à George de vaporiser du poison ou de prendre les mesures qui s'imposent en pareil cas, mais il me répond toujours qu'il est bien trop occupé...

— Et, évidemment, pas question de s'en remettre à moi pour le poison, signala Nigel, déposant le plateau sur la table dans un discret tintement de vaisselle et s'affalant dans son fauteuil avec un petit rire. Parce que, ici, je ne suis qu'un môme, bien sûr, un blanc-bec qui n'a pas fait ses preuves et qui n'est pas capable de distinguer, disons, l'arsenic de l'ergot. Rappelez-vous, Miss Seeton : je ne travaille à plein temps à la ferme que depuis que je suis sorti de l'école d'agriculture ! Alors, est-ce que j'ai la moindre notion de quoi que ce soit ? Que m'a-t-on donc appris à l'école ?

— Vraiment pas grand-chose ! rugit une voix provenant de la porte-fenêtre.

Sur le seuil était campé le major général sir George Colveden, Bart., KCB, DSO, JP[1] et père habitué à la

1. Liste des titres et décorations de sir George : baronnet, *Knight Commander (of the Order of the) Bath, Distinguished Service Order* (médaille militaire) et juge de paix. *(N.d.T.)*

fougue irrépressible de son fils. Il tenait un chapeau de paille d'une main et de l'autre un vaste mouchoir à pois avec lequel il épongeait son crâne dégarni.

— Bien le bonjour, Miss Seeton ! Une vraie canicule, aujourd'hui. Et voilà-t-y pas qu'une saleté de botte de paille est tombée sur mon chapeau, par-dessus le marché ! s'indigna-t-il, couvant le galurin bosselé d'un regard consterné. Des années que je porte ce machin-là, se lamenta-t-il. Maintenant, on ne peut plus rien en faire, je suppose, ajouta-t-il, agitant en direction de son épouse la main qui tenait le chapeau (son geste trahissait un vague espoir).

Il poussa un bruyant soupir.

— Non, plus rien du tout, répondit lady Colveden d'un ton beaucoup trop gai au goût de son mari. Il y a une éternité que je m'escrime à te répéter que tu as besoin d'un nouveau...

— Bon Dieu de « besoin » ! grommela sir George qui prit aussitôt l'air gêné. Oh, excusez-moi, Miss Seeton. Je me suis oublié !

L'invitée sourit, en signe de commisération pour le baronnet et son inconfortable situation, tandis que lady Colveden continuait, comme si elle n'avait rien entendu.

— Et ne te crois pas obligé de me rouler des yeux pareils, George ! Maintenant, il va bien falloir que tu admettes que j'avais parfaitement raison. Bon, tu ferais mieux d'entrer, de t'asseoir et de me laisser te verser une tasse de thé pendant que Miss Seeton t'explique à quel point c'est facile d'acheter un chapeau neuf de nos jours...

Tout en suivant les instructions de son épouse, sir George posa un regard peu convaincu sur la pièce unique qu'était le couvre-chef de Miss Seeton. Cette dernière s'empressa de le rassurer. S'empressa un peu trop, peut-être.

— Bien sûr, celui-ci n'est guère du genre qui vous convient, sir George. Mais quand il fait si chaud et qu'on passe de longues heures à travailler en plein soleil, ce n'est que prudence, me semble-t-il, de se protéger quand on est, euh, quand on a peut-être davantage besoin de se protéger que les... euh, que les...

Nigel, qui avait failli s'étouffer avec son thé, eut pitié d'elle, avec son air angoissé. Colveden le Jeune tenait de sa mère son épaisse chevelure brune et ondulée, et ne portait de chapeau que pour mettre son jeune nez aristocratique à l'abri d'un brûlant soleil. Nul ne pouvait cependant nier — même ceux que l'affection aveuglait — qu'une portion bien plus importante de la personne de son père risquait sans cesse de peler. Nigel ravala ses gloussements de rire et adressa un sourire d'encouragement à Miss Seeton, dont la rougeur subite résultait d'une cause fort différente de celle qui avait affecté sir George.

— Miss Seeton a parfaitement raison, papa. Une protection, voilà ce qu'il te faut, sinon tu ne seras plus qu'un tas d'os avant la fin de la semaine. Je veux dire, précisa-t-il, esquissant de grands gestes en direction de la porte-fenêtre, sa tasse de thé à la main, tu n'as qu'à voir l'effet que ça a eu sur les peintures, depuis un mois.

Sir George grogna, souffla dans sa moustache. Sa tasse cliqueta avec colère sur la soucoupe. Sachant à quel point son époux avait aimé son vieux canotier, lady Colveden jugea opportun de passer à un autre sujet de conversation.

— Oui, la maison entière a besoin d'un bon rafraîchissement, George, j'y ai justement songé. Ou plutôt, c'est une remarque d'Alicia Eykyn qui m'en a donné l'idée — tu sais le nombre de fenêtres qu'il y a à Mungo Hall !

Nigel tendit l'oreille en entendant prononcer le nom d'une dame dont il était l'admirateur dévoué — bien qu'à distance ! —, depuis le jour où il l'avait vue pour la première fois au Bal de la chasse. La jeune comtesse passait généralement pour être une femme aussi pratique que Nigel était désespérément romantique (il le savait), et ses idées méritaient attention. Il attrapa un *scone* qu'il beurra avec générosité et c'est alors que lui vint une inspiration subite :

— Une peinture deux fois plus épaisse, qui durerait deux fois plus longtemps ? Je refuse de croire qu'elle ait décidé de prendre des fenêtres métalliques...

— Ne sois pas stupide, Nigel ! répliqua lady Colveden.

Elle ne se donna même pas la peine de paraître choquée par une telle suggestion. Sir George, lui, avait cligné deux fois les yeux avant de se rendre compte que son fils plaisantait. Lady Colveden jeta un regard en coulisse vers son époux avant de reprendre, d'une voix qui se voulait rassurante :

— Tu n'as pas besoin d'avoir l'air si alarmé, George, ce n'est rien de tel, parole.

— Mais encore ? enchaîna Nigel avec un petit sourire amusé.

Sir George fixa son épouse, soupçonneux. L'intérêt poli qu'affichait Miss Seeton se fit plus soutenu. Lady Colveden piqua un fard.

— Mais rien du tout, Nigel. Enfin, pas vraiment. Bon, je suppose qu'on pourrait parler de métal, si on était d'humeur à couper les cheveux en quatre, mais ça fait un peu bas de gamme pour de la feuille d'or. Quelqu'un veut-il encore du thé ? s'enquit lady Colveden d'un ton avenant, prenant la théière d'une main qui tremblait à peine.

La diversion ne réussit pas. Ses paroles avaient fait mouche.

— Mère ! s'exclama Nigel au moment précis où sir George poussait un cri étranglé. De la feuille d'or ? Tu nous mènes en bateau, non ? Dis-moi que tu ne parles pas sérieusement.

Ayant enfin osé aborder le sujet, lady Colveden se sentait maintenant capable de l'évoquer avec une relative facilité.

— Oui, Nigel, de la feuille d'or, c'est bien ce que j'ai voulu dire. Ce n'est pas une blague, je t'assure. Alicia prétend que ça dure facilement trois fois plus longtemps que la peinture. Ce sont les Devonshire de Chatsworth qui lui ont donné l'idée, m'a-t-elle dit. Tu peux imaginer le temps qu'il doit falloir pour peindre toutes ces fenêtres : la maison est immense.

— Et, renchérit Nigel dans un sourire, tandis que son père virait peu à peu au violet, ce qui est assez bien pour des ducs et des comtes devrait être plus que suffisant pour un baronnet — à condition qu'il puisse se l'offrir... Naturellement, on pourrait toujours mettre l'argenterie de famille au clou. Ça vous a une jolie petite touche ironique : vendre de l'argent pour acheter de l'or !

— Nigel, ça suffit ! rétorqua sa mère sur le ton de l'avertissement (sir George haletait et semblait sur le point d'exploser). George, je te prie, cesse donc ces épouvantables grimaces ! Tu vas gâcher le plaisir que la pauvre Miss Seeton aurait à prendre le thé.

— Oh non, voyons, lady Colveden ! se récria l'intéressée avec conviction. D'ailleurs, il n'est pas trop infusé, et quels délicieux *scones* ! Et le beurre, si délicieusement riche... Il vient peut-être de vos propres vaches ?

— Riche ! gémit sir George, songeant aux fenêtres dorées à la feuille et à son découvert à la banque. Ha ! ha !

— George ! reprit son épouse, sur le même ton que

celui qu'elle avait adopté avec son fils pas même deux minutes plus tôt. Miss Seeton, j'espère que cela ne vous dérange pas que j'admire votre collier. Il est d'une facture si originale, avec tous ces jaunes dans les perles de verre. Vous seriez-vous offert un autre petit plaisir ? demanda-t-elle, les yeux brillants.

Miss Seeton expliqua qu'il provenait de la succession de Cousine Flora et qu'elle ne le mettait que dans les grandes occasions — elle n'était pas très portée sur les bijoux, et puis, quel souci s'il venait à être perdu ou abîmé ! Mais c'était toujours un tel plaisir de se trouver à Rytham Hall. Ou plutôt, en la compagnie des Colveden, car le manoir était pittoresque, certes, mais elle estimait qu'une demeure est toujours privée d'un certain charme quand ses habitants n'y sont pas...

Le compliment qu'elle avait eu l'intention de faire devenait si alambiqué que Nigel vint à son secours, profitant du fait qu'elle s'arrêtait pour reprendre son souffle.

— Quelle conversation, à l'heure du thé ! releva-t-il en remuant du sucre dans sa tasse, le geste vif. Du poison à l'or, et de l'or aux attraits de l'héritage... On se croirait en plein polar !

CHAPITRE II

La modiste chez qui Miss Seeton a acheté son chapeau de paille jaune tient boutique à Brettenden, ville voisine de Plummergen et lieu de prédilection pour les courses. Qu'on veuille faire des emplettes qui sortent de l'ordinaire, ou qu'on ait simplement envie de changer de décor, on emprunte le bus (il y a une desserte hebdomadaire assurée par le comté, à quoi s'ajoutent les deux autres jours de la semaine où fonctionne l'autocar du garage Crabbe). Pour gagner ces lieux propices à la satisfaction de la plupart des désirs, on peut aussi prendre la sortie nord du village et parcourir une dizaine de kilomètres en voiture (ou à vélo, comme Miss Seeton s'y aventure parfois, paraît-il). Ashford, ville plus grande et située à vingt-quatre kilomètres au nord-est de Plummergen, exauce généralement le reste des souhaits qu'on pourrait avoir. À défaut, il y a toujours Londres, qui inspire la suspicion à la majorité des villageois, puisque Miss Seeton s'y rend souvent pour visiter des galeries d'art et des musées (enfin, elle le prétend !).

C'est cependant sur place que les habitants de Plummergen achètent les produits de première nécessité et ce, pour leur plus grand plaisir. Car il ne s'agit pas seulement de se procurer les denrées nécessaires au quotidien, mais de glaner ce qui compte bien davantage aux yeux de beaucoup : les cancans, les rumeurs et autres scandales, sans lesquels la moitié du village au moins ne saurait survivre. Plummergen a élevé le papotage et les allégations gratuites au rang des beaux-arts : dans cette petite communauté du Kent, les langues bien pendues n'ont pas besoin de l'écho des voûtes et des sols en marbre de Londres l'esthète. Les boutiques du village, au nombre de trois, suffisent à assurer la survie de la population. La poste-magasin général bénéficiant de locaux légèrement plus vastes que les deux autres échoppes, c'est le lieu favori pour échanger chaque jour les nouvelles les plus pressantes et en discuter.

Ce fut la petite Mrs. Hosigg qui fournit le sujet de conversation, un beau matin ensoleillé, deux jours après la visite de Miss Seeton à Rytham Hall. Lily Hosigg et son mari, Len, contremaître de la ferme de sir George, forment un jeune couple tranquille qui habite le vieux cottage Dunnihoe, dans la partie basse de la Rue, l'artère principale de Plummergen. Non loin de *Sweetbriars,* aiment à relever les sceptiques du village. Bien qu'attachés à leur quant-à-soi, les Hosigg passent pour de fermes supporters de Miss Seeton, au sujet de laquelle l'opinion reste partagée. Avec pour inévitable résultat que les avis sont nettement tranchés à propos des supporters de la dame, et plus encore quand ces derniers viennent d'ailleurs, comme c'est incontestablement le cas des Hosigg.

La naissance récente de Dulcie Rose Hosigg n'avait fait que souligner la nature réservée de Lily. L'accouchement avait été prématuré et difficile. Lily, encore presque une enfant elle-même, avait mis du temps à recouvrer la santé et le moral ; bien plus longtemps que ne l'auraient souhaité Len ou le Dr Knight, qui avait dû quitter en pleine nuit la maison de repos qu'il dirigeait, alerté par le jeune père paniqué. Dulcie Rose avait vécu son premier mois d'existence dans une couveuse, à l'hôpital, Lily veillant sur elle quand on le lui permettait. Une fois ramené triomphalement à la maison, le bébé avait passé les mois suivants enveloppé de couvertures, et entouré de soins inquiets, de tendresse et d'affection. De la minuscule demoiselle Hosigg, Plummergen n'avait jusque-là aperçu, les jours de grand beau temps, que le bout d'un petit nez. Ou une menotte pareille à une pâle étoile rose qui s'agitait sous un châle.

— Personne vous dira que c'est naturel, non, vu que c'est son premier ! déclara la jeune Mrs. Newport, fière génitrice d'un quatuor de bambins de moins de cinq ans et sœur de Mrs. Scillicough, dont les triplés étaient proverbiaux au village. Ça tombe sous le sens : doit y avoir que'que chose qu'elle veut cacher, s'pas. À la garder toujours emmitouflée comme ça, c'te pauv' gamine, dans c'te grosse vieille poussette, au lieu d'la laisser voir à tout l'monde.

— Et p'is, malgré qu'elle est née à sept mois, elle pousse guère, non ? releva Mrs. Henderson d'un ton sinistre.

Mrs. Skinner, brouillée avec Mrs. Henderson quelque temps auparavant (à qui était le tour de fleurir l'église ?), répliqua du tac au tac :

— Une belle ânerie que ces histoires-là, on le sait, si on a une once de jugeote. Les bébés de sept mois, ils viennent chez les gens qu'ont été obligés d'se marier à la va-vite, rapport à ce qu'ils avaient besoin d'officialiser. Les Hosigg, eux, ça faisait quat' cinq ans qu'y z'étaient mariés et ils avaient pas eu signe de progéniture jusque-là, les pauv'.

— Z'auraient dû venir m'trouver ! clama Mrs. Flax qui s'enorgueillissait d'être le Grand Sage de Plummergen. J'aurais pu leur donner des herbes pour les aider. Ah, et pour lui épargner les tourments et les ennuis au moment du terme. Mais z'ont pas voulu m'écouter, avec leur orgueil...

Sa voix mourut peu à peu, laissant place à un silence qui n'augurait rien de bon. Tout le monde frissonna ; on regardait derrière soi, on croisait nerveusement les doigts. Oh, on ne croyait pas vraiment (se disait-on) que Mrs. Flax eût attiré le mauvais œil sur le bébé des Hosigg, par dépit d'avoir été rejetée... mais ça ne faisait pas de mal de se prémunir, non ?

Une exception, cependant, à cette réaction collective : Mrs. Scillicough qui avait cessé d'accorder foi aux prétendus pouvoirs de Mrs. Flax, quand ceux-ci s'étaient révélés inopérants pour aider à calmer l'énergie insatiable — pour ne pas dire anormale — de ses triplés. Mrs. Scillicough ricana à l'annonce des sinistres sous-entendus du Grand Sage et rejeta la tête en arrière d'un geste méprisant :

— La p'tite Lil est simplement pas du genre à avoir des couches faciles, vu qu'elle est si menue et tout. Point d'mystère là-dedans ! Mais y a des semaines qu'elle a pas eu b'soin de voir son médecin, non ?

— Pas qu'on sache, confirma une voix.

Une vague de murmures s'éleva, suivie d'un moment de réflexion.

— Pour sûr ! lança une autre dame, prise d'une inspiration soudaine. Elle irait pas clamer sur les toits qu'elle le voit, s'pas, si y avait des choses qu'il vaut mieux pas montrer, non ? Disons, comme des bleus qu'aurait faits le p'tit Len en tabassant le loupiot quand il a un coup dans le nez...

Sur quoi les hypothèses les plus folles se mirent à fuser dans le bureau de poste de Mr. Stillman, et la compagnie passa un excellent moment. Enfin, aussi bon qu'il pouvait l'être en l'absence des deux plus célèbres auteurs de théories fumeuses de Plummergen.

On savait d'ailleurs que Miss Nuttel et Mrs. Blaine ne tarderaient pas à arriver, puisqu'on n'était pas un jour où fonctionnait le car de Brettenden.

Les Cinglées, comme on les appelle généralement au village, sont capables de rivaliser avec les meilleures, en matière de shopping et de cancans. *Lilikot,* leur maison équipée de baies vitrées, se trouve juste en face de l'arrêt du bus et du bureau de poste voisin. Elles ne peuvent pas rater la moindre allée et venue à Plummergen et s'ingénient constamment à inventer de nouveaux rebondissements pour pimenter les vieilles histoires. Et les moins anciennes aussi. Erica Nuttel s'occupe du jardin, Norah Blaine (Bunny pour son amie) de la maison. Le reste du temps, s'il y en a, ces dames écoutent les informations à la TSF ou les regardent à la télévision.

Il était juste onze heures passées quand une Bunny hors d'haleine apparut à la porte du bureau de poste, le filet à provisions à la main et Miss Nuttel dans son sillage. Elles avaient des nouvelles à annoncer, les connaisseurs le voyaient à leur air d'excitation contenue mais, dans la plus pure tradition des Cinglées, celles-ci allaient prendre des voies détournées pour s'acquitter de leur tâche d'information.

— Deux boîtes de biscuits au carvi et une boîte de bouchées au soja, s'il vous plaît, Mr. Stillman, annonça Mrs. Blaine, feignant de consulter sa liste de courses pendant que Miss Nuttel s'arrêtait devant le tourniquet à livres et y jetait un bref coup d'œil, revenant soudain à elle avec un sursaut en remarquant le petit groupe animé qui commençait à s'agglutiner autour d'elles.

— Dis donc, Bunny, j'ai comme l'impression que nous avons sauté des places dans la queue ! releva Miss Nuttel, tandis que Mrs. Blaine farfouillait dans son porte-monnaie pour trouver l'appoint. Navrées, ajouta-t-elle à la cantonade.

Ces dames répondirent dans un murmure collectif que ça n'avait pas d'importance, sur quoi Mrs. Blaine ne put se retenir davantage :

— Bon, ce n'est guère surprenant, Eric, vu que je suis si chamboulée par ce que je viens d'apprendre. Trop horrible, c'est vrai ! Les pauvres parents...

Des oreilles se dressèrent, l'attention se fit plus soutenue.

— Les Hosigg, suggérèrent une ou deux voix.

— Justement, elle sort d'ici, s'pas ?

Les Cinglées devaient le savoir grâce à l'habituelle vigie qu'elles assuraient, postées derrière les voilages, de l'autre côté de la rue.

— Elle y achetait à manger, au p'tit. V'là-t-y pas maintenant qu'il lui serait arrivé que'que chose, au bébé ?

Mrs. Blaine se tourna vers Miss Nuttel, ses petits yeux en boutons de bottine tout brillants.

— Oh, Eric, tu ne crois pas... non, certainement pas ! Dire qu'ils avaient tout organisé si minutieusement, et si longtemps à l'avance — non, c'est carrément méchant, c'est le seul mot qui convienne !

— Jamais y z'auraient pu y penser seuls, note bien, releva Miss Nuttel. N'est-ce pas ? Semblaient pas assez finauds pour ça. Ou assez tordus, ajouta-t-elle, lançant le propos mais laissant à Mrs. Blaine le soin de le mener à bon port.

Et Bunny de s'exécuter, bien entendu :

— Oh, Eric ! souffla-t-elle, tordant ses mains potelées sous le coup de l'angoisse. Tu ne... non, tu ne peux pas vouloir dire... Même pour Cette Femme, ce serait passer les bornes !

Le courant d'air généré par les frétillantes oreilles de l'assistance eût pu suffire à propulser un voilier de croisière de bonne taille. Tout le monde se massa autour de Miss Nuttel quand elle délaissa le tourniquet à livres pour aller aider la pauvre Bunny, si affligée, à porter leurs achats. Qu'insinuaient donc les Cinglées, à propos de ce que Miss Seeton était encore allée inventer ?

— Qu'on en arrive là ! gémit Mrs. Blaine, blêmissant autant qu'elle en était capable. Notre cher petit village devenu le fief d'un cerveau cruel et criminel — on n'ose même pas y penser, tant ça fait honte !

Elle laissa sa voix chevroter sur ces derniers mots, pour finir par un soupir et un hochement de tête consterné.

Miss Nuttel affichait une mimique désapprobatrice :

— Rien ne sert de s'appesantir là-dessus, Bunny. Les actes en disent plus long que les paroles. Regarde donc bien ce bébé, la prochaine fois que nous le croiserons, et alors...

— Mais c'est justement ça ! éclata Mrs. Blaine, exprimant son désarroi sur le mode suraigu. Trop de mystère, je ne cesse pas de le répéter depuis le début, non ? Personne ne l'a jamais vu, ce bébé Hosigg ! Elle le garde si soigneusement enveloppé, alors qu'on est en plein été — (« C'est ce qu'on disait, il y a pas une minute ! » clama en chœur l'assistance en délire) —, maintenant, on comprend pourquoi, et même trop bien ! Saura-t-on jamais avec certitude que c'est vraiment le p'tit des Hosigg — Dulcie Rose, ridicule ! — ou, fit-elle, baissant le ton afin de chuchoter juste assez fort pour être entendue de tous, ou lady Marguerite MacSporran ?

La bombe tomba dans un silence abasourdi, suivi d'un bourdonnement tout aussi perplexe. Les regards allaient de l'une à l'autre des Cinglées, on réclamait des éclaircissements. Naturellement, ça crevait les yeux, maintenant qu'on le leur faisait remarquer : Lily Hosigg ne voulait pas qu'on observe son bébé de près, et une telle réticence ne pouvait rien augurer de bon.

Mais quel rapport y avait-il avec une héritière écossaise ? Ou avec Miss Seeton ? ajouta une bruyante minorité. Pas vraiment le genre maternel, celle-là, non...

— Viennent d'en parler à la TSF, précisa Miss Nuttel dès qu'elle jugea qu'elle pouvait se faire entendre dans le brouhaha. Pas le moindre indice. La nounou est dans le coma, en service de réanimation...

Miss Nuttel marqua une pause pour ménager ses effets. Elle reprenait son souffle pour proclamer sa déclaration finale quand Mrs. Blaine se lança, incapable de résister à la tentation :

— Un enlèvement ! apprit-elle à l'auditoire de Miss Nuttel, avec un regard en coin vers son amie (pour voir comment cette dernière prenait la chose), et un sourire satisfait qu'elle tenta de réprimer.

Miss Nuttel fit grise mine mais ne chercha pas à interrompre Bunny qui poursuivit :

— Pensez donc, ces pauvres parents qui attendaient un enfant depuis tant d'années ! Le titre et tout et tout, menacé de disparition s'ils n'avaient pas d'héritier. Le bruit que ça a fait dans les journaux quand elle est née ! Et maintenant, voilà ! Non, c'est trop épouvantable ! Vraiment trop !

À quatre-vingts kilomètres de là, à Londres, un téléphone sonna dans un bureau du énième étage de New Scotland Yard. Il y avait là deux hommes. De haute taille tous les deux, mais l'un bien plus grand et corpulent que l'autre, qui était plus âgé, le cheveu grisonnant, et arborait un air d'autorité qui se confirma quand il leva les yeux de ses papiers et les posa sur son jeune collègue en ordonnant :

— Répondez, voulez-vous, Bob ? Si je ne finis pas ce rapport avant de monter voir sir Hubert, il est capable de se mettre à découper la moquette en petits morceaux dès que je poserai le pied dessus !

L'inspecteur Ranger sourit. Sir Hubert Everleigh — sir Heavily[1] — n'avait pas pour habitude de faire valoir son rang ou de se mettre en colère, mais les rares fois où il l'avait fait, ses subordonnés (même ceux qui jouissaient d'une aussi haute estime que l'Oracle) avaient compris : mieux valait suivre le règlement. Et rapidos. Quand la paperasserie avait de l'importance pour une affaire, les « je n'ai pas eu le temps de coucher ça par écrit, monsieur, mais je vous assure que vous serez informé exactement de ce qui se passe » ne marchaient pas avec le directeur adjoint (Brigade criminelle). Et s'il y avait une chose que l'Oracle détestait, c'était les papiers...

C'est donc avec un petit sourire aux lèvres que l'inspecteur Ranger tendit la main vers le téléphone et s'apprêta à soustraire son patron aux foudres de son propre supérieur. « Ces deux-là, c'est la force irrésistible contre le roc immuable », songea-t-il. Et, à tout prendre, il aurait plutôt misé sur la victoire de l'Oracle : ce dernier avait encore l'habitude de penser en bougeant, alors que le directeur, enchaîné à son bureau...

— Bureau du commissaire divisionnaire Delphick, annonça-t-il dans le combiné, prêt à se rendre coupable d'un parjure en assurant sir Heavily qu'il n'avait pas la moindre idée d'où se trouvait l'Oracle.

Telle était sa certitude d'entendre sir Hubert à l'autre bout du fil qu'il resta le souffle coupé quand une voix féminine et décidée lui lança dans l'oreille :

— Bob, où est l'Oracle ? C'est bien Bob, n'est-ce pas ?

1. Le nom Everleigh est déformé en Heavily pour lui donner un sens voisin de « Sa Lourdeur ». *(N.d.T.)*

— Mel ! Oui, c'est moi. Bonjour.

Bob regarda Delphick, se demandant si le commissaire divisionnaire serait enclin à renoncer aux plaisirs de la paperasse pour discuter avec Amelita Forby, la diablesse de reporter du *Daily Negative*. Le sourire de Bob s'élargit : question stupide ! Pour éviter de lire des rapports et d'en écrire d'autres à son sujet, Delphick eût volontiers conversé avec un trappiste souffrant d'un complexe d'infériorité et d'un délire de persécution, par-dessus le marché. Bob ne se donna même pas la peine de poser la question.

— Oui, il est là, répondit-il en agitant le combiné dans la direction de son patron. Miss Forby pour vous, monsieur. Comment va la vie, Mel ? ajouta Bob.

Delphick s'autorisa à laisser transparaître dans son regard une brève lueur de soulagement amusé, avant d'écarter sa pile de papiers et de décrocher son téléphone.

— La vie pourrait difficilement aller plus mal, répliqua Mel Forby, comme vous ne le savez que trop bien, Bob Ranger, vous et votre patron. Avez-vous la moindre idée de ce que je subis en ce moment ? Je me sens humiliée. Et furieuse. Et c'est entièrement votre faute et celle de votre cher Oracle ! Eh oui, poursuivit-elle, couvrant les tentatives de protestation contre une accusation aussi injuste qu'inattendue. Sans compter le petit coup de pouce du chef de la meute de Grub Street[1], bien sûr !

Tandis que ces amers reproches retentissaient à leurs oreilles intriguées, Delphick et Bob échangèrent un regard et haussèrent les épaules avec des mimiques exprimant la plus totale incompréhension. Bob couvrit d'une main le microphone du combiné et chuchota :

1. Grub Street était à l'origine une rue de Londres (devenue par la suite Milton Street) où vivaient de nombreux écrivains nécessiteux et en mal d'éditeur. *(N.d.T.)*

— C'est vous le divisionnaire, monsieur, pas moi. À vous de jouer ! lança-t-il avant de se caler dans son siège, prêt à savourer la moindre syllabe de la dispute qui s'annonçait.

Mel n'avait certes pas le ton de celle qui appelle juste histoire de tuer le temps...

CHAPITRE III

Sentant peser le lourd fardeau des obligations inhérentes à son rang (le mot le faisait toujours sourire !), Delphick soupira, leva les yeux au ciel et prit un ton prudent pour répondre au téléphone. Après tout, il était officier de police judiciaire ; il pouvait comprendre les récriminations de Mel — en partie, au moins.

— Et qu'a donc fait Thrudd au juste pour vous énerver de la sorte ?

Il y avait gros à parier qu'elle n'aurait pas été si insultante s'agissant d'un autre que son ami intime et rival professionnel, Thrudd Banner, as du journalisme free-lance et star de la *World Wide Press.*

— S'il vous a coiffée au poteau sur un scoop, Miss Forby, eh bien, c'est la vie, je le crains. Vous pouvez difficilement l'accuser de vol et, de toute façon, ce bureau ne s'occupe que de délits graves...

— Comme l'enlèvement ? lança Mel.

Delphick faillit s'étouffer en ravalant le reste de sa phrase. Il regarda Bob qui souriait. Il parla dans le combiné avec gravité :

— Mel, je suis navré, mais l'affaire MacSporran n'est pas de notre ressort. Et quand bien même elle le serait, on ne pourrait pas...

— Et pourquoi ne l'est-elle pas ? rétorqua Mel.

Banner m'a raconté (sa voix recelait des trésors d'envie méprisante) que la nounou avait été frappée à la tête et laissée pour morte dans le parc. Alors, les coups et blessures, vous n'appelez pas ça un délit sérieux, vous ?

— Bien sûr que si ! Tout le monde s'accorde là-dessus, cela va sans dire, Miss Forby, vous le savez. Mais, aussi étrange que cela puisse paraître, je ne suis pas le seul commissaire divisionnaire de Scotland Yard (elle marmonna des mots qu'il crut plus sage de ne pas ouïr), et le hasard fait que c'est un autre qui s'occupe du dossier. J'ai dû en entendre parler à peu près en même temps que vous, alors je ne crois pas que...

— Oui, de la bouche de Banner — lui, entre tous ! Moi, Mel Forby, l'espoir du *Daily Negative,* je vois débarquer ce fumier-là chez moi avec un de ses affreux torchons de la *World Wide Press* sous le bras, et il me dit de jeter un œil sur la une ! Moi qui croyais avoir une ligne directe avec des personnes en haut lieu...

— Soyez juste, Mel. Le simple fait qu'on se connaisse depuis un certain temps ne signifie pas que Bob et moi nous sentions obligés de vous donner tous les tuyaux en premier — même quand on est au courant. Ce qui n'est du reste pas le cas, en l'occurrence, je vous le répète. La police a ses règles d'éthique, au même titre que les hommes de presse, Miss Forby.

— Et les femmes ! répliqua-t-elle, avec moins de violence qu'il n'aurait pu en attendre d'elle.

Elle soupira.

— Désolée, l'Oracle. Bob aussi, s'il est toujours en ligne. Je me suis emportée. Ce n'est pas juste de ma part de m'en prendre à vous deux, sous prétexte que Banner m'a coiffée au poteau. À vrai dire, c'est cette saloperie de cheville que je devrais accuser. Oh, elle n'est plus cassée, bien sûr, mais elle ne fonctionne plus comme avant, ce qui est entièrement la faute de Banner.

Et vous croyez qu'il se rendrait compte de ce qu'il me doit ?

Au souvenir de ce que Thrudd et elle étaient en train de faire quand elle avait chu de leur lit super grande largeur, elle ne savait plus s'il fallait rire ou pester.

— Vous pouvez toujours courir pour qu'il le reconnaisse ! Et le médecin ne cesse de me seriner que je devrais en profiter pour me reposer, pendant que je le peux. Alors, qui était en train de suivre les ordres du toubib comme une gentille petite fille, quand on a eu vent de l'histoire MacSporran pour la première fois ? Amelita Forby, voilà qui !

— Je suis navré, Mel, fit Delphick après une pause.

La réponse semblait des plus inadéquates mais, pour une fois, il était à court d'idées. L'air furieux, il regarda Bob qui étouffait un rire.

— Bob Ranger, j'ai entendu ce ricanement ! souffla la voix de Mel à l'oreille de l'inspecteur. Vous devriez être triste pour moi, de m'être fait souffler un scoop comme ça. Après tout, il y a longtemps qu'on se connaît, tous les trois. J'ai toujours cru que vous seriez hommes à me tenir au courant de ce qui se passait. À me mettre au parfum, pourrait-on dire... ajouta-t-elle d'un ton nettement différent.

Il y eut un long silence, lourd de réflexion.

— Excusez-moi, l'Oracle, reprit Mel, mais vous n'oubliez pas quelque chose — ou plutôt quelqu'un, devrais-je dire — en déclarant que vous n'avez pas de rapport avec l'affaire MacSporran ?

Il y eut alors un deuxième silence, encore plus grouillant de pensées que le précédent. Bob eut le net sentiment d'entendre tourner les petits rouages du cerveau de l'Oracle et un gloussement amusé de Mel, à l'autre bout du fil. Delphick prit une profonde inspiration.

— Si vous comptez mêler Miss Seeton à ça, Mel

Forby, il me semble qu'il est de mon devoir de vous mettre en garde...

— Miss Seeton ? Voyons, l'Oracle, l'idée ne m'en avait pas même effleuré l'esprit ! Miss S. doit être la dernière personne au monde susceptible de tremper dans une histoire aussi sordide qu'un enlèvement. Non, c'est à l'affaire Finchingfield que je faisais allusion — vous l'aviez bien sûr compris, non ?

Delphick lâcha deux jurons : l'un à sa propre adresse, pour avoir oublié l'affaire Finchingfield ; l'autre destiné à Mel qui l'avait si habilement piégé. Il tomberait en se battant, naturellement, mais, au bout du compte, il ne voyait pas de moyen d'échapper à l'inévitable. La réputation dont Amelita Forby jouissait à Fleet Street[1] ne tenait pas qu'à son joli minois — loin s'en fallait.

— Finchingfield ? répéta-t-il d'un ton qu'il voulait détaché. Ah oui, bien sûr ! Bernard Finchingfield.

Comme s'il pouvait avoir connu deux personnes ayant un aussi mémorable patronyme !

— Eh bien, oui, Mel, mais ça fait des années. Il y a des siècles que je n'ai plus eu à traiter de cas de bigamie — ça ne devrait pas vous étonner que j'aie oublié cette histoire-là.

— Il n'y a pas des masses de familles qui s'appellent MacSporran, répliqua Mel sèchement, puis elle attendit.

L'Oracle avait raison : ça remontait à des années. Elle avait dû aller exhumer l'information à la morgue du *Daily Negative,* au terme d'un grand nombre de recherches et de recoupements. Mel ne pouvait pas vraiment lui en vouloir d'avoir oublié, mais elle ne tenait pas à le reconnaître : elle n'allait pas laisser Del-

1. Rue de Londres où la plupart des journaux ont leur siège, surtout ceux de la presse populaire. *(N.d.T.)*

phick s'en tirer à si bon compte. Après tout, Bernard avait été le tombeur le plus célèbre de son époque. Delphick, aidé des parents de la jeune fille, était arrivé juste à temps pour l'empêcher de passer la bague au doigt à cette fofolle d'héritière d'un empire de whisky.

— Artemis MacSporran, rappela Mel quand il parut certain que l'Oracle n'allait pas se décider à prononcer ce nom.

L'inspecteur Ranger connaissait l'étonnante modestie de son patron concernant ses réussites passées et savait que, dans la police, il était l'un des hommes les moins enclins à remâcher leurs souvenirs. Il bondit en entendant cela et demanda des explications détaillées.

— Plus tard, Bob ! répondirent Mel et Delphick à l'unisson.

Delphick reprit :

— Une fort lointaine cousine, Miss Forby. Pas de raison immédiate qui m'incite à voir un rapport entre les deux affaires. Et je ne crois guère que les parents vous remercieraient de déterrer tout ça maintenant, alors qu'ils ont en tête des problèmes autrement sérieux...

— Et, jusqu'ici, pas de véritable indice, l'interrompit Mel. Dites donc, l'Oracle, vous m'avez donné une idée.

Delphick gémit : il l'avait vue venir. Bob aussi : il sourit.

— À propos d'absence d'indices... Je n'y avais même jamais songé avant que vous n'en parliez vous-même mais — euh, je ne peux pas m'empêcher d'y songer : a-t-on pensé à demander à Miss S. son sentiment sur la question ? Je sais que l'enlèvement est un délit plutôt sordide et qu'elle sera forcément assez scandalisée et critique à propos de cette affaire, mais vous la connaissez, elle jugera sans doute que ça vaut la peine d'être perturbée, si elle est en mesure d'aider. Il suffit que vous en appeliez à son sens du devoir et...

Delphick ne pipait mot. Il n'y avait rien à dire.

— Nous, ou plutôt vous, enchaînait Mel, comme sous l'effet de l'inspiration, vous pourriez essayer de lui en parler, non ? Il est possible que ça ne la chamboule pas trop. Sans compter qu'elle sait toujours retomber sur ses pieds, notre Miss S. Et puis, pensez à tout ce qu'elle sait sur les gosses, pour leur avoir si longtemps enseigné le dessin...

— Les écoliers, c'est loin d'être pareil que les nourrissons, précisa Delphick, se laissant entraîner dans la discussion au mépris de son bon sens. Je doute que Miss Seeton sache par quel bout prendre un bébé. Bon, rectifia-t-il devant l'hilarité de Mel et de Bob, peut-être pas à ce point-là, mais vous voyez parfaitement ce que je veux dire. Et, en admettant même qu'elle ait des lumières dans ce domaine, ce n'est pas à moi de proposer ses services à l'officier chargé de l'enquête. Pour une raison ou pour une autre, nombre de mes collègues considèrent Miss Esse avec un brin de, euh, de méfiance, et je ne peux guère leur forcer la main... Cessez donc de rire, Mel ! Et vous, inspecteur Ranger, si vous n'enlevez pas ce sourire collé sur votre figure, avant midi vous êtes dans la rue. Pour diriger la circulation du côté de Marble Arch : ce serait un poste des plus appropriés, j'estime...

— Ainsi, ces messieurs de la police ont peur de Miss S., releva gaiement Mel. Jamais je ne l'aurais cru. Et vous ne voulez pas insister, pour ne pas risquer de compromettre vos rapports de travail avec le reste du Yard. Mais vous pourriez toujours suggérer ?

— Je le pourrais, en effet, bien que j'aie une assez bonne idée de la réaction, répondit Delphick en riant malgré lui. Cependant, Miss Forby, vous ne devriez pas en tirer des conclusions hâtives et imaginer que l'Oracle a perdu son doigté. Sachez qu'une dizaine de minutes avant votre appel, j'étais justement en train de réfléchir dans le même sens que vous. J'ajouterai d'ailleurs que c'était consacrer trop de temps à cela, pour quelqu'un qui a une montagne de paperasserie à traiter et un directeur adjoint qui exige des résultats. Alors que l'affaire, je le répète, n'est même pas de mon ressort.

Mel évacua sir Hubert d'une petite phrase enlevée et ajouta :

— Alors, est-ce que ça veut dire que vous allez partir la voir à Plummergen ? Y aura-t-il bientôt une nouvelle réussite du Pébroque vengeur à la une des journaux ?

— Hélas non, pas encore. Vous connaissez aussi bien que moi les méthodes, euh, uniques qu'utilise Miss Seeton, et vous vous rappelez sans doute que, pour permettre à son instinct de prendre le dessus et de la brancher en pilote automatique — ou tout autre terme de votre choix —, il lui faut un témoignage, au strict minimum, pour produire un dessin pouvant aider la police dans une enquête. Or, vous l'avez vous-même souligné : la nounou est sans connaissance. Et l'hôpital estime qu'elle le restera encore quelque temps.

— Bon, alors, dès qu'elle sortira du coma, vous filerez à Plummergen, je suppose... et pas avant. Je vois.

— Parfois, vous voyez trop pour votre propre bien, commenta Delphick d'un ton qu'il s'efforçait — en vain — de rendre sévère.

Décidément, il avait un faible pour Amelita Forby, qui avait conquis son admiration avec sa détermination de devenir une star de Fleet Street, son impitoyable franchise et son désir de jouer franc jeu avec tout le monde, sauf, bien sûr, avec Thrudd Banner. Sa réussite, elle ne l'aurait pas volée, le jour où elle viendrait (pas de « si » dans son cas). Elle semblait ne jamais cesser d'y travailler.

— Vous mijotez quelque chose, Mel, je reconnais les signes. Qui plus est, vous m'avez l'air bien trop gaie pour mon goût. Je répugne à mettre un bémol à votre enthousiasme, bien entendu, mais vous savez ce qui peut arriver quand Miss Seeton est embringuée dans une affaire — ou s'y laisse embringuer par une tierce partie —, non? Écoutez l'avertissement d'un homme plus avisé...

— Comme vos potes du Yard? Une fameuse bande de mauviettes, on dirait, ricana Mel. Des durs à cuire de flics qui détalent comme des lapins devant une petite vieille dame délicieuse et inoffensive...

Bob Ranger, qui n'avait pas manqué une miette de la conversation, ne put se retenir de pouffer. Delphick s'éclaircit la gorge et leva les yeux au ciel, en désespoir de cause. Après tout, on vivait en pays libre. Si une amie de Miss Seeton se mettait en tête d'aller passer une journée dans le Kent, il ne pouvait rien faire pour l'en empêcher. Et puis, il connaissait Mel depuis assez longtemps pour avoir la certitude que, de toute façon, elle devait avoir eu l'intention d'y aller dès le départ. Il n'y avait pas moyen de l'en dissuader car, quand Amelita Forby mettait le cap sur un horizon, elle s'y tenait.

Restait à espérer que cela ne la mènerait pas dans l'abîme, et Miss Seeton avec elle!

Après tant d'années, Mel Forby se considérait comme une habituée de Plummergen. Elle connaissait les horaires de bus presque aussi bien que les résidants. Une fois qu'on avait pris le train à Charing Cross et qu'on était arrivé sans encombre à Brettenden, on n'avait pas besoin de se hasarder à monter dans la vieille voiture asthmatique d'un Mr. Baxter aussi antique que son engin, et qui attendait le client devant la gare. Mel était bien organisée : elle savait que le car passait dix minutes plus tard et qu'il était presque toujours à l'heure.

Ponctuel, il l'était encore ce jour-là. Sans trop s'aider de l'élégante canne qu'elle s'était achetée — mieux vaut prévenir que guérir —, Mel débarqua du bus à l'arrêt situé devant le garage Crabbe, marqua une pause pour faire une grimace en direction des fenêtres de *Lilikot,* au cas où l'une des Cinglées y serait en faction, puis entra dans le bureau de poste en claudiquant. Là, elle choisit une boîte de chocolats pas trop volumineuse, demanda à Mr. Stillman s'il aurait l'amabilité de la glisser dans un sac en plastique — ça lui rendrait service — et, marchant avec précaution, elle descendit la Rue, prenant la direction du sud et de *Sweetbriars.*

— Mel ! Ça alors, Mel, bonjour !

Le salut retentit à ses oreilles alors qu'elle passait devant le *George and Dragon* et se préparait à traverser en diagonale pour arriver juste devant la barrière de Miss Seeton. Suivit un bruit de klaxon et Mel reconnut Nigel Colveden, dans sa petite MG.

— Je peux vous emmener quelque part ? s'enquit-il avec un geste pour désigner la canne.

Mel le remercia mais répondit par la négative. Nigel enregistra avec un hochement de tête.

— Êtes-vous là pour de bon ou bien ne faites-vous que passer ? Et où est Thrudd ? ajouta-t-il.

Les yeux de Mel se rétrécirent :

— Nigel, ne mentionnez pas ce nom-là devant moi, si vous voulez que nous restions amis ! On ne se parle pas vraiment, en ce moment, Banner et moi. Ou plutôt, ajouta-t-elle devant l'air stupéfait de Nigel, c'est moi qui ne lui parle plus, à ce fumier !

Il y avait pas mal d'années que Nigel connaissait le tandem Forby-Banner. Il esquissa un sourire :

— Il vous a soufflé une histoire, hein ? Ah ! s'exclama-t-il, son regard quittant les remarquablement beaux yeux de Mel (des yeux qui, même en cet instant, ne pouvaient s'empêcher de danser à la seule pensée de Thrudd !) pour se poser sur le cottage d'en face. Vous êtes venue voir Miss Seeton pour solliciter son conseil, déduisit Nigel, assez content de lui. Je ne vous demanderai pas à quel sujet — je suis partisan d'une bonne petite vie tranquille, vous savez. Nous autres, agriculteurs débordés de travail...

Et, après quelques banalités, il s'en fut.

Mel adressa des signes à la petite voiture rouge qui vira à droite pour emprunter Marsh Road et pétarada sur la route de Rytham Hall, émettant de discrets nuages de fumée bleue dans son sillage. Mel s'apprêtait une fois encore à traverser la rue quand retentit une autre voix connue :

— Eh bien, juste ciel, on dirait... Mel, ma chère, mais c'est bien vous, ma parole, non ?

Entendant les inflexions familières dans son dos, Mel fit volte-face avec une certaine surprise. Parlez de télépathie, de double vue ou de ce que vous voudrez : elle était là devant elle, celle qu'Amelita Forby était venue voir à Plummergen.

Miss Seeton descendait les marches du *George and Dragon.* À l'instar de Mel, elle portait un paquet — le sien était enveloppé de papier kraft — mais en lieu et place de la canne de Mel, elle était munie de son inévitable parapluie. S'approchant un peu, Mel observa que le paquet de Miss Seeton était différent de celui qui contenait la classique boîte de chocolats : pour commencer, il était de forme irrégulière, une forme que Mel crut reconnaître (on entendait des gargouillis). Et Miss Seeton sortait du pub...

CHAPITRE IV

Mel éluda vite les questions inquiètes de Miss Seeton au sujet de sa canne, l'assurant que c'était plus une assurance qu'une nécessité pour elle. Elle avait en outre le sentiment que ça lui donnait un petit air d'élégance qui ne nuirait pas le moins du monde à sa réputation naissante d'originale de Fleet Street.

Elle s'abstint de commentaire sur l'emplette que sa vieille amie venait manifestement de faire. Fort peu de choses pouvaient surprendre un tâcheron de la plume désabusé tel qu'Amelita Forby, mais l'idée que Miss S. — entre tous ! — en fût venue à lever le coude en secret, c'était là une des rares nouvelles qu'elle n'était pas prête à croire.

— J'allais justement me préparer une tasse de thé, signala Miss Seeton dès qu'elles eurent fini d'échanger des politesses. Au jardin, vous savez... un si bel après-midi ! Vous vous joindrez à moi, n'est-ce pas, ma chère ?

L'espace d'un fol instant, Mel ne put chasser la vision de Miss Seeton assise avec elle sur la terrasse, en train d'avaler des whiskys-sodas à tire-larigot, le mot « thé » n'étant qu'un euphémisme qui pouvait signifier n'importe quoi, du sherry jusqu'à la gnôle illicite. Le bon sens reprit cependant ses droits et Mel accepta l'invitation avec des remerciements : il serait bien plus favorable aux « vibrations » de Miss Seeton (enfin, à ce qui la faisait fonctionner) que cette dernière fût tranquillement installée dans son propre jardin.

— Je regrette, continua Miss Seeton, l'entraînant à sa suite, c'est vraiment dommage, mais je ne peux pas vous inviter à passer le reste de l'après-midi chez moi, parce que je l'ai déjà huilée, j'ai regonflé les pneus et elle m'attend. Ma bicyclette, je veux dire. Je n'ai pas fixé d'heure, malgré tout : elle sait qu'on n'est jamais sûr des conditions de circulation. Et je me suis acheté une nouvelle sonnette, et un panier aussi, déclara-t-elle avec fierté. Ça m'a paru tellement plus sûr que d'accrocher ça sur le porte-bagages (elle brandit le paquet enveloppé de papier kraft qui produisit d'autres gargouillis), parce que je n'avais plus que ça depuis que mon ancien panier a craqué. Et Stan m'a assurée qu'il était trop abîmé pour être réparé. Il est si habile pour rafistoler les objets, Stan... oh, elle aussi, bien sûr ! Quant à savoir si on peut parler d'« objets » à propos de parties qui sont encore attachées aux volatiles — les ailes, les pattes, je veux dire. Cela dit, on hésite à donner dans l'anthropomorphisme...

Tout en bavardant, elle ouvrit la voie pour remonter son allée jusqu'à la porte et farfouilla dans son sac pour prendre la clé. Elle fit entrer Mel dans le hall et sourit en posant sur la table, près de la porte, la bouteille enveloppée de papier kraft.

— Tellement meilleur que le brandy ou le whisky ! Pour l'état de choc, une propriété particulière des baies de genièvre, paraît-il, qu'ils mangent quand ils vivent à l'état sauvage — les oiseaux, j'entends. Quand ils ne vont pas bien.

Elle entraîna Mel dans la cuisine et alluma la bouilloire qui attendait, prête.

— Mrs. Ongar connaît bien la question, poursuivit

Miss Seeton, s'activant à chercher du lait, du sucre et de la vaisselle pendant que Mel — privilège de l'amitié — sortait d'un placard une boîte à biscuits dont elle versa le contenu sur une assiette. Et elle parle, figurez-vous ! (L'image de Harpo Marx surgit dans l'esprit de Mel, malgré elle.) Au *Women's Institute*[1], par exemple, précisa Miss Seeton en chauffant la théière. Et dans le cadre d'autres groupes de personnes concernées — comme je le suis. Concernée, je veux dire. Par la protection des oiseaux. Je me suis déjà rendue sept fois aux *Ailes blessées* depuis ma première rencontre avec Mrs. Ongar — pas pour mes besoins personnels, heureusement ! Ce cher Stan soigne les miennes à merveille — elles pondent si bien ces derniers temps, vous savez, que je serais heureuse de vous en offrir une demi-douzaine à emporter, si cela vous tente. Combien de temps comptez-vous rester à Plummergen ? Mieux vaut qu'ils soient aussi frais que possible, voyez-vous.

— Je repars pour la capitale aujourd'hui même, hélas, répondit Mel. C'est très gentil de votre part, Miss S., de me proposer des œufs frais, mais c'est un peu délicat à transporter en train — surtout dans mon état actuel. Je serais navrée de les mettre en omelette avant d'arriver chez moi...

Miss Seeton hocha le chef avec compréhension.

— Et comment va ce cher Mr. Banner ? s'enquit-elle, ignorant les efforts de Mel qui cherchait à prendre le plateau du thé. Notre dernière rencontre semble remonter si loin, bien que...

— Pas assez loin à mon goût, pour le moment, rétorqua Mel d'un ton sec. Ce fumier a fait un scoop avec une histoire fracassante, et moi, qu'est-ce que je deviens

1. Véritable institution britannique, cette association de femmes en milieu rural organise des réunions régulières à visée pratique, sociale et culturelle. *(N.d.T.)*

dans tout ça ? Eh bien, je viens vous demander de l'aide.

La théière trembla dans la main de Miss Seeton qui cligna des yeux, interrogeant Mel du regard.

— Vous êtes championne, avec vos dessins, Miss S. Vous ne pourriez pas faire votre petit tour de passe-passe pour Amelita Forby, si je vous le demande gentiment ? J'aimerais tant lui faire perdre de sa superbe, à ce Banner. Et si je pouvais le battre sur le terrain de son propre scoop...

— Mais, Mel, ma chère, je ne sais rien... les articles, les scoops, la vie de reporter, je n'y connais rien ! se récria aussitôt Miss Seeton. Bien sûr, je suis toujours contente d'aider une amie, mais avec la petite existence tranquille que je mène...

Esquissant un sourire, Mel laissa Miss S. débiter le reste de ses excuses sans y prêter attention. Le Pébroque vengeur avait dû, au fil des ans, voir défiler davantage de reporters qu'Amelita Forby n'en pouvait dénombrer, mais Miss Seeton ne se rappelait vraiment pas ces rencontres, semblait-il. Essentiellement discrète de nature, sa personne et ses affaires lui paraissaient sans conséquence pour tout autre que ses intimes. Et quand on élucidait un mystère de plus, grâce à l'aide qu'elle fournissait à Scotland Yard en toute innocence, elle ne se rendait pas compte de ce qu'elle avait accompli, ni de l'énorme intérêt que ses succès suscitaient chaque fois dans le public.

Mel s'aperçut soudain que Miss Seeton avait cessé de parler et elle émergea de sa rêverie :

— Bon, d'accord, Miss S., je sais tout ça mais je ne vous demande pas de prendre des notes en sténo ou de crier : « Réservez la une du journal ! » Ce que je veux, c'est un de vos bons vieux coups à la Seeton ! Facile comme bonjour, pour vous !

Miss Seeton avait l'air dubitatif. Après tout, c'était la

police qui rétribuait ses services de consultant artistique ; elle devait donc d'abord songer à Scotland Yard, nul doute. Ne se fâcherait-on pas contre elle si elle exécutait un de ses petits dessins, genre portrait-robot (c'était manifestement le sujet de la requête de cette chère Mel), au profit d'une personne qu'on ne pouvait, en toute honnêteté, considérer comme un responsable officiel ? Risquait-on d'y voir un abus de confiance ? Un manquement à la politesse la plus élémentaire ? songea-t-elle en rougissant. On avait ses obligations professionnelles...

— Vous disiez, ma belle ? lança Mel qui, avec l'ouïe exercée d'un bon reporter, avait entendu Miss Seeton murmurer un nom en rougissant encore. Vous vous inquiétez à cause de Mr. Delphick ? Pas la peine. Tenez, je lui ai annoncé ce matin même que je venais vous parler et il m'a pratiquement souhaité bonne chance. Au fait, il vous envoie ses meilleures salutations.

C'était assez près de la vérité pour ne rien changer et ça permettrait d'éviter la surchauffe à la conscience de Miss Seeton.

Grâce à un judicieux mélange d'encouragements et de ruse, et à un résumé des faits relatifs à l'enlèvement, Mel persuada Miss Seeton d'examiner les photos qu'elle avait apportées : la résidence MacSporran à Londres, lady Marguerite le jour de son baptême (un cliché subtilisé aux dossiers de la page Haute Société, que Mel espérait pouvoir remettre à sa place avant que le rédacteur ne s'aperçût de sa disparition) et — là, la journaliste avait vraiment ratissé large — une vue panoramique du parc londonien où avait été attaquée la nounou de l'héritière kidnappée. Mel étala sa sélection avec une certaine fierté et attendit la réaction de Miss Seeton.

Et attendit. Miss Seeton, choquée et consternée par la triste histoire, ne réagissait pas comme Mel l'avait espéré. Point de doigts qui dansaient nerveusement, aucun signe que l'un des fameux croquis Seeton se préparait. Elle semblait désemparée par cette affaire, pour une fois incapable de laisser opérer sa magie coutumière.

— Je suppose que l'Oracle avait raison, en fin de compte, marmotta Mel, soudain prise de remords en apercevant l'expression de Miss Seeton. Oh, ne le prenez pas si à cœur, Miss S. ! Vous ne pouvez pas sortir un lapin de votre chapeau à tous les coups.

Cette fois, peut-être était-elle simplement trop chamboulée par cette affaire pour que ses talents d'artiste puissent se donner libre cours. Certes, Miss Seeton n'était pas vraiment du genre maternel, mais on est forcément touché par la disparition d'un bébé sans défense. Elle semblait si soucieuse et tendue... Tiens, pourquoi pas un changement de décor complet, pour la distraire un moment ?...

— Vous craignez d'être en retard pour vos amis à plume, non, Miss S. ? releva Amelita Forby, le Sherlock Holmes de Fleet Street. Eh bien, que diriez-vous si je vous accompagnais ? Si vous n'y voyez pas d'inconvénient, bien sûr ! Je pourrais peut-être faire un article sur cette Mrs. Ongar, pour le *Daily Negative.* Les animaux, c'est toujours très porteur, déclara Mel, l'air de s'y connaître.

Quelle ne fut pas sa surprise ! Même cette suggestion n'emporta pas l'accord de Miss Seeton qui parut, à tout prendre, encore plus préoccupée qu'avant, et qui se remit à soliloquer à voix basse.

Mel dut tendre l'oreille pour saisir ses paroles.

— Votre vélo ? Allons donc, Miss S. ! Ai-je vraiment l'air d'une « Daisy, Daisy[1] », même dans mes meilleurs jours ?

1. Allusion à une célèbre chanson du répertoire du music-hall de la fin du XIXe siècle : un jeune homme fait sa déclaration à Daisy, et, sachant qu'il ne pourra lui offrir un mariage chic et une

Miss Seeton ne put réfréner un sourire à la pensée de Mel en tandem :

— Je regrette que mon vélo ne soit pas « une bicyclette faite pour deux ». Il n'a, hélas, pas non plus de marchepied[1]... même si je me sentais capable de pédaler sur une telle distance avec une passagère, dit-elle avec une grimace dubitative, bien qu'ils aient fait des progrès remarquables, au fil des ans — mes genoux, j'entends. Grâce au yoga. Oh, loin de moi la pensée que votre poids... je veux dire, j'espère que ma remarque ne vous semble pas impertinente, mais...

— Ça ne m'a même pas effleuré l'esprit, l'assura Mel avec un sourire amusé. Mais une autre idée m'est venue, en revanche. Amelita Forby, le génie de Fleet Street ! Si j'appelais un taxi et que je mette la note sur le compte de ce bon vieux *Daily Negative* ? Pour frais professionnels, précisa-t-elle quand Miss Seeton parut vouloir protester. Parce que j'irai là-bas pour travailler sur mon article, n'oubliez pas ! Et dans un taxi, il y a largement de la place pour deux... enchaîna Mel qui, devant l'air toujours hésitant de Miss Seeton, répéta d'un ton ferme : Oui, de la place pour toutes les deux. Plus que je n'en pourrais dire de la voiture de Nigel Colveden ! ajouta-t-elle en riant, repensant à la petite MG qui pétaradait dans Marsh Road pour rentrer à Rytham Hall.

— Ce cher Nigel ! s'écria Miss Seeton, retrouvant le sourire. L'autre jour, il taquinait ses parents : il parlait de dorer les fenêtres du manoir à la feuille, en guise de peinture ! Mon parapluie, vous savez, c'est tellement plus pratique que le bois, Nigel l'a du reste souligné. Mais sir George, je le crains, se lamentait à l'idée de la

calèche, lui promet qu'ils iront à la noce « sur une bicyclette faite pour deux » et qu'ils seront très beaux ainsi. *(N.d.T.)*

1. Certains vélos anglais sont munis d'un petit marchepied. *(N.d.T.)*

dépense, comme votre rédacteur risque de le faire, ma chère Mel. Au sujet du taxi...

Il fallut à Mel davantage de temps qu'elle ne l'aurait cru pour apaiser les hésitations de Miss Seeton, mais elle finit par y parvenir et prit l'initiative de chercher le garage Crabbe dans l'annuaire de Miss Seeton. Ignorant les protestations de son hôtesse inquiète, elle composa le numéro et demanda si Jack Crabbe ou l'un des siens pouvait les emmener toutes les deux au refuge des *Ailes blessées,* juste en dehors de Rye. Jack déclara qu'il serait ravi de les y conduire. Mel le pria de passer les prendre une dizaine de minutes plus tard, et elle invita Miss Seeton à aller mettre son chapeau et à se munir de son parapluie.

Elle décida quant à elle qu'elle reviendrait à Plummergen avec le taxi, une fois la visite finie. Elle passerait la nuit au *George and Dragon,* au besoin. Car Amelita Forby n'avait pas l'intention de perdre aussi vite le contact avec Miss Seeton.

Restait encore à attendre le fameux dessin...

Barbara Ongar manifesta un plaisir évident en accueillant Miss Seeton et sa compagne inattendue. Elle accepta la bouteille de gin avec gratitude.

— Le meilleur remontant que je connaisse, expliqua-t-elle à Mel. Votre journal risque de recevoir du courrier pour en contester les vertus, mais ça m'est égal. En ce qui me concerne, ça marche !

Comme il n'y avait personne d'autre, Mel et Miss Seeton eurent droit à la pleine attention de Babs Ongar durant leur visite des *Ailes blessées.* Mel, qui n'avait encore jamais vu de refuge pour les oiseaux, n'arrêtait pas de prendre des notes à toute allure, regrettant de ne pas avoir apporté d'appareil photo.

— Ils ont belle allure, non ? signala Barbara, regardant avec fierté un fou de Bassan convalescent. (L'oiseau était blanc, à part le bout des ailes noir et une tête jaune aux yeux gris-bleu qui observaient ces dames avec un vif intérêt.) Mazouté, le pauvre ! expliqua Babs. Une saleté de bateau qui passait par là, mais je suis un peu mal placée pour protester, avec un mari dans la marine marchande... Cela dit, si je le croyais capable de pareille négligence, je lui arracherais les tripes pour en faire des jarretières ! Vous auriez vu l'état dans lequel était ce pauvre coco quand on l'a trouvé ! Bon, maintenant, il est en bonne voie, grâce au ciel !

— Comment diable faites-vous pour soigner une bête de cette taille ? s'enquit Mel tandis que le fou ouvrait son bec puissant pour bâiller.

Une pensée imbécile lui vint malgré elle : si cet oiseau avait des dents, il l'aurait mordue !

— Avec une extrême prudence et des chandails de laine, répondit Mrs. Ongar, qui éclata de rire en voyant la mine de Mel. Sérieusement. Ça permet d'absorber le mazout de la manière la plus confortable et la moins pénible pour les oiseaux. On leur nettoie la tête et les ailes au détergent, puis on les enveloppe dans des tubes de tricot, avec des trous pour les ailes. Des tricots à côtes pour qu'ils puissent bouger et respirer. Et puis on les installe dans un panier où ils peuvent rester tranquilles, dans un endroit calme. Tout ça les aide à se détendre. Vous savez, le choc et le stress sont plus mortels que n'importe quoi, pour un animal malade. Ce sont de belles créatures, et quelle force ! Vous devriez les voir pêcher ! Je vous assure que ça se remarque, une bête d'un mètre quatre-vingts d'envergure qui replie les ailes et prend la forme d'une flèche pour plonger de trente mètres de haut !

— J'imagine que oui, fit Mel, considérant le fou de Bassan avec un respect accru.

Mrs. Seeton soupira :

— Je crains de ne devoir m'excuser une fois de plus : je n'ai toujours pas de succès avec les pull-overs, Mrs. Ongar. Le tricot est, semble-t-il, un de ces ouvrages pour lesquels je ne suis pas douée. Pourtant, je sais à quel point ce serait utile, avec le triste nombre d'oiseaux de mer mazoutés dont vous vous occupez...

— Pas seulement des oiseaux de mer, hélas ! Venez donc jeter un œil sur le cygne que nous avons là, voulez-vous ? proposa Barbara en les emmenant vers une autre cage qui contenait un piteux volatile aux yeux noirs et las. Ça a été tangent un moment, avec lui. Mais maintenant, il récupère ; je ne crois pas que j'aie besoin de toucher du bois. C'est avec les oiseaux de mer que c'est trompeur : ils se remettent bien, et puis ils s'effondrent au moment où on les croyait prêts à repartir. Les cygnes, eux, n'ont pas l'air de souffrir autant que les oiseaux marins quand ils ont les ailes détrempées. Oh, bien sûr, ils sont capables d'attraper une pneumonie aussi facilement qu'eux, à cause du froid, mais leur constitution est telle qu'ils continuent à pouvoir flotter et ne se noient pas.

Ces dames allaient de cage en cage, accompagnées par la cacophonie des oiseaux convalescents : les uns sifflaient ou roucoulaient, d'autres croassaient, poussaient des cris perçants ou lançaient des trilles. Babs vérifiait qu'ils avaient de l'eau à boire, grattait amicalement les têtes des plus familiers, évoquait les particularités de chacun de ses pensionnaires. Il y avait un canard siffleur qui refusait toute autre nourriture que du cheddar râpé avec du pain trempé dans du lait ; cette grive musicienne était encore plus craintive que ses congénères ; le hibou fauve dans le coin, là-bas, s'était égaré, était tombé dans une cheminée, avait pondu un œuf et s'était cassé une aile en tentant de ressortir.

— C'était il y a deux ans, raconta Mrs. Ongar en riant. Eh bien, vous pouvez toujours essayer de lui dire qu'il va mieux, il ne veut rien entendre. Il refuse de partir. De jour, il reste dans son coin et, le soir, si j'oublie de le nourrir comme je le faisais quand il était blessé, il me bombarde de coups d'aile. Difficile d'ignorer une créature qui s'entête à passer ses nuits dans votre jardin.

— Et qu'est-il advenu de l'œuf ? questionna Mel, se rappelant sa curiosité professionnelle.

Babs, encore à rire de l'attachement flatteur du hibou, comprit de travers.

— Oh, brouillé, c'est bien meilleur que dur. Les petits n'ont pas une très bonne digestion, vous savez. Mais, en grandissant, certaines espèces...

Elle ouvrit une boîte à biscuits tout en parlant et la tendit à Mel qui y plongea le regard.

— Du porridge d'avoine complète, constata la journaliste, se penchant un peu plus pour mieux voir. Pouah ! Du porridge complet et grouillant ! Qu'est-ce donc ?

Babs et Miss Seeton sourirent.

— Des vers de farine dans du son, expliqua Mrs. Ongar, refermant le couvercle et secouant la boîte. Goûteux et tentant pour un oisillon en pleine croissance. Et pour certains adultes aussi. Bon, voyons : que pensez-vous de ce citoyen-là ?

— Un merle, répondit aussitôt Mel, qui tenait à se rattraper après la faiblesse qu'elle venait de manifester.

Babs regarda Miss Seeton et attendit. Miss Seeton examina le plumage sombre aux reflets bleus, le bec recourbé. Un bec rouge et recourbé...

— Sûrement... un crave, non ? suggéra-t-elle.

— En effet, dit Mrs. Ongar. Le crave est le seul de son espèce à avoir le bec et les pattes rouges — impossible de se tromper. En Cornouailles, il y a une vieille croyance superstitieuse qui prétend que le roi Arthur reviendra sous la forme d'un crave et que ça porte malheur de faire du mal à ces oiseaux-là. Je soigne tout particulièrement Lancelot, que vous voyez là : cloportes et perce-oreilles à gogo, et beaucoup de soleil... Mais, à propos de merles...

Une fois que Mel put comparer les deux volatiles, elle avoua que la différence était patente. Le bec du merle était jaune-orange au lieu de rouge ; les pattes étaient marron foncé et il était plus petit que le crave, et bien moins spectaculaire.

— Mais ce sera un bel oiseau quand il sera complètement rétabli, expliqua Mrs. Ongar, considérant le merle avec sympathie. Les merles sont loin d'être aussi craintifs que les autres membres de la famille des grives. Pourtant, sur le chapitre de la nervosité, il y a quelque chose de bizarre à propos de celui-ci. Le jeune couple qui l'a amené ici l'autre jour était loin d'être heureux, croyez-moi. Ils n'ont pas cessé de se disputer en remontant l'allée, et je crois qu'ils ne seraient même pas entrés, si le mari — ou qui qu'il soit — avait eu le dernier mot. On voyait qu'il y avait un truc qui clochait, rien qu'à la manière dont elle le regardait, raconta Babs avec un hochement de tête et un soupir. Je n'ai pas pu m'empêcher de me demander si ce n'était pas lui qui avait fait du mal à l'oiseau. Bon, ç'aurait pu être un chat, mais tout aussi bien un homme. Les plumes de la queue mettront un bon mois à repousser et, jusque-là, il fera une cible idéale pour les chats, car il n'aura plus le sens de l'équilibre. La femme avait peut-être menacé son compagnon de le dénoncer aux autorités s'il ne la laissait pas m'amener la pauvre bête.

Et le pauvre merle dans sa cage regarda ces dames d'un œil triste et luisant.

CHAPITRE V

Expliquant que le temps lui était compté, Jack Crabbe n'accompagna pas Mel et Miss Seeton dans leur visite des *Ailes blessées,* mais il exprima son intention de s'y rendre une autre fois. Il les attendit dehors avec un crayon, du papier et ses ouvrages de référence — un dictionnaire et un exemplaire usagé du *Roget's Thesaurus*[1] —, occupé à imaginer une de ses grilles de mots croisés aux définitions hermétiques qui avaient fait de son patronyme un nom connu de tous les cruciverbistes. Quand réapparurent ses passagères, il avait non seulement déjà rempli la grille en cours, mais travaillait déjà à la suivante. Il était ravi d'avoir si bien avancé et, s'il accepta avec plaisir le prix de la course que lui réglait Mel, il refusa ferme tout pourboire.

— Vous m'avez porté bonheur, lui dit-il avec un clin d'œil. « Bonne chance à mon merle[2] », hein ?

1. Le dictionnaire des synonymes le plus utilisé en Grande-Bretagne. *(N.d.T.)*

2. Vers qui revient à plusieurs reprises dans une vieille chanson populaire qui ressemble à une chanson d'amour (« Où est mon beau merle que j'aime et qui me manque », etc.), mais qui était en fait une sorte de chant de ralliement des Jacobites, partisans de

— Je croyais que c'était le crave qui vous avait surtout intéressé, répondit Mel.

Sur le chemin du retour à Plummergen, Jack avait en effet questionné ses amies sur ce qu'elles avaient vu, et il avait proposé de mettre un crave dans sa prochaine grille, en leur honneur. Il avait même improvisé une définition sur-le-champ : « Toux d'oiseau sonne rauque malgré inhalation d'hydrogène. » Miss Seeton en avait été très impressionnée et Mel lui avait demandé la permission d'écrire un article sur lui, un de ces jours.

— L'vieux crave ? disait-il maintenant. Bon, oui, ça m'intéressait, mais « pour la chance, c'est un merle », Miss Forby. Du moins, c'est ce qu'on chantait du temps des Jacobites[1]. Je suppose que ça devait me trotter dans la cervelle, parce que c'est une de mes définitions du jour : « Patriote patriarcal, 45, le suit vers l'est », vous voyez ?

Une fois que Jack eut expliqué, Mel comprit et Miss Seeton fut de nouveau impressionnée. Leurs louanges furent telles que Jack en rougit : il était écarlate jusqu'à la pointe des oreilles quand il démarra pour repartir. Mel lui adressa de grands signes d'adieu avant de se retourner, tout excitée, vers Miss Seeton :

— Eh bien, Miss S. ? Comment allons-nous procéder ? Et si nous rentrions prendre une autre tasse de thé avant de nous asseoir au jardin... pour y attendre l'inspiration ?

Ayant installé la journaliste dans son fauteuil de jardin préféré, Miss Seeton contemplait l'ombre du pom-

Bonnie Prince Charlie (Charles Édouard Stuart), le merle à qui l'on souhaite bonne chance. *(N.d.T.)*

1. Il y eut deux révoltes jacobites, la première en 1715, dite « de Quinze », la seconde, en 1745-1746, dite « de Quarante-Cinq » (d'où le 45 de la définition des mots croisés). *(N.d.T.)*

mier qui dansait sur le bloc à dessin qu'elle tenait appuyé contre la table. Si ses yeux s'égaraient au-delà des bords du bloc, elle pouvait voir les photos que Mel avait disposées dans l'espoir que ça l'aiderait. Mais en vain. Miss Seeton soupira : rien ne semblait l'inciter à dessiner, ne serait-ce qu'un petit gribouillage rapide. Posant son crayon, elle poussa encore un soupir, surprit le regard de Mel et détourna les yeux avec un sentiment de culpabilité.

— Vous avez soif, Miss S. ? s'enquit Mel, pensant que le regard de son amie s'était arrêté sur sa tasse vide. La théière est presque à sec, je vais nous préparer une autre tournée, si vous voulez. Non, je peux me débrouiller, franchement. Comme si je ne savais pas où se trouvent les choses, depuis le temps...

Dissimulant un sourire, Mel chargea la vaisselle du thé sur le plateau et s'apprêta à laisser Miss Seeton seule en tête à tête avec son bloc à dessin. « Bien vu, Forby. Tout ce qu'il faut à Miss S. pour se lancer, c'est peut-être juste un peu de temps à elle. Cet étrange talent qui est le sien la met mal à l'aise, Dieu sait pourquoi ! L'Oracle est généralement obligé de la chouchouter pour arriver à ses fins, et ce qui vaut pour Delphick vaut aussi pour moi. » Elle décida donc de mettre deux fois plus de temps qu'il n'en fallait pour refaire du thé.

Elle osa un dernier regard derrière elle en partant vers la cuisine : Miss Seeton était assise dans la position exacte où elle l'avait laissée, immobile, les yeux fixes et pensive.

Quand Mel fut incapable de rester éloignée plus longtemps et qu'elle revint au jardin avec de l'earl grey qui risquait d'être trop infusé si on ne le buvait pas sans tarder, Miss Seeton était toujours abîmée dans la contemplation de son bloc, immobile. Mel se sentit découragée. L'Oracle avait eu raison ; on serait obligé d'attendre que la nounou reprenne connaissance. « Ah, si seulement j'avais pu trouver une photo de la petite, au lieu du cliché du parc... »

Mel arriva à la table. Les tintements de vaisselle sortirent Miss Seeton de sa transe apparente et Mel poussa un petit cri de joie. Les feuilles blanches froissées indiquaient clairement que Miss Seeton avait dessiné : le genre de croquis rapide, instinctif et riche d'indices que la police appréciait tant, mais qui inspirait à son auteur une honte inexplicable. « Ce ne sont que des gribouillages, des impressions, déclarait-elle toujours, sans valeur pour personne d'autre que moi. »

Ce en quoi elle se trompait.

— Bien joué, Miss S. ! s'exclama Mel, qui posa le plateau sur la table sans cérémonie et saisit les feuilles froissées avant que Miss Seeton n'ait eu le temps de protester. Formidable ! enchaîna Mel, étalant ses trésors et ignorant la voix discrète de Miss Seeton qui proposait de servir le thé.

Amelita Forby n'allait pas avoir le triomphe modeste : une fois de plus, Miss S. avait sauvé la situation !

Sauf que les dessins ne rimaient à rien — comme d'habitude. Combien de fois avait-elle entendu l'Oracle s'en plaindre ? Oh, ils avaient forcément un sens, une fois que l'affaire était réglée et que vous aviez l'ensemble de la situation sous les yeux. Ça finissait toujours ainsi. Mais si l'on voulait prendre un métro d'avance sur la petite dame et sur son inspiration, il fallait interpréter ce que son subconscient tentait de vous raconter et qu'on était généralement assez long à décrypter...

Le premier dessin était presque une nature morte. Sur un rocher d'un gris de granite était perché un majestueux oiseau aux yeux brillants. Un oiseau aux plumes noires et luisantes, au port de tête altier. Il tenait sous une serre un collier qui tombait en épousant la courbe du rocher et se lovait à sa base. Le bijou était façonné avec des pierres lisses et rondes, serties dans une pièce d'orfèvrerie finement ouvrée. Tout aussi fin était le travail de la petite couronne posée contre un côté de la base du rocher, faisant pendant aux spirales du collier.

— Hum, lâcha Mel qui passa au dessin suivant.

Elle posa les yeux sur le croquis, sur Miss Seeton assise là en toute innocence, sa tasse de thé à la main, puis les ramena sur le papier. Un sourire s'épanouit lentement sur ses lèvres, à mesure que la lumière jaillissait dans son esprit, et elle hocha la tête, à sa propre intention. « Crève d'envie, Thrudd Banner ! Gare-toi, l'Oracle ! Amelita Forby n'est pas prête à laisser croire aux hommes qu'ils savent tout, ah non, pas question ! »

— Miss Seeton, vous savez, suggéra Mel avec une grande douceur, je crois que ce serait une bonne idée de me laisser emporter ces dessins à Londres...

À Scotland Yard, ce soir-là, deux hommes de haute stature se retrouvaient face à face, séparés par un immense bureau. Des profondeurs de son fauteuil ultra-rembourré en cuir grenat et au dossier capitonné, sir Hubert Everleigh, directeur adjoint (Brigade criminelle), posa un regard furibond sur le commissaire divisionnaire Delphick et sur le document que ce dernier venait de placer sur le sous-main de son supérieur.

— Ceci est une photocopie, Delphick, souligna sir Heavily, pas un original !

— En effet, monsieur. Ou, pour être plus exact, c'est une photocopie de photocopie, l'original restant dans mes propres dossiers. Pour le garder, euh, en sécurité.

Delphick prit son plus bel air d'oracle pour fixer son chef et vit une lueur s'allumer dans les yeux de ce dernier.

— Vous avez l'original? s'écria le directeur adjoint, se penchant en avant par-dessus le sous-main, ignorant la méprisable photocopie de photocopie qu'il écrasait de ses coudes. Où se trouve-t-il au juste?

Delphick s'éclaircit la gorge avec vigueur.

— Mes excuses, monsieur. Je vous ai, semble-t-il, induit en erreur bien malgré moi. Ce que j'ai voulu dire, c'est que la photocopie originale, si vous me permettez cette formule contradictoire, se trouve sous ma garde. Le dessin à partir duquel elle a été faite n'appartient après tout pas à la police et nous ne sommes aucunement fondés à le revendiquer. Mais Miss Forby, à qui le document a été confié — comme vous l'avez sans doute oublié dans le feu de l'action —, en prendra un soin admirable, vous pouvez être tranquille. Vous n'avez pas à vous inquiéter quant à cela.

Les yeux de sir Hubert se rétrécirent, donnant une expression de colère à son visage; une respiration sifflante s'entendait par-dessus le grincement de dents, tandis qu'il serrait lentement les mâchoires.

— Ne poussez pas trop loin, Delphick! Il y a des limites à ne pas franchir, même par vous!

— Navré, monsieur.

Ce que démentaient le ton et l'intention de l'Oracle. Il y avait des années qu'il menait cette petite guéguerre contre sir Heavily, depuis le jour où le directeur adjoint avait compris que les croquis éclair de Miss Emily Dorothea Seeton, l'unique et irremplaçable Miss Esse du Yard, possédaient une qualité rare et indéfinissable, qu'un spéculateur avide d'investissements artistiques n'aurait su ignorer. On avait jusque-là toujours réussi à décourager sir Heavily quand, de manière détournée, il demandait les originaux, et l'Oracle ne voyait pas de raison pour que ce petit jeu ne continuât pas indéfiniment, à condition de savoir rester vigilant.

— Je crois que, maintenant, Miss Forby nous a mis sur la bonne voie, grâce à l'aide de Miss Seeton, bien entendu. Je ne comprends pas comment j'ai pu ne pas y penser, sauf que je n'étais pas chargé du dossier. Quand Miss Esse a vu les photos de Mel... Bref, ça m'étonnerait beaucoup que, dans les jours qui viennent, on ne voie pas sortir un scoop de première grandeur, signé Forby.

Un air de commisération amusée passa brièvement dans son regard, à l'idée de la surprise qui attendait Thrudd Banner.

— Je crois que, les circonstances étant ce qu'elles sont, il serait bon d'avoir une petite conversation avec cette Mrs. Ongar. Dès que possible.

Ils examinèrent ensemble les deux croquis photocopiés, posés sur le sous-main du directeur adjoint. Ils étaient tombés d'accord sur le fait que l'un d'eux, la nature morte au merle, exprimait l'opinion de Miss Seeton sur l'enlèvement du bébé MacSporran (interprétation de Mel que Delphick avait transmise). Ce dessin n'avait d'ailleurs d'autre utilité que de fournir un arrière-plan.

Quant au deuxième croquis... Celui-là montrait encore un merle, beaucoup moins fier de son plumage, car il était sans queue. Il n'était pas perché, mais semblait traîner au voisinage d'un jeune couple — un homme à l'air grognon, une femme aux yeux craintifs et inquiets, qui se tenaient recroquevillés l'un contre l'autre, à l'ombre d'un grand arbre. L'arbre avait un sommet en forme de dôme et une ramure importante et fournie ; quelques feuilles étaient clairement dessinées, sur les plus hautes branches. Des feuilles à cinq pointes.

— Un platane, avait souligné Mel en arrivant dans le bureau de l'Oracle, un peu plus tôt dans la soirée, fraîchement débarquée de Plummergen. Un platane londonien : voilà ce que c'est. Et il y en a dans tous les parcs de la ville.

— Ça pourrait être un sycomore ou un érable. Leurs feuilles...

— Voyons, l'Oracle ! Je sais que vous êtes censé vous méfier quand un indice se pointe et vous tombe dessus, mais là, c'est ridicule ! Pourquoi vouloir jouer l'avocat du diable ? C'est une certitude cinq étoiles, vingt-quatre carats et garantie Seeton que je vous montre là, et pour laquelle j'ai pris un gros risque professionnel, pourrais-je ajouter. Si Thrudd découvre le pot aux roses avant que mon article paraisse... bon, il vaut mieux pas, c'est tout ce que je peux dire.

— Mel, vous ai-je jamais déçue à l'occasion d'affaires passées ? Si Thrudd vient à être au courant de vos hypothèses inspirées...

— De mes brillantes réflexions, corrigea Mel avec un sourire amusé.

— ... je peux vous promettre que ça ne sera pas venu de moi. Ne serait-ce que parce que je serai bien trop occupé à m'organiser pour faire suivre ces pistes, fit-il en tapotant les dessins avec la pointe de son stylo-bille. Trop occupé pour avoir le temps de discuter avec les reporters que je pourrais rencontrer.

— À part moi, ça va de soi. Vous feriez mieux de me mettre dans le coup dès le départ pour cette affaire, l'Oracle, sinon jamais plus je... Eh, mais je perds la boule ! C'est moi qui vous ai mis dans le coup, cette fois !

— C'est vrai, et nous vous en sommes plus que reconnaissants, Mel. Cependant, juste histoire de limiter les risques, vous feriez mieux de ne rien publier avant que nous ayons arrêté les kidnappeurs. Et, avant de pouvoir les arrêter, il faut d'abord qu'on les retrouve. Toujours à supposer que vous ayez raison, quant à la signification de ce dessin...

— Oh, mais j'ai raison, l'Oracle, j'ai raison ! affirma Mel avec un clin d'œil, sortant son bloc-notes de son sac. L'article est d'ores et déjà écrit, prêt pour l'imprimerie. Rappelez-vous : ce n'est pas sur moi que vous pariez, n'est-ce pas ? C'est Miss Seeton qui vient à la rescousse. Une fois de plus.

CHAPITRE VI

Une fois Mel repartie à Londres avec les deux dessins, Miss Seeton eut du mal à reprendre le cours de sa routine. Elle eut beau s'y employer, débarrassant le plateau du thé et s'activant à la cuisine, elle ne cessait d'avoir des pensées de commisération pour lord et lady Glenclachan, les parents de la petite lady Marguerite MacSporran. Quelle histoire romantique autour de sa naissance ! songea Miss Seeton, faisant des bulles en agitant l'eau de la cuvette à vaisselle avec une lavette à long manche. Cette chère Mel l'avait carrément fascinée en expliquant comment le titre nobiliaire et le blason avaient été conférés aux Glenclachan par Marie, reine d'Écosse, ce monarque dépravé et obstiné. Les services rendus à Marie Stuart par le premier lord Glenclachan — quelle qu'en fût la nature ! (Miss Seeton rougit et frotta énergiquement une tache rebelle) — avaient justifié l'octroi de quartiers de noblesse qui, en l'absence d'héritier masculin, devaient se transmettre aux femmes de la lignée. Ce qui n'était arrivé que deux fois, en près de quatre cents ans. Jusqu'à présent.

— Naturellement, ça a été du pain bénit pour les gens de mon acabit, avait expliqué Mel. C'était l'été, la saison bête battait son plein : c'est l'époque où les rédacteurs sont à l'affût de nouvelles qu'on peut étoffer pour faire un grand battage. Sauf que cette fois-là, bon, je ne peux pas m'empêcher de regretter qu'ils l'aient fait. J'ai un peu le sentiment que c'est notre faute, si on a enlevé la pauvre gamine, parce que c'est nous qui leur avons collé cette idée en tête...

Mel avait paru un peu rassérénée en repartant à Londres, pensa Miss Seeton en rinçant la lavette et le chiffon à vaisselle sous le robinet, avant de les mettre à sécher en les suspendant à leurs crochets, près de l'évier. La vaisselle du thé égouttait tranquillement. Il était trop tôt pour dîner, même légèrement. Elle n'était pas d'humeur à jardiner, mais ses doigts ne tenaient pas en place. Il fallait trouver moyen de les calmer.

Il était inévitable qu'elle ressortît son bloc à dessin et ses crayons. Cette nature morte qu'elle avait esquissée plus tôt... la composition était assez spectaculaire, peut-être pourrait-elle la reproduire de mémoire si elle n'attendait pas trop longtemps avant de s'y essayer? La mémoire est chose capricieuse et éphémère, elle était bien placée pour le savoir, quoiqu'elle pût s'estimer heureuse : ses exercices de yoga semblaient avoir eu autant d'effets bénéfiques sur ses capacités mentales que sur ses aptitudes physiques. Certes, elle vieillissait, c'était indéniable — il y avait bel et bien sept ans qu'elle avait pris sa retraite ! — mais, Dieu merci, elle ne présentait aucun signe de gâtisme ou de faiblesse. On pouvait dire que ses genoux et sa tête étaient florissants, conclut Miss Seeton avec une pointe de fierté.

De fait, on eût même pu ajouter — ce soir-là, au moins — qu'elle avait l'esprit par trop florissant et agité. Des images d'oiseaux, de bébés et d'arbres feuillus ne cessaient de défiler sous ses yeux, réclamant d'être couchées sur le papier. Miss Seeton fit non de la tête, tentant de les chasser. Elle voulait se borner à l'oiseau, si fièrement perché sur le rocher, le collier de perles sous ses serres...

« Voyons, qu'est-ce qui me donne à penser que c'était un collier de perles? s'étonna Miss Seeton. J'aurais supposé... cette chère Mel parlant de Nigel... le souvenir de ma visite à Rytham Hall et Nigel taquinant ce pauvre sir George à propos des fenêtres... J'avais mon parapluie en or, naturellement, et je portais le collier jaune de Cousine Flora, assorti à mon chapeau. Ou bien était-ce le chapeau qui était assorti au collier? Pourtant, je suis sûre que dans mon croquis, c'était des perles... »

Elle plissa le front, hocha le chef en signe de dénégation. Finalement, sa mémoire n'était peut-être pas aussi bonne qu'elle aimait à s'en flatter... Elle se mit à gribouiller sur la feuille de papier qui se trouvait sous son crayon, laissant son regard filer dans le vague, tandis qu'elle tâchait de se rappeler la nature morte.

Grande fut sa surprise quand ses yeux recommencèrent à percevoir ce qu'il y avait devant elle : elle avait dessiné une grosse créature adipeuse avec une énorme moustache, flanquée d'un homme en salopette, l'air compétent, un crayon derrière l'oreille, une règle dépassant de sa poche du haut. « Un morse et un menuisier, constata Miss Seeton après un instant de réflexion. Et, mon Dieu, on dirait de pauvres huîtres, là, à leurs pieds, mais pas encore mangées, je m'en réjouis. » Elle songea au poème de Lewis Carroll qu'elle avait appris à l'école, à l'époque où l'on gagnait des prix quand on récitait des textes par cœur. Il y avait eu une fille, elle s'en souvenait, qui avait débité *Casablanca* en entier, sidérant même les professeurs.

Elle secoua la tête. Des huîtres. Alors, c'était bien un collier de perles, pas le sien, son bijou préféré. Mais pourquoi? Mel s'était contentée d'un « hum » et, plus tard, d'un « ah oui! », ce qui n'était guère...

— Lady Marguerite ! s'exclama Miss Seeton, ravie d'avoir résolu le mystère grâce à ses souvenirs de classe : le langage des fleurs et la signification des prénoms étaient alors à la mode.

Emily signifiait « industrieuse », lui avaient expliqué ses amies, et ce prénom était de la même famille qu'Amelia, le vrai nom de cette chère Mel, qui y avait ajouté un *t* pour qu'on le remarque. « Pour les journaux », songea Miss Seeton en souriant. Emily, Amelia — variations autour d'un même nom pour deux personnes tellement différentes. Marguerite aussi était une variante de Margaret, qui signifiait « perle », se rappela Miss Seeton avec soulagement.

— Et la petite couronne, ça doit être parce qu'elle est fille d'un pair du royaume, ajouta Miss Seeton, alors que le merle, ce pauvre animal, est évidemment...

Avant d'aller à la cuisine préparer le dîner, elle eut la satisfaction de réussir une deuxième mouture de la nature morte que Mel avait été si pressée d'emporter à Londres.

Les événements de la journée avaient manifestement eu davantage d'effet sur elle qu'elle ne l'avait cru, songea-t-elle en s'apprêtant à aller se coucher. Mais d'abord, elle devait faire son yoga. Pour une raison quelconque, elle y ajouta ce soir-là plusieurs postures nouvelles, telles que le Paon *(Mayurasana)* et le Coq *(Kukkutasana)*. Elle réussit à calmer son esprit à la fin, comme toujours, avec le *Shavasana,* la Posture du Mort, mais quand elle s'endormit, ses yeux clos contemplèrent des images d'oiseaux en vol qui défilaient, l'un après l'autre.

Elle se réveilla au milieu de la nuit, ce qui était très inhabituel pour elle, car elle était une bonne dormeuse. Un bruit avait dû la déranger : une voiture, un cri d'animal ou d'oiseau nocturne pourchassant une proie.

Un cri d'oiseau, certainement, songea Miss Seeton

en se blottissant de nouveau sous les couvertures. On entendait un piaillement de mouette assourdi ; le volatile avait dû se poser sur son toit avant de reprendre son vol, et son cri l'avait tirée de...

— Comme c'est étrange ! murmura Miss Seeton, ses yeux rencontrant les chiffres lumineux de son réveil sur la table de nuit.

Les mouettes ne sont pas des oiseaux de nuit (d'après ce qu'elle savait, mais elle devait avouer que ses connaissances étaient loin d'être complètes), pourtant on était encore loin du moment où le chœur des oiseaux salue le point du jour. Cependant, quelque part dans les alentours, il y avait bien une mouette qui se lamentait et criait...

— De douleur, la pauvre bête ! conclut Miss Seeton, incapable d'ignorer le bruit, une fois qu'elle eut pris conscience de sa signification possible.

Le geste rapide, elle prit la torche qu'elle gardait toujours à son chevet — à la campagne, on ne sait jamais quand il peut y avoir une panne d'électricité — et elle trotta jusqu'à la fenêtre. Elle risquait d'avoir du mal à trouver l'oiseau dans le noir, car il n'y avait pas de réverbères à Plummergen, mais les mouettes ont généralement le plumage blanc, elle le savait, à l'exception des jeunes. Restait à espérer que l'oiseau blessé était plutôt adulte...

De la fenêtre, Miss Seeton braqua sa torche dehors et scruta l'obscurité dans l'espoir de repérer une tache de blanc dans les parages. La nuit était sans lune. Le cercle lumineux de la torche ne révéla rien d'anormal. Avec un soupir irrépressible, elle enfila ses pantoufles, sa robe de chambre, descendit l'escalier, ne s'arrêtant que pour prendre son parapluie au passage, et quitta le cottage en quête des cris pathétiques qu'elle avait entendus.

Des cris qui se firent de plus en plus forts quand elle

poussa la barrière de son jardin et resta plantée dans la rue à écouter, tâchant de repérer d'où ils provenaient.

La cabine du téléphone public, juste en face, au coin de la rue. Elle avait l'impression que les cris venaient de là, sans pourtant qu'il y ait signe de...

Miss Seeton se hâta de traverser la rue, braquant le rayon de sa lampe vers le toit légèrement bombé de la cabine, sûre d'y voir un bec ouvert, des yeux brillants et pleins d'espoir — bien qu'elle n'eût rien aperçu de la fenêtre de sa chambre. Mais, là encore, elle fut surprise de constater qu'il n'y avait rien.

Rien sur le toit de la cabine, en tout cas. Pourtant, il y avait bien quelque chose à l'intérieur, non ? Une forme blanche, qui bougeait un peu, en émettant des petits cris de détresse. Comment une mouette blessée avait-elle fait son compte pour se retrouver là-dedans ?

« Ça doit être un chat, supposa Miss Seeton en se débattant pour ouvrir la lourde porte à panneaux vitrés de la cabine, son parapluie accroché sur le bras, sa torche coincée dessous. Tibs a encore dû se bagarrer, et la pauvre créature... »

Elle réussit enfin à ouvrir la porte.

— Oh ! Oh ! Seigneur Dieu !

Ce ne fut pas l'une des victimes du chat — de sinistre réputation — de la petite Amelia Potter qui apparut dans le rayon de sa lampe de poche, mais un ballot enveloppé de blanc, gigotant et pleurnichant, qui se mit à cligner les yeux et à sourire quand la lumière se posa sur son visage.

— Un bébé ! s'exclama Miss Seeton.

Il y avait un message attaché avec une épingle de sûreté sur la couverture du bébé, mais Miss Seeton était trop stupéfaite pour le lire tout de suite. Que faire d'un bébé qui débarque à l'improviste en pleine nuit ? Elle regarda autour d'elle d'un œil inquiet. Il n'y avait pas une lumière aux fenêtres des maisons voisines, ce qui n'était pas surprenant : Plummergen n'est guère célèbre pour ses nuits débridées. Miss Seeton et le bébé devraient se débrouiller seuls. Pour le moment, du moins.

Miss Seeton repensait à la fable d'Ésope du renard, de l'oie et du sac de blé en contemplant le bébé. Lequel la contemplait aussi. Il s'était calmé, voyant qu'on s'intéressait à lui. Bon, elle avait sa torche (sans laquelle elle serait incapable de rentrer à la maison sans encombre), le bébé — qui était finalement l'objet de la manœuvre — et son parapluie, le meilleur de sa collection. Elle l'avait attrapé sans réfléchir en passant devant et n'aurait voulu pour rien au monde l'abîmer ou le perdre. Ce cher Mr. Delphick...

À propos de police, elle se demanda si elle ne devrait pas appeler l'agent Potter à la rescousse, mais il faut des pièces pour téléphoner d'une cabine, et elle n'en avait pas sur elle, bien sûr. La découverte d'un bébé constitue-t-elle une urgence? Pouvait-elle composer le 999? Elle se sentit blêmir à cette seule pensée. Bien sûr que non, il ne fallait pas. Et après tout, son cottage n'était qu'à quelques mètres de là...

Miss Seeton s'adressa au nourrisson, le souffle presque coupé par la stupeur :

— Il est clairement de mon devoir de t'emmener chez moi en attendant. En attendant qu'on puisse trouver d'autres moyens, plus appropriés, de s'occuper de toi. Je n'ai, hélas, qu'une connaissance limitée des bébés. Si tu étais un peu plus grand... Enfin, on ne peut pas se dérober à son devoir...

De nouveau suffoquée par l'ébahissement, elle marqua une pause, puis se reprit, prête à affronter la suite. Elle se souvenait de ses cours d'anatomie : le squelette humain est plus robuste qu'il n'y paraît. Et son expérience du yoga lui avait appris que les os et les articulations ne sont pas nécessairement fragiles. Elle espérait donc que le simple fait de prendre un bébé dans des bras inexpérimentés n'occasionnerait aucun mal durable. Miss Seeton regarda autour d'elle une fois encore, dans le mince espoir qu'une des jeunes mères de Plummergen pourrait soudain surgir de l'obscurité. Lily Hosigg, peut-être ? tellement timide, mais qui avait un enfant si paisible et satisfait de son sort. Les Hosigg habitaient de l'autre côté du canal, dans l'ancienne maison des Dunnihoe... un peu plus loin que le cottage de Martha Bloomer. Au fait, et si elle osait déranger cette chère Martha pour l'appeler à l'aide ? Miss Seeton s'illumina à cette pensée.

Un hibou ulula, lui rappelant qu'on était en pleine nuit. Non, elle n'oserait pas. Oh, mon Dieu !

Écrit en majuscules noires, le message annonçait : « AVONS CHANGÉ D'AVIS, ESPÉRONS QUE TOUT SE PASSERA BIEN ! » Miss Seeton ne se sentit pas plus informée pour autant. La première idée qui lui vint fut la suivante : pour une raison ou pour une autre (l'argent, la santé, sans doute), les parents du bébé en étaient venus à regretter d'avoir eu un enfant et l'avaient laissé dans une cabine téléphonique, un endroit où il y avait des chances qu'on le retrouve vite, avant qu'il n'ait à souffrir d'un manque de soins. Un moyen raisonnable de s'assurer qu'un enfant abandonné serait découvert, supposait-elle. Jadis, les « malheureuses mères » (comme on disait alors) déposaient les bébés indésirés sur les marches d'une église de leur choix. Ces parents-ci avaient peut-être estimé que le révérend Arthur Treeves, célibataire distrait, et sa sœur Molly n'auraient pas les connaissances nécessaires pour s'occuper d'un tout-petit.

— Dieu sait pourtant qu'ils pourraient difficilement en savoir moins long que moi ! souligna Miss Seeton à l'adresse des grands yeux bleus qui clignaient en la regardant des profondeurs du grand fauteuil de son salon. Sans compter que Miss Treeves est une personne douée d'un merveilleux sens pratique, et je suis sûre qu'elle serait bien plus capable de...

Elle jeta un regard pensif par la fenêtre du salon, en direction du presbytère victorien qui jouxtait l'église, de l'autre côté de la Rue, près du *George and Dragon,* mais ne vit pas trace de Molly Treeves, bien entendu. Pendant qu'elle se débattait avec le bébé (embarqué sous un bras), le parapluie (coincé sous l'autre bras) et sa torche (tenue d'une main nerveuse pour éclairer le chemin jusqu'à la barrière de chez elle), Miss Seeton avait espéré que quelqu'un sortirait de son sommeil pour venir l'aider dans ce cauchemar. Le terme manquait peut-être un peu d'égards vis-à-vis du bébé, mais c'était pourtant ainsi que Miss Seeton percevait la situation pour le moment.

Mais personne n'était venu. Elle s'était débrouillée seule et maintenant, bien que hors d'haleine et déconcertée, elle se rendait compte qu'il ne lui restait pas d'autre recours que son bon sens. On ne peut guère communiquer avec un bébé qui n'a apparemment que quelques semaines ou mois...

En revanche, le bébé, lui, savait communiquer avec Miss Seeton et s'y employa soudain : il devint rouge comme un coq, banda tous ses petits muscles pour gigoter un bon coup, ouvrit la bouche et émit un cri perçant — et autre chose, aussi... Le nez de Miss Seeton fut animé d'un frémissement.

Le succès de ce mode de communication fut entier. Sans qu'aucune parole n'eût été échangée, Miss Seeton et le bébé comprirent tous deux ce que voulait l'autre, aussi bien que s'ils avaient eu un long échange à ce propos. Miss Seeton en resta pantoise. Ses pensées se tournèrent vers le placard à linge, les vieux draps, les épingles de nourrice dans sa boîte à ouvrage Mais, avant cela...

— Un bain ! déclara-t-elle avec un nouveau frémissement de narines quand le petit se tortilla dans ses langes.

Le petit ? La petite ? Elle trouvait peu courtois de continuer à traiter le bébé comme s'il était du genre neutre. Une partie de ses interrogations, au moins, allait aisément trouver une réponse. Miss Seeton redressa les épaules et repensa à la surveillance anti-incendie qu'elle avait assurée pendant le Blitz. Une dame qui a su faire face, sans broncher, aux bombes volantes et aux chutes de gravats doit pouvoir se débrouiller pour baigner un bébé...

CHAPITRE VII

Ce n'avait pas été, songeait Miss Seeton, une des expériences les plus propres de sa vie. Elle adressa un remerciement silencieux à la lavette à long manche avec laquelle elle avait craintivement nettoyé le bébé — c'était une fille, elle n'avait pas tardé à le découvrir. Elle l'avait lavée sur l'évier, dans la bassine à vaisselle. (Miss Seeton n'osait même pas penser aux cris que pousserait Martha en l'apprenant ! Quant à ses commentaires en découvrant le contenu de la poubelle de cuisine...) Aussi, l'existence l'avait jusqu'ici habituée à être moins... moins mouillée. Jamais elle ne s'était rendu compte de la quantité d'énergie que possède un bébé, et du peu d'eau qu'il faut pour tremper énormément de choses. Et, maintenant que l'excitation était retombée, elle se sentait fort lasse.

À la différence de l'enfant qui était, lui, visiblement loin d'être las. La petite avait subi les soins timides de Miss Seeton avec à peine un cri de protestation, allant même, vers la fin, jusqu'à paraître y prendre plaisir. Miss Seeton avait versé dans la cuvette une généreuse rasade de bain moussant qu'elle avait agité avec la lavette avant d'y plonger le nourrisson, pour que... enfin, pour que les choses ne soient pas trop visibles. La petite fille n'y pouvait rien, naturellement, mais Miss Seeton aurait aimé avoir un peu de temps pour se préparer. Un temps qu'elle n'avait pas eu, en l'occurrence. Son cœur chavirait à l'idée qu'elle serait peut-être obligée de recommencer. Elle gardait un œil inquiet sur la pendule, tendant l'oreille afin d'entendre le chœur des oiseaux, annonciateur de l'aube.

Pour l'instant, le seul chœur audible était le concert des bruits du bébé. Du lait chaud : telle devait être la solution aux pleurs de sa protégée. Celle-ci avait la bouche assez largement ouverte pour que Miss Seeton comprît que ce n'était pas des aliments solides que réclamait l'enfant. Du lait chaud : mais à quelle température ? Les bébés ont la digestion si délicate, paraît-il. Fallait-il d'abord bouillir le lait, puis le laisser refroidir, ou bien... Et puis, le nouveau-né était sans doute trop jeune pour boire à la tasse, non ? Y avait-il dans la maison un objet pouvant servir à fabriquer un biberon rudimentaire ?

Soudain, l'inspiration lui vint. C'était une urgence, n'importe qui en conviendrait. Ça ne servirait peut-être qu'une fois, peut-être deux (si elle n'avait pas de chance), et l'on n'avait pas à craindre que l'enfant perdît ses dents...

Cinq minutes plus tard, le bébé était installé dans un coin du grand fauteuil, bien calé avec des coussins. Miss Seeton se percha à côté d'elle, en équilibre sur l'accoudoir, reconnaissante au yoga qui lui avait donné des membres si... adaptables. Miss Seeton sourit. Elle tenait d'une main une boîte ouverte de lait condensé, crémeux, épais, gluant et nourrissant ; de l'autre, une cuillère qu'elle trempait de temps en temps dans la boîte et portait à la bouche du bébé, afin que la petite pût attraper les gouttes sucrées qui dégoulinaient de la cuillère. Miss Seeton n'était pas la seule à sourire : le nourrisson faisait des bruits de bouche éloquents et des gargouillis montrant à quel point il appréciait ce régime. Miss Seeton espérait seulement qu'elle ne l'encourageait pas ainsi à la poursuite d'un plaisir susceptible d'altérer ses habitudes alimentaires pendant des années. Mais qu'eût-elle pu faire d'autre dans la situation présente ? Miss Seeton estimait secrètement s'en être plutôt bien tirée...

Lord et lady Glenclachan pensèrent de même quand ils eurent la joie de retrouver leur petite fille. Miss Seeton avait appelé Martha (heureusement que ce cher Stan était travailleur agricole et avait l'habitude de se lever tôt !) ; cette dernière, comprenant la portée de la découverte nocturne de sa patronne, avait aussitôt téléphoné à l'agent Potter, avant même de proposer de venir voir si le bébé... bon, Miss Seeton connaissait les bébés, non ? Juste le temps de signaler à Potter l'invitée inattendue qui se trouvait à *Sweetbriars,* et elle...

Miss Seeton la coupa, l'informant avec un mélange de modestie et de fierté que la partie inférieure de la personne du nourrisson était en bon ordre — du moins l'était-elle lors de sa dernière vérification. Martha ouvrit de grands yeux puis hocha la tête, ravie. Sa chère Miss Emily était de taille à relever tous les défis, ne l'avait-elle pas toujours dit ?

Accouru à toute allure avec sa femme Mabel, l'agent Potter fut lui aussi impressionné par la manière dont Miss Seeton avait géré la situation. Le commissaire principal Brinton, supérieur hiérarchique de Potter basé à Ashford, s'étonna mais ne s'accorda pas plus de deux minutes pour se remettre de sa surprise avant de téléphoner à Scotland Yard. Et, inévitablement, il demanda à parler à Delphick.

C'est ainsi que lord et lady Glenclachan eurent la joie de retrouver leur petite fille. Ils insistèrent pour rencontrer Miss Seeton, afin de la remercier en personne, et celle-ci leur déclara qu'elle était fière d'avoir fait son devoir — rien que son devoir, pur et simple. Elle avoua aussi, timidement, que, de toute sa vie, elle ne se souvenait pas d'avoir connu une telle appréhension. Delphick ravala une exclamation (son collègue de Scotland Yard avait instamment requis sa présence lors des retrouvailles : « Dieu sait comment fonctionne le Pébroque vengeur — une vraie bombe, paraît-il. À toi l'honneur, l'Oracle, et je te souhaite bien du plaisir ! »). Depuis sept ans que le divisionnaire connaissait Miss Esse, celle-ci s'était frottée à presque autant de malfrats que lui : elle avait été gazée, enlevée, frappée à la tête, menacée à l'arme blanche et avec des armes à feu, menacée aussi de mort par incinération. Et pourtant, aucune de ces mésaventures ne lui avait causé autant d'angoisse que lady Marguerite MacSporran, un bébé de cinq kilos enveloppé dans des langes de tissu-éponge ! Voilà ce qu'elle semblait dire, et c'était une des personnes les plus éprises de vérité qu'il connût. D'elles-mêmes, les lèvres de Delphick esquissèrent un sifflement silencieux. Il se réjouissait d'avance de raconter ça à Chris Brinton. La tension artérielle de son vieil ami en serait chamboulée comme elle ne l'avait pas été depuis des années !

Amelita Forby du *Daily Negative* eut droit au scoop de ses rêves, grâce au romanesque retour au bercail de l'héritière perdue. Thrudd Banner, ruminant la chance de Mel, se hâta d'aller lui acheter un chapeau neuf, prétendant qu'elle aurait la tête trop grosse pour mettre ses anciens couvre-chefs. Mel, qui buvait du petit-lait en entendant les louanges de son rédacteur en chef et en voyant l'envie de ses collègues, ignora l'insulte. Elle accepta le chapeau (assez grand pour faire office de corbeille à papier) avec le plus charmant des sourires. Elle autorisa aimablement Thrudd à examiner les pages de son calepin... mais pas avant que l'édition du *Negative* ait été mise sous presse sans encombre.

Thrudd savait évidemment qui se cachait derrière de gros titres tels que : « Retrouvée dans une cabine téléphonique » ou « Petite Marguerite perdue : les Glenclachan en liesse ». Mais il y avait belle lurette qu'il participait à la discrète conspiration visant à limiter au strict minimum l'intérêt que les journalistes pouvaient porter à Miss Seeton. Les colonnes qu'il écrivait pour la *World Wide Press* étaient aussi laconiques à son sujet que l'eussent été des articles de la plume de Mel. Si le côté Pébroque vengeur de l'affaire ne pouvait être passé sous silence, les protecteurs de Miss Seeton veillaient malgré tout à ce que leurs journaux ne donnent aucun détail, en dehors du surnom.

D'autres reporters, en revanche, avaient moins de respect pour le désir de discrétion de Miss Seeton. « Le charivari à Plummergen », proclamait un gros titre évoquant le premier jour où les hordes de gens de presse avaient débarqué au village, bardés d'appareils photo, débordant de questions et le regard inquisiteur, pour essayer d'interviewer l'héroïne du jour. Mais Miss Seeton avait suivi les consignes de Mel et était restée à la maison ou dans le jardin de derrière, à l'abri du grand mur de brique. Ses courses étaient faites tous les jours par une Martha Bloomer résolument muette, tandis que Stan soignait les fleurs devant le cottage, afin d'empêcher les photographes de prendre des clichés à la dérobée.

— D'après les parents d'Anne, c'est plutôt pénible à Plummergen depuis quelques jours, signala Bob Ranger à Delphick un matin.

La maison de repos gérée par le Dr Knight et son épouse se trouvait à l'autre bout du village par rapport à *Sweetbriars,* pourtant ils s'arrangeaient pour surveiller Miss Seeton d'un œil bienveillant, dans l'intérêt du bon état des nerfs de leur gendre. Et de ceux de ses supérieurs.

— Des flashes qui crépitent partout dans le village, des voitures garées sur les accotements et qui saccagent l'herbe... si le Concours du village fleuri n'avait pas déjà eu lieu, je crois bien qu'il y aurait eu du lynchage dans l'air. Sans compter la circulation qui bouchonne comme aux plus mauvais jours que Potter ait connus.

Delphick soupira. Il venait de réintégrer son bureau au terme d'une réunion avec l'inspecteur principal chargé du dossier de l'enlèvement.

— Et il faut s'attendre à pire, je le crains : on a reconnu les deux individus du dessin de Miss Esse. Des copies ont circulé, avec les portraits-robots que Mrs. Ongar avait réussi à donner, et la ressemblance était suffisamment bonne pour qu'un agent les repère lors d'une tournée de routine, destinée à contrôler qu'on ne servait pas de boissons alcooliques en dehors des heures autorisées. Les ravisseurs étaient dans un pub, juste en dehors d'Hastings, sans doute en train d'essayer de se remettre. Harry Furneux a envoyé deux hommes pour les épingler mais ils ont raté nos olibrius, à un poil près. Ce qui veut dire que ces gars-là rôdent toujours dans le coin...

— Pauvre Miss Seeton, une fois que la nouvelle s'ébruitera ! releva Bob, l'air mécontent. En dehors de Mel et de Thrudd — et d'une poignée de leurs potes, je suppose —, je n'accorde aux reporters qu'une confiance très limitée : pas au-delà de la distance à laquelle je pourrais les propulser en leur bottant le train.

L'inspecteur Ranger mesurait un bon mètre quatre-vingt-seize, pesait cent sept kilos et jouait dans l'équipe de football de la police.

Une image amusante surgit dans l'esprit de Delphick, qui esquissa un sourire avant de recouvrer aussitôt son sérieux. Il attrapa son téléphone :

— J'ai promis à Mel la primeur de cette affaire et ça ne fera pas de mal à Miss Seeton que je tente de rappeler à Amelita Forby les quelques fleurs que nous lui avons faites dans le passé...

C'est avec gratitude et repentir que Mel entendit la voix de l'Oracle au bout du fil.

— Formidable ! s'exclama-t-elle en apprenant que le filet de la police était en train de se refermer sur les deux quidams suspectés d'avoir enlevé lady Marguerite MacSporran. Les journaux du soir vont juste le mentionner dans les nouvelles de dernière minute, et je sais que j'aurai un bel espace dans le *Negative* de demain matin. Grâce à vous — et à Miss Seeton, naturellement. Je regrette que ces pisseurs de copie au cuir coriace, qui se targuent d'être des reporters de Fleet Street, l'embêtent à ce point. Elle ferait mieux de partir un petit moment, jusqu'à ce que l'agitation retombe. Dommage qu'elle ne veuille pas accepter l'invitation à MacSporran Castle ! Quand j'ai interviewé les Glenclachan, ils m'ont dit qu'ils étaient sur le point de remonter en Écosse, où c'est nettement plus paisible. À vrai dire, si je les appelle tout de suite pour les mettre au courant, ça peut faire une autre exclusi...

— Quelle invitation ? lança Delphick qui n'avait pas le temps de respecter les formes.

Mel étant perpétuellement en quête de scoops, d'exclusivités et d'histoires à la une, elle était parfaitement capable de lui raccrocher au nez avant la fin de la conversation. Une interruption énergique était souvent la seule façon de se faire entendre d'elle.

— Quelle invitation ? Voyons, vous voulez dire qu'elle ne vous en a même pas parlé ? Ça, c'est du Miss S. tout craché : modestie est son deuxième prénom.

— Eh bien, en réalité... commença Delphick, malgré lui, avant de revenir à sa question : Quelle invitation à MacSporran Castle ?

— Hein ? Ah oui, bon, les Glenclachan lui ont, paraît-il, écrit pour l'inviter à passer quelques jours chez eux, une fois qu'ils auraient retrouvé leur sérénité, après l'excitation des retrouvailles avec le bébé. Comme j'étais trop prise par mon travail pour me rendre dans le Kent, j'ai appelé Miss S. et me suis plus ou moins excusée pour tout le remue-ménage qu'il allait y avoir — je le savais —, une fois que la nouvelle aurait éclaté. Je lui ai conseillé de se méfier quand elle répondrait au téléphone et ainsi de suite. C'est alors qu'elle m'a tout raconté en détail : l'enveloppe frappée d'un blason, le papier à lettres gravé — le grand jeu, a-t-elle dit, très impressionnant. Et elle avait le sentiment de ne pas mériter tant d'attentions. Vous l'entendez d'ici, non ?

— Ah ça, oui ! Ce que je n'arrive pas à imaginer, en revanche, c'est qu'elle soit impressionnée au point d'être intimidée par de telles attentions — si c'est bien ce que vous suggérez.

— Ah bon ? Euh, peut-être l'est-elle un peu, juste un brin. Je connais Miss Seeton depuis presque aussi longtemps que vous, l'Oracle, et, comme ça, à brûle-pourpoint, je n'ai pas souvenir d'une seule fois où elle ait pu être intimidée par quoi que ce soit. Ou par quiconque. Notez bien que ça n'aurait peut-être pas été une si mauvaise chose, à l'occasion, ajouta-t-elle, la voix tremblant d'hilarité.

— Il se trouve que je suis d'accord avec vous, mais je préfère ne pas perdre de temps à en parler. Plus vite vous aurez fini vos explications, et plus vite je raccrocherai et vous laisserai vaquer à vos activités...

— Toujours la voix de l'autorité ! Bon, d'accord, topez là ! Bien qu'il n'y ait pas vraiment grand-chose de plus à raconter, il me semble. Si ce n'est la façon dont elle ne cessait de répéter que c'était uniquement une politesse de leur part, elle en était sûre. Ils préféraient sûrement rester seuls, après leur épreuve ; la vie privée est tellement importante, n'est-ce pas ? Et, de toute façon, elle ne voulait pas déranger, et puis, c'est si loin, l'Écosse... Si vous voulez mon avis, c'est plus une crise de modestie que de timidité. Elle ferait ses bagages demain, avec un peu d'encouragement.

— Si seulement... pour son propre bien !

Delphick laissa planer un silence lourd de sens.

— Mel, je suppose que...

— Que lorsque j'interviewerai les Glenclachan, enchaîna-t-elle aussitôt, je pourrais mentionner en passant que Miss S. serait ravie qu'on la persuade d'aller les voir en Écosse ? Et peut-être pourrais-je faire jouer le fameux charme Forby et les amener à proposer d'envoyer une voiture la chercher ou quelque chose dans ce genre-là ?

— Peut-être pas exactement ça, mais vous avez saisi l'esprit de la chose... Mel, vous voulez bien ?

— Pour vos beaux yeux, l'Oracle, oui. Et je ferai même davantage, ajouta-t-elle avec dans la voix une intonation qu'il reconnaissait.

Une nouvelle idée venait de germer dans le cerveau d'Amelita Forby.

— Je viens d'avoir une idée ! annonça Mel. Une idée géniale, il n'y a pas d'autre mot. L'affaire MacSporran était peut-être la chasse gardée de Banner au départ mais, maintenant, elle est à moi, et c'est en partie grâce à vous. Ne croyez pas que je ne vous en sois pas reconnaissante. Et puis, un service en mérite un autre, n'est-ce pas ? Thrudd a décroché mais moi, je suis toujours sur le coup. Et ce n'est pas fini, si Miss S. y est mêlée. C'est bien ce que vous pensez, non ?

Delphick était stupéfait :

— À vrai dire, non. Vu que lady Marguerite a été rendue à ses parents sans encombre et que les suspects sont sur le point d'être arrêtés, j'aurais espéré...

— Voyons, l'Oracle ! Soyons un peu réalistes, d'accord ? Vous le savez aussi bien que moi : une fois que Miss S. a déclenché le mouvement, il en faut davantage pour l'arrêter que le simple fait d'avoir repéré deux escrocs à la petite semaine. Alors, ces deux-là sont-ils les seuls à avoir trempé là-dedans ? Peut-être que oui, peut-être que non. Et vous avez intérêt à secouer le cocotier pour décrocher tout le monde à la fois, non ? Alors, si vous laissez Miss S. mariner seule à Plummergen, Banner et ses potes vont la rendre folle et l'affaire n'avancera pas. Envoyez-la donc en Écosse : d'abord, elle échappera à la moitié des ennuis et, si l'autre moitié est inévitable, autant qu'elle s'en débarrasse d'un coup... pendant que je suis là à surveiller ce qui se passe.

Delphick gémit.

— Mel, je répugne à l'avouer, mais il se peut que vous ayez raison. Que m'a donc dit un jour Chris Brinton ? Il y a quatre choses dans la vie auxquelles on ne peut pas s'opposer : le destin en est une, Miss Seeton les trois autres. J'espère seulement que les Glenclachan sont conscients de ce qu'ils se mettent sur le dos, si elle accepte leur invitation.

— Elle l'acceptera, l'Oracle. Vous le savez.

— En effet, je crains que oui. Cela dit, ça n'a guère de sens d'essayer de prévenir des bouleversements dont on ignore tout, à supposer même qu'on sache s'y prendre, ce qui n'a jamais été le cas dans le passé. Il n'y a sûrement déjà plus aucun espoir d'arrêter le chambardement qui va fatalement se produire. Comme une bombe amorcée qui n'aurait pas encore explosé... Mel, c'était sérieux, votre histoire d'aller en Écosse, vous aussi, non ?

— Vous parlez ! Est-ce que je resterais à Londres alors que couve une nouvelle affaire Seeton ?

Bien sûr que non. Delphick dut sourire mais ajouta avec une certaine insistance :

— Écoutez, Mel, en dépit de son nom, Scotland Yard n'a pas le moindre pouvoir légal au nord de la frontière. Le système écossais est entièrement différent du nôtre ; nous marcherions sur des quantités de plates-bandes si je ne faisais même que suggérer que quelqu'un doive l'accompagner pour garder l'œil sur ce qui se passe, expliqua-t-il, marquant une pause avant de préciser : Une personne ayant des fonctions officielles, j'entends. Mais... une amie... en vacances...

— En déplacement professionnel, rectifia Mel. Bon, n'allez pas vous imaginer que je compte vous envoyer des rapports quotidiens, à supposer qu'ils aient le téléphone dans les Highlands. Ils ont intérêt, sinon ça ne sert à rien que j'y aille, si je ne peux pas établir de liaison avec mon rédacteur en chef. Et qui couvrirait mes frais ? Mais ne vous en faites pas, l'Oracle, reprit-elle, tandis que Delphick lui lançait : « Au diable, vos frais ! » Je serai là, à veiller sur Miss S., je vous le promets. Et pas seulement à cause de mes articles.

— Je le sais, Mel, et merci, répondit Delphick, tâchant de ne pas trahir son anxiété. Si seulement je pouvais avoir la certitude que ces précautions ne sont pas nécessaires...

Mais sa longue fréquentation de Miss Seeton l'inclinait à croire le contraire.

CHAPITRE VIII

Quand on fait un long voyage avec une personne qui, jusque-là, vous était virtuellement étrangère, il est raisonnable de supposer qu'on la connaîtra mieux à la fin du périple qu'au début, et qu'on se sentira bien plus détendu en sa compagnie.

Ainsi en fut-il de Miss Seeton et des Glenclachan. À ceci près qu'ils n'étaient pas sortis de Londres depuis une demi-heure que tout le monde devisait et riait déjà comme de vieux amis. Miss Seeton, qui avait éprouvé quelques doutes la veille au soir, était maintenant convaincue qu'elle allait apprécier chaque minute de son séjour dans les Highlands.

— Ça va être une manière de petite aventure pour moi, confia-t-elle à lady Glenclachan. J'ai rarement eu l'occasion de voyager et de ma vie je ne suis montée si loin au nord, annonça-t-elle, ajoutant en piquant un fard car son amour inné de la vérité se devait de s'affirmer : Par la voie terrestre, je veux dire. Mais je suppose que, pour être parfaitement exacte (ce que j'ai naturellement toujours essayé d'exiger de mes élèves), s'il a survolé votre coin de l'Écosse au passage — l'avion, j'entends...

Le temps de parvenir à lui faire raconter toute l'histoire, et ils étaient devenus d'excellents amis.

N'importe qui aurait pu commettre la même erreur, insista Liusaidh MacSporran, comtesse de Glenclachan, surtout quand c'est la première fois qu'on va à l'étranger. Il y a les soucis de bagages, la difficulté à lire les horaires sur des panneaux indicateurs de la taille d'un poste de télévision et si haut perchés ; l'incapacité de parler le français, l'italien ou toute autre langue étrangère. C'était même extraordinaire, quand on y pensait, qu'il n'y ait pas davantage de gens qui se trompent eux aussi et qui prennent le vol de Gênes, en Italie, au lieu de Genève, en Suisse. La comtesse réussit à ne pas laisser transparaître le moindre soupçon d'hilarité dans sa voix, mais ses yeux dansaient malgré tout le *Highland Fling*[1]. Les épaules de son mari tressautaient de rire (elle le voyait !) : heureusement qu'il était au volant de la vieille Rolls-Royce, une place où cela ne se remarquait pas trop.

L'antique Silver Ghost était, après son épouse et sa fille, le bien le plus cher de Ranald MacSporran, comte de Glenclachan, comme il avait été celui de son grand-père avant lui. Allain MacSporran, l'aïeul, avait compté au rang des automobilistes les plus célèbres et les plus enthousiastes d'Écosse, à l'époque où le passage des voitures devait être signalé par un drapeau rouge porté par un piéton, et où la vitesse était limitée à quelque six kilomètres à l'heure. Allain MacSporran avait infligé un coup de fouet au chauffeur quand le malheureux avait omis de graisser correctement les bougies de sa première voiture, et il n'avait plus autorisé personne à le conduire où que ce soit (le chauffeur avait été rétrogradé à son emploi antérieur de palefrenier). Jusqu'au jour où le jeune Ranald avait passé avec succès son permis à dix heures du matin, le jour

1. Danse nationale de l'Écosse. *(N.d.T.)*

de ses dix-sept ans, l'âge minimum autorisé. Le vieux lord Glenclachan s'était attribué tout le mérite de la brillante réussite du garçon car, depuis la plus tendre enfance de Ranald, le comte et son petit-fils avaient passé de nombreux moments de bonheur à démonter et à remonter des autos ensemble. Il reconnut même, sous l'influence d'un petit verre pour fêter l'occasion, qu'il serait peut-être sage de sa part de ralentir un peu, à l'approche de ses soixante-dix ans. Ce fut donc, de mémoire d'homme, la première fois — depuis la mise au rencart du chauffeur — qu'on put voir un autre conducteur que le *laird*[1], fou de voitures, au volant de l'automobile d'Allain MacSporran.

Le comte Allain mourut dans sa quatre-vingt-sixième année, succombant à une crise d'apoplexie survenue alors qu'il écoutait commenter les courses de Brands Hatch à la TSF. Tout le monde s'accorda à penser que le vieux monsieur n'aurait pas souhaité plus belle fin. Colin, le père de Ranald, étant mort sept ans plus tôt d'une crise cardiaque (causée par l'effort, durant la première manche d'un concours de lancer de *haggis*[2] aux *Clan Games* annuels), le jeune homme hérita en bloc du titre, du château et de la voiture. Liusaidh, son épouse, ne fut pas la seule à sourire à travers ses larmes à l'annonce de cet héritage, et à demander à haute voix lequel de ces legs était le plus cher au cœur de Ranald.

Avant de quitter Londres, Ranald avait offert une visite guidée de son trésor à une Miss Seeton pleine d'admiration.

— Achetée pour fêter la naissance de mon père, expliqua-t-il, caressant d'une main fière le bouchon

1. Variante écossaise du mot *lord*, le terme s'applique aussi aux grands propriétaires terriens. *(N.d.T.)*
2. Panse de brebis farcie, spécialité écossaise. *(N.d.T.)*

sans ornement du caractéristique radiateur. Quatre ans avant que Sykes ne dessine le *Spirit of Ecstasy,* vous savez. Une des premières *Silver Ghosts* jamais fabriquées — la meilleure automobile du monde. Pourtant, admit-il en soupirant et en hochant la tête, je ne peux m'empêcher de regretter que grand-père ait vendu sa deux-cylindres pour acheter celle-ci. Pensez donc, il y a une dix-chevaux de 1904 qui roule encore de nos jours, Miss Seeton. Et en Écosse, qui plus est. Quel veinard que son propriétaire !

Miss Seeton avait l'air impressionné qui convenait. Le comte soupira de nouveau.

— Ce sont de merveilleuses voitures, Miss Seeton. Savez-vous que six sur dix des Rolls-Royce jamais fabriquées — et ça couvre une période de soixante-dix ans — sont encore en parfait état de marche ? Il y en a une à Moscou, au musée Lénine. Et en 1905, une vingt-chevaux a réussi un démarrage en côte, en vitesse supérieure, dans une côte à quinze pour cent et avec neuf personnes à bord !

— Juste ciel ! murmura Miss Seeton, comprenant qu'elle devait continuer à montrer qu'elle était impressionnée, sans bien savoir pourquoi il fallait l'être.

Lady Glenclachan posa une main légère sur le bras de son mari.

— Ranald, mon cher, ne submerge pas Miss Seeton d'informations, veux-tu ? Je suis sûre qu'elle ne comprend pas la moitié de ce que tu lui racontes — pas plus que moi à notre première rencontre, ajouta-t-elle, avant de se tourner vers leur nouvelle amie. Croyez-moi, Miss Seeton, je compatis avec vous si vous avez l'impression d'avoir été transportée dans un pays étranger dont vous ne connaissez pas la langue. Il m'a fallu près de trois ans de mariage pour comprendre de quoi parlait Ranald, du moins la moitié du temps.

Lord Glenclachan ravala la référence qu'il s'apprêtait à faire à la grille du radiateur et à sa fabrication par des mains et des yeux expérimentés, sans l'aide d'instruments de mesure. Tapotant encore une fois le bouchon, il afficha un sourire penaud et entreprit d'installer passagères et bagages à leurs places respectives. Liusaidh avait veillé à ce que le panier du pique-nique soit garni de provisions plus que convenables et suffisantes pour le voyage entier, bien qu'ils aient prévu un bref arrêt pour passer la nuit chez des amis. Ça ne fait pas de mal d'être prévoyant, avait sagement déclaré lady Glenclachan.

— Espérez le meilleur, attendez-vous au pire et prenez ce qui vient ! Voilà ce que me répétait toujours ma vieille nounou, confia-t-elle à Miss Seeton quand, enfin, ils partirent.

Miss Seeton signifia son approbation d'un hochement de tête. Lord Glenclachan eut un petit rire amusé.

— Il n'y a aucune raison de s'inquiéter, crois-moi. Les autres fois, on n'a jamais eu le moindre souci, non ? Je vous promets que nous arriverons tous en un seul morceau et dans les temps. Et je suis sûr que nous n'aurons pas besoin de la moitié des provisions que tu as préparées. Une Rolls-Royce ne tombe jamais en panne, voyez-vous, Miss Seeton. Tenez, écoutez-moi donc ce moteur ! Quand les premières Rolls ont débarqué aux États-Unis, les types de la douane les ont trouvées si silencieuses qu'ils ont cru qu'elles marchaient à l'électricité, pas à l'essence. La meilleure voiture du monde ! réaffirma-t-il en déclenchant une joyeuse fanfare avec son klaxon.

Il en joua une autre le lendemain, en fin d'après-midi, quand la *Silver Ghost* vira pour passer le portail de MacSporran Castle, tandis que son épouse s'occupait de réveiller leur petite fille.

— Nous voilà arrivés ! annonça laconiquement Ranald MacSporran, mais d'un ton de voix qui en disait long.

Miss Seeton se demanda fugitivement comment il arrivait à descendre à Londres, alors que son cœur était si fortement ancré dans les Highlands. Et puis elle rougit de sa curiosité et examina les alentours avec intérêt, tandis que la voiture avançait dans l'allée.

La demeure des Glenclachan n'était pas la bâtisse fortifiée, avec créneaux, douves et pont-levis que Miss Seeton avait imaginée. Une tour carrée, massive et sans fioritures se dressait au centre, coiffée d'un toit d'ardoise sur pignon crénelé qui descendait si bas sur les murs qu'il n'y avait pas besoin de gouttières. Sur deux de ses angles opposés, ce carré central était flanqué de tours rondes, massives et simples elles aussi. L'ensemble de la bâtisse était crépi avec un mélange de chaux et de gravillons projeté sur la façade (elle l'apprit plus tard), d'un rose clair caractéristique qui se mariait bien avec les tendres verts et les bruns de la campagne, les gris moroses des affleurements granitiques, les pourpres vaporeux de la bruyère et le pâle or irisé des cieux au crépuscule.

— Comme c'est charmant ! s'exclama Miss Seeton, sentant dans ses doigts le picotement familier qui, espérait-elle (elle n'avait jamais cessé de nourrir cet espoir), serait pour une fois le signe avant-coureur d'un véritable accomplissement de ses désirs de création.

Elle se félicitait d'avoir pensé à emporter ses blocs à dessin, ses peintures, ses fusains, ses crayons... Pendant qu'elle continuait à exprimer le plaisir que lui inspirait la vue du château, son robuste réalisme reprenait le dessus. Et, avec un soupir, elle ajouta sa gomme (si utile !) à cette liste mentale. Jamais son talent artistique ne parvenait à coucher sur le papier les visions qui visitaient son imagination ; elle ne le savait que trop, depuis le temps...

Une fois que tout le monde fut installé, lord Glenclachan invita Miss Seeton à l'accompagner dans une petite visite de son domaine. Liusaidh ne se joignit pas à eux, car elle avait l'esprit occupé par la petite lady Marguerite. Tant qu'Angela, la nounou, resterait à l'hôpital — toujours inconsciente, bien que hors de danger, heureusement — personne n'était autorisé à prendre soin du bébé, à part ses parents et les domestiques de confiance. Tout le personnel du château avait insisté pour venir s'assurer que leur futur chef de clan allait bien. Miss Seeton avait été embarrassée par la chaleur de leur accueil, par la gratitude qu'on lui avait témoignée, à cause du rôle qu'elle avait joué dans la restitution du bébé à leur *laird.* Voulant épargner des fards supplémentaires à son honorable invitée, Ranald avait évoqué le besoin de se dégourdir les jambes après le long voyage en voiture, et son désir de voir comment les choses avaient progressé dans le domaine, durant ses trois semaines de séjour londonien.

— Oh, vous aurez largement de quoi vous inspirer sur les terres des Glenclachan, Miss Seeton, souligna-t-il en l'entraînant dehors, dans la douce fraîcheur d'une soirée qui prenait son temps pour passer du crépuscule à la nuit, comme sous toutes les latitudes septentrionales.

La vaste voûte céleste était déployée loin au-dessus de leurs têtes. Les premières étoiles avaient commencé à poindre lentement à l'est, horizon lointain que gagnait l'obscurité.

— Nous avons des quantités de paysages magnifiques : tout cela fait partie du domaine MacSporran, vous savez, et ça regorge d'histoire. Demain, je vous montrerai la galerie de tableaux que nous avons aménagée en haut de cette tourelle, fit-il en indiquant l'une des tours rondes. On y voit une partie de mes ancêtres. C'était batailleurs et compagnie, au dire de tous les chroniqueurs, mais je ne crois pas que leurs portraits traduisent le charivari que ces lieux ont dû connaître jadis.

Il expliqua ensuite que le « plan en Z » du château MacSporran se rencontrait communément dans les Highlands, car il suffisait de deux tours d'angle (rondes, pas carrées) et d'un choix judicieux de l'emplacement des fenêtres, pour qu'un *laird* écossais jouisse d'une vue panoramique, lui permettant de repérer les ennemis qui auraient tenté une attaque surprise sur sa demeure.

— Et n'allez pas croire une minute que ce n'était qu'une peur irrationnelle de leur part, Miss Seeton. Ils devaient affronter les *caterans*[1], les brigands et pillards des autres clans, sans parler des Rosbifs, si vous me pardonnez de le relever, et des collecteurs d'impôts. Certes, nous avons des percepteurs, de nos jours, mais nous sommes moins enclins à vouloir les passer au fil de l'épée...

Ils arrivèrent près d'une roche basse, couverte de mousse vert bronze et érodée par des siècles de pluie. Ranald s'arrêta à côté et, bras croisés, s'appuya sur la crête du muret qui dominait le roc.

— La Pierre du Loup. On raconte qu'un de mes ancêtres, âgé de huit ans, a tué là son premier loup. Et c'est là que le Glenclachan de l'époque a réuni les guerriers du clan — pauvres diables ! — avant de les conduire à la bataille sous les couleurs de Charles Édouard Stuart, conta Ranald.

Une telle initiative ne lui semblait pas forcément avisée, à en juger par le ton de sa voix.

1. Bandits de grand chemin qui sévissaient dans les Highlands. *(N.d.T.)*

Miss Seeton osa une question :

— Il s'agit de Bonnie[1] Prince Charlie, n'est-ce pas ?

— Hélas oui ! confirma Ranald en hochant la tête. Et pour un charlot, c'en était un, et un fameux ! Je me demande si une légende se serait développée autour de lui s'il avait eu un prénom qui sonne moins bien. Charles se traduit par Tearlach, en gaélique, mais supposez qu'il se soit appelé Édouard, Louis, Philippe ou Casimir ? C'était du reste ses autres prénoms, précisa-t-il, remarquant le regard interrogateur de Miss Seeton. Question d'euphonie — c'est comme ça qu'on dit ? Bonnie Eddie, ou Teddy ? Non, là, il a eu de la chance. Alors, maintenant, tout le monde se rappelle le côté romanesque de l'histoire, ou ce qu'on considère comme tel : Flora MacDonald[2], la cocarde blanche[3], et les jeunes pousses de hêtre enterrées par Cameron of Lochiel[4] et qu'il n'est jamais revenu planter correctement...

Il se retourna, jeta un regard noir à la Pierre du Loup qu'il gratifia en outre d'un coup de pied boudeur.

— Oh, je suppose qu'il est humain de ne pas vouloir reconnaître qu'on n'a pas la moindre chance de succès dès le départ. Charles a mis au clou les rubis de sa mère pour financer l'invasion : on ne peut plus romanesque, c'était sa dot. Et il s'est si bien débrouillé

1. Terme usité en Écosse pour dire « joli, mignon ». « Joli petit prince Charles » était le surnom affectueux de Charles Édouard Stuart. *(N.d.T.)*

2. Elle contribua à aider Bonnie Prince Charlie à fuir vers l'île de Skye, en le déguisant, afin de le faire passer pour sa servante. *(N.d.T.)*

3. Insigne des partisans de Bonnie Prince Charlie. *(N.d.T.)*

4. Chef de clan qui avait suivi le prince Charlie dans la révolte de Quarante-Cinq. Il dut, comme lui, s'exiler et ne revit jamais sa terre natale. *(N.d.T.)*

que les armes ont été capturées par les Anglais alors qu'il était encore en route — il n'y avait pas une semaine qu'il avait quitté la France ! Quand enfin il a débarqué en Angleterre, il ne parlait pas un mot de la langue et ne savait pas porter le costume écossais. Tant et si bien que plus de la moitié des clans a refusé de se révolter pour le soutenir et qu'une bonne partie d'entre eux a même pris les armes contre lui. Est-ce qu'ils parlent jamais de ça, les grands romantiques ?

Miss Seeton murmura que non, elle ne le pensait pas, mais Ranald était trop absorbé par sa complainte pour l'entendre.

— Quant aux clans qui se sont battus pour Charles, beaucoup y ont été obligés par leurs chefs, sous peine de voir leurs maisons incendiées et leurs familles attaquées. Or, la plupart de ces chefs ne trempaient là-dedans que pour les pillages et le butin qu'ils escomptaient. Quand survint Culloden — oui, c'est vrai, les Anglais avaient bien perdu quelques petites batailles en route, mais par pure malchance —, quand vint le moment de vraiment défendre ses positions, ce fut une véritable boucherie, le massacre de fanatiques désorganisés, par des soldats bien entraînés, bien nourris et bien équipés. À Culloden, Miss Seeton, quand les troupes du prince se trouvèrent à court de balles, elles déterrèrent des cailloux à mains nues pour les lancer sur l'ennemi... Oh, je vous prie de m'excuser, Miss Seeton ! fit-il, se reprenant soudain. La révolte de Quarante-Cinq, ça n'est pas si lointain, en termes d'histoire des Highlands. On a la mémoire longue, par ici. Assortie à la longueur de nos soirées d'été, ajouta-t-il en désignant le ciel, le sourire aux lèvres. Et puis, à Glenclachan et aux alentours, tout le monde en a un peu assez, de la cause jacobite, depuis ces dernières semaines. Et on ne m'a pas encore signalé depuis notre retour que les choses avaient changé.

Miss Seeton était trop polie pour demander au *laird* de quoi il parlait, mais il avait clairement l'intention de le lui expliquer avant même qu'elle le questionne.

— Nous sommes très forts pour embrasser des causes, Miss Seeton, et, aux yeux d'un Écossais, il n'y a pas de cause perdue. Il reste encore des Jacobites en Écosse de nos jours, et on trouve plus d'un héritier autoproclamé au trône des Stuarts, qui espère que le pays aura oublié que Charles est mort sans descendance légitime, oublié que son frère Henry est devenu cardinal de l'Église catholique romaine et qu'il n'a non seulement jamais revendiqué le titre d'Henri IX, mais qu'il est même allé si loin sur le chemin de la reconnaissance des droits de la dynastie de Hanovre qu'il a accepté une pension de Georges III — quatre mille livres par an, Miss Seeton. Il aurait d'ailleurs sûrement tenté d'obtenir davantage, s'il avait cru avoir la moindre chance d'y parvenir. Eh bien, il y a malgré tout des gens qui sont fermement convaincus qu'il suffirait de régler les questions de droit pour dire adieu à la reine Élisabeth et son prince Charles de fils, et saluer le retour de la Maison royale des Stuarts, déclara-t-il avec un ricanement. Il y en a justement deux, un frère et une sœur, qui séjournent chez des amis à une heure d'ici : l'archiduc Casimir Sobieski et sa sœur, l'archiduchesse Clementina, venus pour visiter le pays et profiter de l'été dans les Highlands. Comme s'ils n'étaient pas assurés d'avoir meilleur temps s'ils restaient sur le Continent ! Casimir met, paraît-il, un point d'honneur à ne pas faire usage du nom Stuart, de peur de perturber les populations. Comme si une personne saine d'esprit allait lancer une rébellion au nom de deux jeunes étrangers qui veulent avoir belle allure dans leur tartan ! ajouta Ranald MacSporran avec dédain. Je dirais que la reine peut dormir sur ses deux oreilles, Miss Seeton, que ce soit à

Buckingham Palace ou à Balmoral, ou même au château de Windsor.

À ces mots, Miss Seeton revit les murs gris et massifs et les tours rondes de Windsor — un château si différent de celui de Glenclachan par la taille, mais si semblable par la destination. Elle s'empressa d'affirmer avec une belle certitude que Sa Seigneurie ne disait là que la vérité, naturellement.

CHAPITRE IX

Mel Forby avait prévenu Miss Seeton : elle ne devait pas s'étonner si, arrivée à Glenclachan, elle remarquait un visage familier dans le voisinage.

— Bon, vous allez vous rendre là-bas par la voie royale, et moi, par celle de la piétaille, avait-elle déclaré au téléphone d'une voix douce, aux accents particulièrement mélodieux (Thrudd et elle fêtaient son départ imminent avec une bouteille de chablis). Mais je serai en Écosse avant vous — quoique je n'en sois pas si sûre, avec les trains ! Vous ne connaissez pas votre chance, Miss S., de voyager de porte à porte. Et en Rolls-Royce, par-dessus le marché ! Au fait, à propos de marché, avez-vous pris vos chaussures de marche ? D'après le service Tourisme du journal, les collines des environs de Glenclachan sont célèbres pour leur paysage et le reste. Entièrement votre style, j'ai pensé.

Thrudd, à l'arrière-plan, fit un jeu de mots tiré par les cheveux que Mel s'efforça d'ignorer, mais elle ne put se retenir de pouffer discrètement. Miss Seeton répondit qu'en effet elle avait pris ses chaussures de marche et ses jumelles, parce qu'il y avait, paraît-il, des oiseaux fort intéressants en Écosse. Elle se réjouissait de retrouver bientôt sa chère amie Mel et espérait que celle-ci ferait bon voyage. Ce qui fut effectivement le cas pour Mel, qui s'en était remise aux bons soins de British Rail et d'une locomotrice diesel 125, train vedette de la desserte Intercity.

Comme l'en avait informée le service tourisme du *Daily Negative,* Glenclachan ne possédait qu'un seul hôtel : le *Pock and Tang,* dont le propriétaire était Hamish McQueest. Hamish salua sa cliente d'un hochement de tête, la dévisagea et tira pensivement sur sa moustache rousse avant de pousser vers elle, sur le comptoir, un registre à signer. Ayant examiné la signature, il l'informa que sa chambre se trouvait au premier étage.

— Mais, malheureusement, il n'y a pas d'ascenseur, ajouta-t-il, sur quoi il se frotta le bas du dos d'un air absent et grimaça. Et mon dos a connu des jours meilleurs — retraite anticipée, voyez-vous. Je vous proposerais de monter vos bagages, seulement...

— « Seulement », c'est le mot qui convient, répondit gaiement Mel. Un bagage seulement, voyez ?

Elle prit son petit sac de voyage, qu'elle avait posé sous le comptoir, où il était invisible, et le brandit sous le nez d'Hamish, stupéfait.

— On s'habitue à voyager léger, dans mon boulot. C'est ma clé, là ? Merci.

Il n'eut pas le temps de dire ouf qu'elle avait déjà attrapé la clé et fait volte-face pour gagner l'escalier qu'elle avait grimpé en se retournant pour lui adresser un salut de la main. Il était resté planté là, à la regarder disparaître en tordant sa moustache.

Ayant rapidement défait ses bagages, Mel constata qu'elle avait besoin de boire un verre pour laver la poussière que le long voyage vers les régions septentrionales avait déposée dans son gosier. Elle descendit donc, remarqua que la réception était à présent déserte et décida d'explorer les lieux : Amelita Forby, toujours en chasse, le nez prêt à flairer une bonne piste, à tous les coups.

Ne voyant personne pour lui fournir des indications, elle pensa que ce ne serait pas plus mal de tourner à gauche, mais son fameux nez la trahit, pour une fois, car le couloir qu'elle avait emprunté la conduisit devant la porte de la salle à manger. Une porte à deux battants, avec des rideaux tirés. Mel n'avait pas encore faim. Les sandwiches de British Rail sont exagérément décriés par la presse populaire, elle l'avait constaté en venant de Londres. Elle comptait même écrire un article là-dessus, intitulé : « Les plaisirs de la restauration ambulante », qu'elle proposerait en priorité au rédacteur de la rubrique Tourisme du *Negative.* Enfin, pour l'instant, elle avait délaissé le journalisme pour la quête d'autres plaisirs, plus urgents. Elle avisa, à distance, une silhouette féminine en uniforme qui disparut par une porte quand elle l'appela. Mel haussa les épaules et repartit à grandes enjambées dans la direction opposée, ouvrant au passage une ou deux portes, pensant que c'était la bonne, mais se retrouvant déçue à chaque fois. Cependant, elle ne tarda pas à capter un bourdonnement de voix masculines : elle ne devait plus être très loin, c'était presque sûr.

La dernière porte qu'elle ouvrit lui prouva que son instinct n'avait pas menti : un souffle d'air lourd, chaud et enfumé l'enveloppa, preuve qu'elle avait déniché le bar du *Pock and Tang.* Le temps de parcourir la salle d'un regard rapide, et toutes les langues s'arrêtèrent, toutes les têtes se tournèrent vers elle, plantée à l'entrée d'un bar où il n'y avait apparemment pas une seule femme parmi les nombreux consommateurs. Amelita Forby, représentante d'une espèce menacée : seul albinos au sein d'une bande de merles. Mel cligna des yeux : pourquoi s'était-elle imaginée ainsi ? Elle ne pensait pourtant pas courir grand risque de se faire agresser en plein jour.

— Bonsoir, Miss Forby, dit la voix d'Hamish McQueest, une voix à l'accent anglais, elle en prit soudain conscience.

Les têtes s'étaient retournées dans l'autre sens, toujours en silence. Mel suivit la direction des regards et aperçut derrière le comptoir du bar, à l'autre bout de la pièce, l'ornement pileux, couleur de feu, qui couvrait le visage du patron. L'œil luisant, ce dernier essuyait des verres. Ah, des verres ! Du coup, les yeux de Mel se mirent à briller aussi et, avec un salut de la tête et un sourire adressé à la ronde, elle se fraya un chemin à travers les petits groupes de buveurs agglutinés autour des tables basses de bois sombre. Elle arriva au bar et se surprit à étouffer un soupir de soulagement : elle y était parvenue sans encombre.

« Sans encombre ? Mais nom d'un chien, Forby, on n'est pas en pleine jungle ici ! Tu es juste un peu nerveuse parce que Banner te manque davantage que tu ne le croyais. Ou peut-être parce que tu viens de te rendre compte tu es une alcoolique... »

— Un double whisky, s'il vous plaît, commanda-t-elle d'une voix ferme quand Hamish lui demanda ce qu'elle voulait. Avec un triple jus d'orange en apéritif, ajouta-t-elle, se souvenant que c'était après tout la soif qui l'avait fait sortir de sa chambre.

Du jus d'orange pour neutraliser la poussière, du whisky pour calmer les nerfs. Pas sa boisson préférée, non, mais puisqu'elle était en Écosse, autant imiter les natifs du pays. À propos de nerfs et d'autochtones... pourquoi continuait-on à la dévisager dc cette drôle de façon ? Mel haussa les épaules, sourit à ceux qui la regardaient et se hissa sur un tabouret de chêne ciré pour s'accouder confortablement au bar.

Hamish McQueest semblait être le seul à considérer son arrivée comme un phénomène banal. Il lui rendit son sourire, se pencha par-dessus le comptoir pour l'interroger : voulait-elle du pur malt ou du *blended scotch* ? Mel avait l'ouïe fine : tout en répondant par une autre question (en bon petit reporter à l'esprit toujours curieux) — quelle est la différence entre un pur malt et un *blended scotch*[1] ? — elle se rendit compte que, derrière elle, les conversations reprenaient.

Et l'un des fragments les plus audibles qu'elle put percevoir était une remarque marmonnée :

— *Aye,* il se pourrait bien qu'il y ait un drap blanc pour la p'tite mam'selle que voilà, j'ai idée.

Forby la Fonceuse, la Star de Fleet Street ! Mel se rassura : cette menace inattendue évoquant un linceul, c'était des propos de gens qui ont un petit coup dans le nez. Avec un nouveau haussement d'épaules, elle se redressa : à Fleet Street, t'as l'air d'un dur, tu te conduis en dur ou tu sombres ! Un couteau dans le dos ? Guère plausible, à son avis ; ne serait-ce que parce que l'endroit était trop public. Dommage qu'il n'y ait pas de miroir derrière le bar : il y en a toujours dans les films. Elle aurait bien aimé savoir qui étaient ces clients du *Pock and Tang,* si opposés à sa présence. Qu'était-il advenu de la fameuse hospitalité écossaise, tant vantée dans les pages Tourisme du *Negative* ?

Le *Negative*... tiens, et s'il y avait matière à un autre scoop, ici ?... Mel sentit son pouls s'accélérer, son instinct lui soufflant qu'il devait y avoir anguille sous roche dans le coin, pour qu'on soit si pressé de se débarrasser d'elle. Et encore, ils ne savaient rien de l'arrivée récente de Miss Seeton : même quand

1. Le *blended scotch* est ce qui se consomme couramment sous le nom de whisky. C'est un assemblage de whiskies de différentes provenances (il ne peut plus vieillir une fois le mélange fait), à la différence du *pure malt,* qui est un alcool d'appellation (une seule provenance), qu'on laisse vieillir. *(N.d.T.)*

celle-ci était au sommet de sa forme, il lui fallait d'ordinaire davantage que quelques heures pour déclencher le branle-bas.

Sauf que, cette fois-ci, le bal avait apparemment déjà commencé. Quelle était donc l'expression favorite de l'Oracle? « Embringuer », c'est ça. Une fois que Miss Seeton était embringuée dans un mystère, c'était les gros titres assurés dans les journaux. Et voilà qu'Amelita Forby se retrouvait chargée d'une mission de surveillance, en plein cœur du hameau de Glenclachan, qui semblait déjà avoir un joli petit stock de mystères maison. Et puis, vlan! Miss Seeton débarque au beau milieu de tout ça...

Sirotant son whisky, Mel dissimulait l'ombre d'un soupçon de sourire réjoui. Une expression qui ne passa cependant pas inaperçue aux yeux de Hamish McQueest :

— J'espérais que vous aimeriez le Lairigigh, Miss Forby. Nos palais de Rosbifs sont rarement capables d'en goûter les finesses, je le crains. En voudriez-vous un second?

Comme il tendait la main pour attraper la bouteille, Mel s'empressa d'ajouter :

— Et un autre pour vous, Mr. McQueest! Je suis sûre que votre palais l'apprécie bien mieux que le mien. Mettez-nous des doubles. Ah, et puis avez-vous un menu que je pourrais consulter?

Naturellement, il aurait mieux valu manger avant de tirer les vers du nez du patron qu'après — avec tout ce whisky qu'elle avait avalé et qui gargouillait dans son ventre vide! Mais elle ne pensait pas qu'un patron d'hôtel des Highlands pût boire autant que certains de ses collègues de Fleet Street. Et il y avait belle lurette que Mel Forby s'était entraînée à lever le coude autant qu'eux, sinon à les battre à leur propre jeu. Ses lèvres esquissèrent un sourire alors qu'elle songeait à Thrudd Banner.

Hamish, qui avait tourné le dos pour verser le whisky, se retourna à temps pour apercevoir la fin de ce qui avait été un sourire éblouissant. Il lui rendit la pareille et gratifia Mel d'un clin d'œil en poussant vers elle son nouveau verre.

— Merci, Miss Forby, et à votre très bonne santé !

— Merci, répondit Mel, levant son verre à son tour. Santé à vous aussi, Mr. McQueest ! C'est un hôtel sympathique que vous avez là.

« Commence par des questions faciles et ne t'aventure pas en terrain difficile avant qu'il ait tranquillement baissé la garde. »

— Un nom pas banal, reprit-elle. Que signifie-t-il ? Un rapport avec la peste, ou la Mort Noire[1] ? Je n'avais jamais pensé que l'épidémie était montée si loin au nord.

Hamish la fixa un instant, puis se força à émettre un petit rire quand il commença à comprendre.

— Ah, les pustules et l'odeur de la mort, bien sûr ! Mon Dieu, quelle imagination morbide ! Il n'y a pas eu pareilles horreurs par ici, dans le temps, je suis heureux de le dire. Ce nom-là n'est qu'une référence à la pêche aux perles qui se pratique dans la région.

— La pêche aux perles ? s'étonna Mel, le regardant d'un air dubitatif.

« Celui-là, il se paie la tête de cette idiote de touriste, on dirait, alors que, moi, je viens de lui payer un verre ! »

— Ah oui ?

— Eh oui, se hâta-t-il de répondre, aiguillonné par l'incrédulité évidente de la jeune femme. Glenclachan

1. *Pock and Tang : Pock* peut désigner une pustule ou le genre de marque laissée par la variole. *Tang* décrit une odeur forte et pénétrante. La Mort Noire est le nom de la grande épidémie de peste qui a ravagé l'Europe au XIVe siècle. *(N.d.T.)*

est réputée pour ses perles d'eau douce et il y a des années que pas mal de gens gagnent leur vie grâce à elles. Oh, il n'y a pas le moindre rapport avec la plongée en mer. C'est ce qui vous a fait croire que je vous menais en bateau ? demanda-t-il, ignorant ses tentatives de protestation pour poursuivre : Ça tient aux rivières, voyez-vous. Elles sont extrêmement froides et propres, avec un débit rapide, exactement ce qui convient à ces créatures, paraît-il. Plus le climat est froid et plus les perles se développent lentement ; et plus le développement est lent, meilleures sont les perles. Les perles d'Écosse sont très prisées, depuis des siècles déjà ; depuis l'époque de Jules César et même avant. D'après ce que je sais, les anciens Phéniciens en faisaient le commerce il y a plusieurs milliers d'années...

Il rajouta machinalement du whisky dans le verre de Mel avant de continuer :

— Bien sûr, il faut savoir où et comment les trouver. Il faut un équipement spécial, un bâton muni d'une fourche au bout, pour décrocher les moules du lit de la rivière : ça s'appelle un *tang*. Le *pock* est le sac que le pêcheur porte pendu à l'épaule ou noué à la taille quand il avance dans l'eau. Ce sac sert à transporter les moules sur la berge pour y chercher des perles. D'où le nom de l'hôtel, voyez-vous.

— *Pock and Tang,* murmura Mel. En effet, je vois.

Il y avait là matière à un article, que l'affaire Seeton évolue ou non comme elle s'y attendait (elle avait cependant de bons espoirs quant à cela).

Elle avait pris un ton professionnel qui incitait à poursuivre. Dûment encouragé, Hamish entreprit de compléter son explication.

— On utilise un seau spécialement adapté dans ce but : un vieux seau dont on a enlevé le fond pour le remplacer par une plaque de verre — une sorte de périscope inversé — dont on se sert pour stabiliser la surface de l'eau et pouvoir scruter le *scaup,* le nom qu'ils donnent au banc de moules. Et puis, le plus important, peut-être : des cuissardes pour marcher en eau profonde.

Il considéra Mel d'un œil interrogateur :

— Mais je suppose que vous n'êtes pas venue ici pour pêcher les perles, Miss Forby. Vous avez vous-même mentionné que, euh, votre travail vous oblige à voyager léger, et j'ai peine à croire que vous ayez apporté un seau et des cuissardes dans votre sac. Bien sûr, vous pourriez vous fabriquer un bon *tang* en coupant une longue branche, et le magasin Pictarnitie vous vendrait un seau et une plaque de verre. Mais c'est une vie dure, il paraît. Les rivières du coin sont profondes, rapides et, au moment des crues, il est difficile de résister au courant, surtout — excusez-moi — pour une jeune femme qui ne doit pas peser lourd. Les cailloux sont glissants à cause des herbes aquatiques, ce genre de truc ; il y a des gens qui se sont noyés en pêchant les perles, vous savez.

Il s'arrêta pour hocher la tête d'un air sage et boire une gorgée de whisky, en guise de libation offerte aux disparus. Mel le regardait d'un air intéressé. Plutôt que de lui apprendre les raisons de son séjour au village, ce serait peut-être une bonne idée de changer de sujet en lui posant des questions amicales. Repensant à Plummergen, elle sourit :

— Depuis combien de temps habitez-vous Glenclachan, Mr. McQueest ? Qu'est-ce qui vous a amené à venir dans les Highlands tenir un hôtel ?

Il allait répondre quand on entendit cliqueter une clenche, et la porte sur rue s'ouvrit. Encore un étranger, autant que Mel pouvait en juger. Tous les yeux des consommateurs du bar se tournèrent vers lui, campé sur le seuil : un homme voûté, au teint cireux, avec des yeux telles des fentes sous les sourcils broussailleux, et une cigarette pendue au coin de la bouche. Ses yeux s'étrécirent davantage devant tous les regards braqués sur lui, et il examina chaque visage avec autant de soin que les autres en mettaient à étudier le sien, puis il se renfrogna, haussa les épaules et se dirigea vers le bar d'un pas méfiant.

Sur son passage, les langues s'immobilisaient puis se remettaient en marche mais, de toute évidence, on faisait semblant, sans conviction. Tout le monde voulait savoir ce que le nouveau venu voulait à Hamish McQueest. Une centaine de westerns revinrent à la mémoire de Mel : les portes du saloon qui s'ouvrent brusquement pour laisser passer le héros, l'arme au côté, le défi dans les yeux. Il lance un regard noir au malfrat courbé sur la table de poker et le provoque en duel. Mel avait du mal à se retenir de pouffer. Rien ne ressemblait moins à un héros que cette silhouette de rat au teint jaunâtre !

À l'approche de l'individu, elle plongea le nez dans son verre de whisky. Hamish la fixa, l'œil incisif, et se déplaça derrière le bar pour saluer le nouveau client.

— Bonsoir, lança-t-il avec un sourire. Et que puis-je vous servir ?

L'homme jeta un bref regard sur Mel et la classa manifestement dans la catégorie des personnes de peu d'importance.

— Je cherche John Stuart Fraser, annonça-t-il d'un ton qui en aurait dit long même à un quidam bien moins futé qu'Amelita Forby. Il paraît qu'on peut le trouver dans les parages.

— John Stuart Fraser ? répéta le patron, et le nom tomba dans un bar presque silencieux. Si vous redemandez le renseignement de ce côté-là, fit-il, désignant du chef le coin du fond, je crois qu'on vous mettra sur la voie... Et vous savez, c'est curieux... ajouta-t-il, une fois que l'inconnu eut tourné les talons, après avoir signifié peu courtoisement qu'il avait enregistré l'information.

Mel tendit l'oreille, l'air interrogateur. Hamish plissa le front, caressant sa moustache rousse.

— Il y a près de trois ans que j'habite Glenclachan, Miss Forby, et à ma connaissance il n'y a jamais eu de Fraser qui se prénomme John Stuart. Pourtant, ce gars-là n'est pas le premier à venir s'enquérir de lui et je doute d'ailleurs qu'il soit le dernier. Je ne peux m'empêcher de me demander ce qui se passe...

Mel non plus...

CHAPITRE X

— Vous êtes sûre ? Ça ne vous dérange pas de vous distraire toute seule ce matin, Miss Seeton ? s'enquit Liusaidh MacSporran en regardant son invitée avec un air d'excuse. Seulement, Mrs. McScurrie est...

Elle jeta un bref regard par-dessus son épaule : la porte de la salle à manger était bien fermée.

— ... bon, elle est mal lunée aujourd'hui, expliqua lady Glenclachan en étouffant un petit rire. J'ai intérêt à la calmer, surtout après tout le temps que je viens de passer à Londres. Nous avons tous une sainte frousse d'elle, vous savez.

Miss Seeton tiqua. La gouvernante ne lui avait pas semblé particulièrement effrayante. Elle avait veillé aux moindres détails avec beaucoup de gentillesse et un empressement de tous les instants : elle avait mis une bouillotte de faïence dans le ravissant lit à baldaquin où couchait l'invitée (on aurait pu croire qu'en août un château écossais ne serait ni humide ni froid !) et garni la boîte de biscuits placée à son chevet. Liusaidh rit devant l'étonnement visible de Miss Seeton.

— Mrs. McScurrie — qu'elle soit bénie ! — est une institution chez les MacSporran, et ce depuis des siècles. Elle nous manquerait terriblement si elle n'était pas là pour nous rudoyer.

Miss Seeton tiqua une nouvelle fois, puis hocha la tête et sourit. Le sens de l'humour des aristocrates... Ce cher Nigel avait lui aussi tendance à manier l'hyperbole de manière amusante, lui qui hériterait du titre de baronnet de son père, dans un avenir... aussi lointain que possible, elle l'espérait sincèrement.

— En réalité, reprit Liusaidh, elle est capable de gérer la maisonnée bien mieux que je ne le pourrais jamais, et nous en sommes convaincues toutes les deux. Mais elle croit de son devoir de m'être agréable en demandant mon avis sans arrêt, alors je suis obligée de le lui donner pour lui faire plaisir à mon tour, même si nous savons aussi, elle et moi, enchaîna-t-elle avec un nouveau rire, qu'elle finira par agir à sa guise. Comme elle l'a toujours fait !

Miss Seeton approuva encore avec un hochement de tête et un sourire convaincus.

— Ma chère Martha est pareille, j'ai la chance de pouvoir le dire. Je suis sûre qu'elle s'occupe de la maison bien mieux que je ne le fais, les jours où elle ne vient pas. Les jours où elle est là, veux-je dire, c'est mieux que moi, quand elle ne vient pas.

Oh, mon Dieu ! La comtesse semblait mal à l'aise. Miss Seeton s'arrêta, gênée, et afficha une mimique de perplexité. Avait-elle par hasard eu l'air de se vanter ? Lady MacSporran devait sûrement savoir que *Sweetbriars,* parfaite demeure pour un simple professeur à la retraite, ne pourrait jamais rivaliser avec la splendeur du château d'un comte, non ? « Quelle présomption de ma part, songea-t-elle en rosissant, si j'ai donné l'impression, sans m'en rendre compte, que j'avais des cohortes de domestiques à mes ordres ! » Mais peut-être fallait-il expliquer le reste... par souci d'exactitude (la clarté n'avait-elle pas été son but, durant toute sa carrière ?).

— Et puis, il y a Stan qui s'occupe de mon jardin et

qui ramasse les œufs, tellement meilleurs pour la cuisine, d'après Martha. Mais seulement quand il ne travaille pas à la ferme, ça va de soi. Bien meilleurs que ceux qu'on achète dans les magasins, j'entends. Martha est célèbre à Plummergen pour ses cakes aux fruits, précisa fièrement Miss Seeton.

— Ah bon, je n'en doute pas, fit Liusaidh, profitant de l'interruption, car Miss Seeton semblait — heureusement ! — avoir fini. Il faudra que nous échangions des recettes avant votre départ. Autant vous prévenir, cependant : si les cakes de Mrs. McScurrie ont une réputation, elle est plutôt sulfureuse. Elle noie les fruits dans le whisky, au point que même le vieux Lachlan Magandy, un monsieur très strict, pilier de l'Église d'Écosse, a fini sous la table, un jour qu'il était venu voir Ranald, il y a quelques mois, raconta-t-elle avec une gaieté qui faisait danser son regard. Et il n'arrêtait pas de nous répéter que ça devait être un coup de chaleur — en plein mois de janvier ! Ah, à propos de Ranald, je vous ai bien dit que le *factor*[1] l'occuperait toute la matinée, non ?

— Oui, en effet, lady Glenclachan. Je n'avais pas idée qu'un comte devait consacrer tant de temps aux mathématiques — alors qu'il est censé être en vacances, qui plus est. Je regrette que mes capacités d'enseignante (pour ce qu'elles sont !) se bornent presque entièrement au domaine artistique, bien que j'aie évidemment enseigné d'autres matières pour dépanner des collègues en cas d'urgence. Mais je suis incapable d'aider Sa Seigneurie, je le crains. Les mathématiques, voyez-vous... facteurs, décimales, équations...

1. Le mot *factor*, qui veut dire ici « intendant », signifie aussi « facteur » au sens mathématique du terme. D'où le quiproquo qui s'ensuit... *(N.d.T.)*

Miss Seeton soupira et hocha la tête, sans remarquer les yeux de la comtesse qui dansaient la gigue à force d'hilarité contenue. Les efforts de Liusaidh pour réfréner son rire étaient cependant à peine visibles quand elle répondit :

— Miss Seeton, je vous demande pardon de vous avoir induite en erreur, mais en Écosse, un facteur est un *estate agent,* l'agent qui gère un domaine. Bien sûr, s'empressa-t-elle d'ajouter, pas dans le sens qu'a ce mot pour un Anglais, à savoir l'agent immobilier qui aide les gens à acheter et à vendre des biens. Un facteur s'occupe de la maison et des terres en l'absence du propriétaire — et la plupart du temps quand il est là aussi, s'il s'agit d'un homme aussi fiable que Mr. Gleade.

Miss Seeton vira de nouveau au rose — un rose discret, néanmoins — et remercia lady Glenclachan de son explication. C'est toujours intéressant d'accroître ses connaissances et son vocabulaire ; il faudrait qu'elle pense à en parler à Jack Crabbe quand elle rentrerait à Plummergen. C'était peut-être exactement ce qu'il lui fallait pour une définition. Les auteurs de mots croisés raffolent des doubles sens et des indices mystérieux, avait-elle cru comprendre, et Jack était l'un des plus doués du pays, quoique bien trop modeste pour le dire lui-même. Plummergen était très fier de Jack Crabbe.

— Je vais aller au village à pied, déclara Miss Seeton, pour voir si je peux trouver un des magazines qui publient ses grilles. Si toutefois cela vous tente d'y jeter un coup d'œil ?

— Ce serait sans doute une bonne chose, bien que je ne puisse pas promettre que nous serons capables de la remplir, mon époux ou moi. Mais vous pourrez profiter de la promenade et ça vous donnera l'occasion d'explorer un peu les lieux. J'ajoute néanmoins une mise en garde, Miss Seeton : ne vous fiez pas aux indications de la girouette ! Elle a été démontée pour la réparer après une méchante tempête, l'hiver dernier, et je crains que Dougall McLintie, notre ferronnier, ne soit un tantinet trop épris de la dive bouteille. Franchement, c'est une faiblesse qui n'est pas rare à Glenclachan, mais la plupart des autres gens réservent les beuveries pour leurs temps de loisir. Mais, comme ce pauvre Dougall est son propre patron, il n'a personne qui le pousse aux fesses, à part ses clients, et il est le seul forgeron à des kilomètres à la ronde. Aux quatre points cardinaux! ajouta Liusaidh en riant. Vous n'avez sans doute jamais vu de girouette sur laquelle le nord et le sud sont côte à côte, au lieu de l'un en face de l'autre, non, Miss Seeton? Et où l'ouest se trouve près de l'est ? Il est même question de la laisser telle quelle, pour attirer les touristes — il n'y a pas grand-chose pour eux à Glenclachan, en dehors de l'air frais de la montagne et des grands espaces.

— ... Qui sont magnifiques et tellement différents du Kent, cher à mon cœur ! la rassura Miss Seeton. Ici, le paysage est spectaculaire, avec les grands rochers gris, la lande de bruyère et les petits ruisseaux — les rus, veux-je dire, rectifia-t-elle, se rappelant la visite guidée que lui avait fait faire Ranald, la veille au soir, et elle enchaîna spontanément, nul doute sous l'effet du cadre environnant : « Les anciens amis devraient-ils être oubliés/Et jamais plus évoqués... »

— « ... Portons un toast au souvenir ému/Des jours passés depuis longtemps enfuis[1] », enchaîna aussitôt Liusaidh. Ou, si vous préférez une autre citation du barde immortel : « Liberté et whisky vont de pair ! » C'est en tout cas vrai à Glenclachan, Miss Seeton !

1. *For auld lang syne,* du poète Robert Burns, surnommé le « barde » écossais (1759-1796). *(N.d.T.)*

Ranald vous a-t-il parlé de la révolte jacobite que nous attendons d'un instant à l'autre ?

Miss Seeton souriait encore quand, dix minutes plus tard, elle partit pour le bazar du village. Le soleil était chaud et le ciel bleu malgré les nuages à l'horizon, mais elle avait pris son parapluie, évidemment, et portait de robustes souliers traités pour les rendre imperméables, son chapeau crête-de-coq préféré et une veste légère — sage précaution — sur une jupe de tweed. On lui avait signalé les caprices du temps dans les Highlands.

— Et ceux des girouettes, murmura-t-elle, le sourire toujours aux lèvres.

Elle décida que son premier travail d'exploration serait de repérer la girouette déboussolée, estimant qu'elle pouvait valoir un croquis.

Elle arriva au village de Glenclachan en trottinant et découvrit l'église — la *kirk,* dit-on en Écosse, rectifia-t-elle aussitôt — qui faisait un tableau inhabituel et séduisant, avec au centre le coq de cuivre jaune, brillant comme l'or sous les feux ardents du soleil d'août. Miss Seeton doutait cependant que son crayon, voire ses yeux, soient à la hauteur de la tâche. « Et même mon cou ! » songea-t-elle, car la tour était d'une hauteur considérable et, pour en obtenir la meilleure vue, il fallait regarder en l'air et tordre le cou en arrière, position fort peu commode. Elle hocha la tête, amusée, souriant du grain de folie qui venait de la pousser à se demander — un bref instant, il est vrai — comment on peut s'attendre à ce que le vent sache de quelle direction il vient...

« Ou même la pluie, songea-t-elle, son attention ayant dérivé vers les nuages distants qui semblaient se rapprocher de plus en plus, sombres et menaçants. Mais j'ai mon parapluie, bien sûr, se rappela-t-elle en le considérant avec fierté. Quoique... Que dirait ce cher Mr. Delphick, s'il venait à être abîmé ?... Et Mr. Brinton aussi... »

Avant de partir en vacances dans les Highlands, Miss Seeton avait passé un temps considérable à préparer ses bagages, dont une bonne partie consacrée à réfléchir au parapluie qu'il convenait d'emporter. Mr. Brinton — vraiment, elle devrait dire M. le commissaire principal Brinton — avait été très ferme à ce sujet quelques années plus tôt : il fallait garder son parapluie d'or pour les grandes occasions, avait-il déclaré, lui conseillant d'utiliser plutôt comme outil de travail un riflard ordinaire en nylon et en acier, qu'on pouvait remplacer au fur et à mesure des besoins. Miss Seeton n'avait jamais bien compris où il voulait en venir, surtout quand il avait ajouté une remarque à propos des chapeaux de Miss Esse démolis dans l'accomplissement de son devoir. Sans doute l'idée qu'il se faisait d'une boutade, avait-elle supposé, ne voyant pas pourquoi on devrait considérer comme un devoir de détruire un chapeau parfaitement inoffensif et carrément utile ! Miss Seeton posa la main sur son couvre-chef crête-de-coq et le tapota gentiment. Ce cher Mr. Brinton aimait taquiner — elle ne l'avait jamais pris trop au sérieux, c'était peut-être une chance —, mais un séjour sous le toit d'un comte pouvait justifier un effort de courtoisie tout particulier, de la part de l'invitée de Sa Seigneurie, Mr. Brinton même le reconnaîtrait. Si MacSporran Castle ne méritait pas le parapluie d'or, alors quel autre lieu, quelles autres personnes en étaient dignes ?

Songeant aux subtilités de l'étiquette en matière de parapluies, Miss Seeton gratifia la girouette d'un dernier regard et soupira quand une goutte de pluie tomba sur son visage tourné vers le ciel. Elle jeta un coup d'œil derrière elle et vit la masse de nuages se précipiter à vive allure sur le soleil, poussée par un vent d'altitude qui commençait juste à perturber les couches inférieures de l'atmosphère. Les arbres agitaient leurs branches, les oiseaux filaient en quête d'abri et la jupe de Miss Seeton battait contre ses genoux, tandis que la pluie se mettait à tomber sérieusement. Bien avant que le dernier pan de bleu eût été conquis par son agresseur en habit de plomb, le parapluie à poignée d'or était ouvert et remplissait son office.

Miss Seeton se dirigeait vers la grand-rue, et ses yeux en exploraient déjà le cours étroit qui décrivait une courbe douce, flanquée de cottages aux toits bas, de solides maisons de granit et de boutiques variées et animées. Elle aimerait bien peindre Glenclachan, pensa-t-elle, quand le temps serait plus clément. Qui sait : si le tableau était réussi, il pourrait servir de cadeau d'adieu pour les MacSporran, qui avaient été si gentils avec elle. Un bien bel endroit, certes, mais elle ne pouvait s'empêcher de se languir un peu de Plummergen, encore si coloré grâce à une profusion de fleurs tardives, alors qu'ici on passait directement du trottoir à la porte des habitations sans le moindre jardinet à traverser. Après tout, on n'est jamais si bien que chez soi, mais il fallait reconnaître que la courbe de cette grand-rue rappelait nettement celle de la Rue, maintenant qu'elle y songeait...

Une tache de couleur vive émergea alors d'une des rues latérales et Miss Seeton cligna les yeux. Quels tons vifs ! Inhabituels, oui — mais, pour un œil d'artiste, quel agréable contraste avec les murs blanchis à la chaux et le granit gris de Glenclachan sous la pluie ! Une débauche de couleurs qui n'évoquait guère Plummergen, malgré tout. On n'aurait sans doute même pas osé rêver d'un parapluie à carreaux écossais dans son village ! Tenez, elle-même, elle n'avait jamais imaginé une chose pareille, alors que, sans vouloir se vanter, les parapluies étaient la marotte d'Emily Dorothea Seeton, aurait-on dit.

Le parapluie écossais (grand, gai et pratique — quelle superbe protection contre le mauvais temps des Highlands !) se trouvait encore à quelque distance quand, soudain, il s'immobilisa et disparut. Dans une boutique, sans doute, supposa Miss Seeton. Revenant à ses propres préoccupations, elle s'aperçut qu'elle s'était arrêtée par hasard devant le magasin qu'elle cherchait justement et, avec une petite exclamation, elle se hâta de pousser la porte, trop heureuse de fuir l'averse. Dès qu'elle eut posé le pied à l'intérieur, elle referma son parapluie et le secoua sur le paillasson avant de se retourner pour examiner ce que contenait le magasin général de Glenclachan (journaux, papeterie et bazar), appartenant à Jamesina Pictarnitie — elle avait eu juste le temps de lire le nom au passage, sur le linteau de la porte.

Assise derrière le comptoir principal, les mains occupées à tricoter, Mrs. Pictarnitie était rondelette et aimable. Elle salua Miss Seeton avec un sourire :

— Vous devez être la dame anglaise qu'est en visite au château, j'ai point de doute là-dessus. Celle qui a retrouvé le bébé du *laird.*

Miss Seeton s'accorda un moment de silence inquiet pour se repasser la phrase dans sa tête à vitesse réduite et avec un accent moins prononcé, après quoi elle confirma d'un ton craintif et en rougissant que c'était exact. Elle savait que le personnel du château lui avait manifesté une attention plus que flatteuse mais, franchement, elle avait espéré que...

Le sourire de Jamesina s'élargit : elle avait vu et approuvé la réaction de modestie de Miss Seeton.

— *Aye,* eh bien, la pluie ne vous est point inconnue non plus, bien qu'on ait là un fameux temps de chien — pour l'été — et ce vent quasiment déchaîné, inattendu au possible. Attendez donc ici au sec, proposa-t-elle. Prenez tout le temps que vous voudrez pour vos messages.

Miss Seeton se jeta sur le seul mot qu'elle était sûre de reconnaître dans le magma de dialecte :

— Oh, mon Dieu ! Je suis navrée : espériez-vous que j'apporterais un message du château ? Je crains de n'être partie avant qu'on m'en ait touché mot. Ah, si j'avais su... Mais peut-être pourriez-vous téléphoner, si ce n'est pas trop de dérangement ?

Cette fois, ce fut au tour de Jamesina de prendre le temps de réfléchir. Elle ne tarda pas à éclater de rire :

— *Och!* j'oubliais, et pourtant je sais que vous êtes anglaise, pour sûr ! Vous, vous appelez ça « faire les courses », pour nous, ici, c'est « s'occuper de ses messages », expliqua-t-elle en riant de nouveau. Ce que j'ai voulu dire, ma bonne dame, c'est qu'avec ce qui nous dégringole dessus comme tempête, vous pouvez passer tout le temps que vous voudrez à regarder la boutique. Ne vous bilez pas, pour ce qui est de ressortir sous la pluie ou de téléphoner au château. Un drôle de cadeau de bienvenue dans les Highlands que ce serait, d'aller attraper la mort de l'hôte !

CHAPITRE XI

Miss Seeton cligna des yeux. Si le petit discours de Mrs. Pictarnitie semblait dans l'ensemble partir d'une bonne intention (du moins fallait-il le penser), le ton du propos avait été pour le moins musclé, et par conséquent plus qu'un brin déconcertant. Miss Seeton avait néanmoins peine à croire que Mrs. Pictarnitie, qui avait sans doute pratiquement toujours connu lord Glenclachan, pût suspecter Sa Seigneurie de nourrir de sombres desseins envers ses hôtes. Elle hésitait donc à répondre, de crainte d'un impair. Elle esquissa un sourire qu'elle voulait à la fois courtois et évasif, tout en se gardant pourtant de piper mot. Jamesina, elle, était au contraire d'humeur loquace :

— Une chose terrible, ça peut être, la mort de l'hôte. Et dangereuse, si on n'est pas assez sensé pour se chouchouter quand il faut. Tenez, y a quatre hivers, ma cousine Morag en a eu une qui l'a forcée à s'aliter, et elle en est morte. Même que le Dr Beltie a dit qu'il serait enclin à poser un magnétophone à côté de sa couche, pour servir d'avertissement aux autres. Elle toussait à vous ébranler les poutres du plafond, et avec un sacré paquet de saletés dans la gorge, tout ça parce qu'elle avait eu l'idée stupide d'aller chercher son margot sous la pluie, sans penser un instant, bien sûr, à mettre des bottes ou un chapeau et à prendre un parapluie, raconta-t-elle, promenant un regard approbateur sur le parapluie et les chaussures fonctionnelles de Miss Seeton, avant d'ajouter dans un soupir : Et elle n'avait que quatre-vingt-deux ans... Cette pauvre idiote de Morag ! conclut-elle, hochant la tête en songeant au drame de sa cousine, trépassée à cause d'une toux.

Comprenant enfin la teneur des propos de Mrs. Pictarnitie, Miss Seeton s'empressa de l'assurer qu'elle surveillait toujours le temps avec vigilance et lui promit que, si elle avait la malchance d'attraper un rhume et de tousser, elle irait aussitôt se coucher et ne se relèverait pas avant d'être rétablie.

Son oreille commençait à s'habituer à l'accent local, songea-t-elle en déambulant dans la petite boutique et en examinant les divers étalages. Un accent bien plus riche, si c'était le terme exact, que celui du comte et de son épouse, car ceux-ci, après tout, passaient une bonne partie de leur temps à Londres, alors que les authentiques habitants du coin... Non, ce n'était pas exact, mais quel était le terme qui convenait ? Euh, résidants à plein temps, ou gens du cru, mais ça sous-entendait encore que les Glenclachan n'en étaient pas, ce qui n'était pas vrai, naturellement. Il suffisait de se rappeler que le village portait le même nom qu'eux...

Miss Seeton arriva alors devant un rayonnage garni de livres et s'arrêta avec soulagement, pour consulter les titres.

Mrs. Pictarnitie, dont le bavardage convivial avait accompagné le tour de magasin de sa cliente, sans apparemment attendre de réponse de sa part, se hâta de déclarer :

— Eh bien, si vous êtes portée sur la lecture, il y a un ou deux ouvrages sur ce rayon-là qui pourraient plaire à une dame telle que vous. Tenez, si vous vous intéressez aux oiseaux, par exemple...

— *Les Oiseaux des glens*[1] ! s'exclama Miss Seeton avec un vif plaisir, interrompant son interlocutrice malgré elle, tant elle était ravie de sa découverte.

Elle se précipita et prit un petit volume relié, au-dessus d'une pile bien rangée, sur lequel reposait une affichette manuscrite annonçant que le livre était l'œuvre d'un auteur local.

— Quelle chance de dénicher ça ! Un superbe souvenir de ma visite à Glenclachan. Aussi, j'ai cru comprendre, d'après les indications de lady MacSporran, qu'on pouvait acheter des cartes postales. Ça peut présenter un... un attrait pour les touristes. Au lieu de la dessiner, comme j'en avais eu l'intention — jusqu'à ce que j'aie constaté qu'elle était perchée trop haut pour que ce soit commode...

C'était au tour de Jamesina de s'interroger, mais pas pour longtemps. Elle rit.

— Ah, la vieille girouette qu'y a là-bas, bien sûr ! Dougall McLintie a toujours levé le coude comme nul autre, mais p't-être bien que pour une fois Glenclachan récoltera les bénéfices de ses bourdes. Ça, pour sûr qu'il en a fait des belles, au fil des ans, par amour du whisky... Pas une âme au village qui vous dira le contraire. Mais j'ai point de cartes postales à vous proposer aujourd'hui, ma bonne dame. Elles sont commandées, c'est même Glenclachan en personne qu'a fait prendre les photos et qui les a envoyées à tirer. Il saura p't-être même quand je peux m'attendre à les recevoir à la boutique. Vous pouvez toujours y demander, si vous êtes pressée.

Non, elle ne l'était pas, répondit Miss Seeton, et elle ne souhaitait en tout cas pas déranger Sa Seigneurie quand il était si occupé. Elle voulait acheter *Les*

1. Un *glen* désigne en gaélique une vallée encaissée entre des montagnes et parcourue par une rivière. *(N.d.T.)*

Oiseaux des glens qui feraient un excellent complément à la petite collection de livres d'histoire naturelle qu'elle s'était peu à peu constituée chez elle, dans le Kent. Ce qui lui rappela (Jamesina n'eut pas le temps de lui demander pourquoi) la raison pour laquelle elle était initialement entrée dans le magasin de Mrs. Pictarnitie : elle cherchait un magazine dont les pages auraient recélé une grille de mots croisés bien hermétique...

Avec la permission de Mrs. Pictarnitie, Miss Seeton feuilleta tous les périodiques en rayon susceptibles de contenir une des grilles spéciales de Jack Crabbe. Quand elle eut fini, la pluie tombait plus fort que jamais, comme en attestaient les trombes d'eau effrayantes qui s'abattaient sur la vitrine. Jamesina prophétisa de l'orage et conseilla à sa nouvelle amie de ne pas s'aventurer dehors le parapluie ouvert, de peur d'attirer la foudre. Miss Seeton expliqua alors que le manche de son pépin était en or, pas en acier, et qu'elle pouvait donc considérer qu'elle n'était pas en danger. Et puis, elle craignait d'abuser de l'amabilité de Mrs. Pictarnitie...

Jamesina se récria et, une fois encore, pria instamment Miss Seeton d'attendre, bien au sec dans sa boutique. N'était-ce pas une fameuse occasion de tailler une bonne bavette, avec ce qui dégringolait du ciel et sans personne d'autre à qui parler ? Miss Seeton, peu portée sur les cancans, bredouilla un murmure évasif et se remit à regarder par la vitre de la devanture. La pluie ne semblait plus tout à fait aussi violente, et les nuages étaient un peu moins noirs, non ? Elle s'aventura à en faire la réflexion à Mrs. Pictarnitie et répéta qu'elle hésitait à profiter de la bonté des autres, elle ne lui était déjà que trop reconnaissante...

Presque sur le point de s'arracher à cette hospitalité qu'on la pressait d'accepter, elle était à la porte et cherchait le bouton pour ouvrir son parapluie, quand une ombre se profila de l'autre côté de la vitre dépolie : une grande ombre ronde et de couleur vive. L'œil d'artiste de Miss Seeton reconnut aussitôt cette apparition polychrome et elle recula pour lui permettre d'entrer.

Secouant allégrement son riflard écossais, sans s'inquiéter du point de chute des gouttes d'eau qu'il projetait, une grande femme bien bâtie pénétra chez la marchande de journaux et salua Jamesina d'une voix enjouée. Mrs. Pictarnitie lui rendit son salut, puis ajouta à l'adresse de Miss Seeton :

— Tenez, si c'est pas là une occasion que vous auriez regrettée si vous étiez sortie sous la pluie comme vous en aviez l'intention ! Vous qui venez justement d'acheter son livre ! Et j'ai idée que Miss Beigg serait ravie de vous le dédicacer, si vous le lui demandiez. Elle est en visite au château, expliqua-t-elle à l'intention de la nouvelle venue. Elle s'appelle Miss Seeton, précisa-t-elle avec un regard lourd de sens, poursuivant avant que l'intéressée ait le temps de piquer encore un fard : Et elle s'intéresse aux oiseaux. Sinon, pourquoi elle viendrait d'acheter un de vos livres ?

Miss Seeton couva d'un regard de plaisir le paquet enveloppé de papier kraft qu'elle avait en main, puis la pile d'*Oiseaux des glens,* surmontée de l'affichette concernant l'auteur local.

La dame en question rougit alors à son tour, se présenta et serra la main de Miss Seeton.

— Philomena Beigg — mon père se figurait que c'était une bonne blague ! C'était un expert en histoire et en langue gaéliques. Je dois cependant reconnaître que c'est du plus bel effet sur la couverture d'un livre, vous ne trouvez pas ?

Miss Seeton en convint, avec néanmoins un soupçon d'interrogation dans la voix qui amena un sourire sur les lèvres de Miss Beigg.

— Ah, évidemment, ça ne sonne pas pareil aux oreilles d'une Rosbif ! Il faut que vous sachiez, Miss Seeton, qu'à la suite de la révolte de Quarante-Cinq le gouvernement de Westminster a banni le port du costume des Highlands (le *feileadh mor,* le grand kilt — vous appelleriez ça un plaid ceinturé en anglais) jusqu'en 1782. Quiconque s'entêtait à le porter était expédié aux colonies, tant et si bien que ce grand kilt n'était plus qu'un souvenir quand l'interdiction fut enfin levée. C'est ainsi que les Highlanders (pas tous les Écossais, non, pas encore) se sont mis à porter le petit kilt, le *feileadh beg.* Voilà, ajouta-t-elle avec un sourire ironique, voilà à quoi je dois le nom de Philly Beigg, à votre service.

La lueur amusée qui animait le regard de Philomena alluma une étincelle identique dans l'œil de Miss Seeton. Elle murmura que tout cela était fort intéressant. Elle se rappelait avoir entendu évoquer l'histoire des Highlands durant sa scolarité, et elle en avait appris plus long de la bouche de ses hôtes, naturellement. Elle afficha un air de vive curiosité, fort gratifiant pour Philomena Beigg qui se fit un plaisir de poursuivre.

— Malheureusement pour moi, Miss Seeton, il existe une école de pensée qui attribue à un Rosbif l'invention du *fillibeg* qu'arborent si fièrement les Écossais ! Un certain Mr. Rawlinson, directeur d'une fonderie dans les années 1720. On raconte qu'il aurait adapté le *fillimore,* le vêtement des Highlands porté par ses ouvriers, afin de le rendre plus commode au travail. Le costume entier devait être terriblement chaud et inconfortable, je n'en doute pas, bien qu'il y ait une autre théorie selon laquelle le kilt, tel que nous le connaissons aujourd'hui, aurait été créé *après* la révolte de Quarante-Cinq, en guise d'uniforme pour les Highlanders qui s'étaient enrôlés dans l'armée afin de maintenir un semblant d'ordre parmi leurs frères rebelles. Dans les deux cas, conclut-elle avec un petit rire, ce nom-là a été une véritable plaie pour moi en classe, même si j'ai réussi depuis à me réconcilier avec le déplorable sens de l'humour de mon père.

» Si vous vous intéressez aux oiseaux ou aux livres, continua-t-elle, désignant d'un signe de tête le paquet de Miss Seeton, peut-être aimeriez-vous voir ma bibliothèque. Venez donc chez moi boire un café et grignoter un petit pain — je prends d'ordinaire quelque chose à cette heure-ci et je serais ravie de votre compagnie, ajouta-t-elle pour couvrir les protestations de Miss Seeton. Non, je vous assure, tout le plaisir est pour moi. Pourquoi donc croyez-vous que je me sois aventurée sous la pluie, si ce n'est pour avoir l'occasion de côtoyer mes semblables ? L'écriture est une occupation solitaire, Miss Seeton. Vous feriez œuvre de bonté en me consacrant une demi-heure de votre temps.

Miss Beigg était peut-être esseulée mais elle avait indubitablement le don de la parole. Sous une pluie à présent légère, Miss Seeton trottina au côté de la grande perche qu'était sa nouvelle connaissance et, dix minutes plus tard, elle se retrouva assise dans la petite cuisine impeccable de son hôtesse, qui posait la bouilloire sur le feu et préparait des toasts beurrés. Ayant mis leurs deux parapluies à égoutter sur l'évier, Philomena avait décidé que cette gâterie serait suivie de sablés écossais de sa confection (si elles avaient encore de la place dans l'estomac !), parce qu'elle venait d'essayer une nouvelle recette et qu'elle apprécierait l'opinion de son invitée.

Miss Seeton grignotait allégrement tout en sirotant son café et, en réponse aux questions courtoises de son hôtesse, elle parla de sa vie à Plummergen, et de la gentillesse des Glenclachan — ou fallait-il plutôt dire les MacSporran ? —, alors qu'elle n'était pratiquement qu'une étrangère et qu'ils n'avaient vraiment pas de raison particulière de lui témoigner de tels égards. L'hospitalité des Highlands était décidément à la hauteur de ce qu'elle avait été amenée à supposer.

— Ça a toujours été le cas, Miss Seeton. Mangez le sel d'un homme et séjournez sous son toit, et vous serez son ami. Du moins, ce ne sera pas sa faute si vous ne l'êtes pas. Dans le temps, certains ont parfois profité du fait qu'un hôte se doit de ne pas penser de mal de son invité... Oh, je suis navrée ! s'interrompit Philomena avec une grimace. Je crains de m'être laissée aller à citer mon dernier livre — les exemplaires d'auteur sont arrivés ce matin ! Je brûlais d'envie de partager ça avec quelqu'un, vous comprenez.

Miss Seeton répondit doucement qu'elle n'avait certes jamais écrit d'ouvrage de sa vie mais qu'en tant qu'artiste — au talent très limité, se hâta-t-elle de préciser en rougissant — elle avait quelque idée, pensait-elle, de ce qu'était le besoin de créer. Ne l'avait-on pas un jour décrit comme une « divine insatisfaction » ? En ce qui la concernait, elle ne pouvait jamais se déclarer pleinement satisfaite d'un tableau ou d'un dessin de son cru. Mais il faut être réaliste et reconnaître qu'il arrive un moment où l'on ne peut plus retoucher son travail : quant à savoir si l'œuvre tiendra le coup ou pas, cela dépendra de ses qualités et du regard critique de ceux avec qui on souhaite la partager. Enfin, partager l'expérience transcrite sur le papier, que ce soit par le biais de l'écriture ou du dessin. Car n'est-ce pas là le sens important de toute pulsion créatrice, le partage avec autrui ? Enfin, l'expérience qui suscite une telle pulsion. Du moins était-ce son avis, ajouta-t-elle en rougissant encore. Miss Beigg avait sans doute sa propre opinion là-dessus ?

— Dans mon cas personnel, répondit Philomena en remplissant de nouveau les tasses sans attendre qu'on le lui demande, c'est mon éditrice qui n'est pas satisfaite, pas moi, bien que je voie exactement de quoi vous parlez, à propos des retouches. J'avais eu la bêtise de lui promettre le manuscrit pour mars de l'an dernier, et elle n'a pas été très contente que je ne puisse pas le lui remettre à temps. D'autant qu'il figurait déjà au catalogue. Alors, j'ai déployé un effort colossal et je le lui ai envoyé en juin. Et maintenant, il faut absolument que vous veniez voir le résultat ! lança-t-elle, se levant d'un bond et invitant Miss Seeton à la suivre dans la salle à manger. Tenez, là, sur la table, mon premier ouvrage de fiction publié ! Ce n'est pas fantastique ?

Miss Seeton réagit à la note d'excitation qui sonnait dans la voix de Philomena et s'approcha de la table. Elle prit le livre qui se trouvait sur le dessus de la pile et en lut le titre à voix haute :

— *La Roche grise du glen.* Une histoire écossaise, nul doute ?

— Le massacre de Glencoe conté pour la énième fois, mais qui ne s'en trouvera pas plus mal pour autant, je l'espère, expliqua Philomena, prenant l'ouvrage des mains de Miss Seeton et s'efforçant de ne pas paraître trop satisfaite du résultat de son long labeur. La fameuse querelle ancestrale entre les Campbell et les MacDonald. Personne ne sait à quand elle remonte, mais elle s'est perpétuée jusqu'à nos jours, je vous assure. Glencoe a été l'un des épisodes les plus dramatiques de notre passé et c'est pourquoi j'ai eu le sentiment que l'histoire méritait qu'on en refasse le récit de temps en temps. Vous avez entendu parler de ce massacre ? demanda-t-elle à Miss Seeton, fixant sur elle un regard vif et brûlant, et poursuivant avant que son invitée déconcertée ait eu le temps de répondre : Et dire qu'Ewen Campbell et Malcolm MacDonald s'étaient imaginé qu'ils pourraient être amis !

CHAPITRE XII

En parfaite invitée, Miss Seeton murmura à l'adresse de Miss Beigg que ça l'intéressait vivement d'en savoir davantage, et elle se cala dans un fauteuil, au coin de la cheminée, pendant que Philomena se lançait dans son exposé.

— Quand le roi Jacques VII d'Écosse — alias Jacques II d'Angleterre — fut destitué en 1688, il s'enfuit en France avec sa seconde épouse, Marie de Modène, et leur bébé Jacques qui allait devenir le Prétendant. Et bien que les Anglais aient accepté de voir lui succéder au trône son neveu et gendre Guillaume d'Orange, qui avait pris sa place, nombre de Highlanders refusèrent de reconnaître à Guillaume le droit de régner. Mais les Écossais ont toujours été des finauds ! Ils buvaient à la santé du roi et proclamaient leur allégeance suffisamment haut et fort, mais ils formulaient leur promesse en levant leurs verres au-dessus d'un bol d'eau, afin que tout le monde sache bien que le vrai roi, objet de leurs vœux, était Jacques, en sécurité loin de là, de l'autre côté de la Manche.

Ses souvenirs ravivés, Miss Seeton acquiesça d'un mouvement de tête.

— Le Roi par-delà les eaux, le Petit Gentilhomme vêtu de velours noir, naturellement !

Philomena hocha le chef à son tour pour confirmer.

— Exact, sauf que la taupe dont la taupinière fit trébucher le cheval de Guillaume allait devoir attendre quelques années après le massacre de Glencoe pour jouer son rôle dans l'histoire. Guillaume et son épouse Marie, la fille de Jacques, n'étaient pas aussi certains de leur droit au trône qu'ils auraient aimé l'être : ils insistèrent donc pour que les clans leur fassent allégeance et leur donnèrent jusqu'au Nouvel An pour s'exécuter. MacDonald de Glencoe attendit la toute dernière minute pour aller prêter serment : il avait voulu soulager sa conscience en expliquant aux Stuarts qu'il n'agissait ainsi qu'en raison des circonstances et qu'il demeurait aussi loyal que jamais au vrai roi.

— Une promesse sous la menace ne vous lie pas, releva Miss Seeton, se demandant où elle avait pu entendre ou lire ce principe.

Philomena avait les yeux pétillants.

— C'était bien ce que pensait MacIan, le chef du clan MacDonald ! Mais il avait fini par accepter l'obligation du serment, pour le bien de ses gens. Sauf qu'en route il rencontra le mauvais temps et fut retardé plusieurs fois, alors qu'il tâchait de se rendre auprès du responsable chargé de recueillir les serments, de sorte qu'il arriva avec plus d'une semaine de retard. On l'assura cependant qu'on ne lui en tiendrait pas grief et il rentra donc chez lui à Glencoe, persuadé que les MacDonald n'avaient rien à craindre...

» Pensant que les assurances du gouvernement étaient aussi fiables que sa propre parole, il y croyait encore quand des soldats, placés sous le commandement de Robert Campbell de Glenlyon, arrivèrent dans la vallée de Coe au début de février et lui demandèrent l'hospitalité. Chez les Highlanders, Miss Seeton, l'hôte est investi d'un privilège particulier (vous êtes bien placée pour le savoir !), continua Philomena avec encore plus de force dans la voix. Il jouit d'une sorte de pacte sacré, de cette certitude qu'on accorde même à un ennemi de vieille date : aucun mal ne lui sera fait aussi longtemps qu'il sera votre invité. Les Campbell et les MacDonald avaient beau être ennemis depuis des générations, les Campbell séjournèrent sur les terres des MacDonald pendant dix jours, partageant la nourriture, le feu et les toits des gens du clan qui les leur offrirent volontiers, comme le devoir et l'honneur le leur imposaient. Mais d'autres ne se montrèrent pas si honorables...

Miss Seeton connaissait la suite. Pourtant, la voix de Miss Beigg et ses paroles étaient si captivantes qu'elle éprouva une désagréable sensation de froid entre les omoplates ; une partie de son être avait envie de se boucher les oreilles pour ne pas entendre le reste du récit de Philomena, comme si un tel geste eût pu, de quelque étrange manière, lui retirer sa place dans l'Histoire.

— Le 13 février 1692, poursuivit Philomena, les Campbell se levèrent en pleine nuit et massacrèrent froidement trente-huit hommes, femmes et enfants du clan MacDonald. Maclan fut tué dans sa chambre avec un pistolet, abattu sans sommation. Sa femme fut dénudée et des bêtes sauvages déguisées en hommes lui arrachèrent la chair des doigts à coups de dents, en voulant lui voler ses bagues. Le gouvernement avait donné ordre d'éliminer le clan entier, en guise d'avertissement aux autres...

— L'amiral Byng, souffla Miss Seeton tandis que Miss Beigg reprenait son souffle, horrifiée à la pensée des faits qu'elle venait d'évoquer. Non, pas ça, peut-être *pour encourager les autres* * [1], mais c'est vraiment

1. Les mots et expressions en italiques suivis d'un astérisque sont en français dans le texte. *(N.d.T.)*

abominable, alors qu'on leur avait manifesté tant de bonté...

Philomena était tellement emportée par son récit qu'elle enchaîna aussitôt sur la conclusion, sans prendre le temps de songer qu'elle risquait de bouleverser son invitée. Un conteur aime à remuer les cœurs et les esprits de ses auditeurs, et la réaction de Miss Seeton montrait clairement qu'elle avait été touchée. Miss Beigg continua donc à déverser des flots d'indignation.

— Les MacDonald qui avaient échappé au massacre s'enfuirent dans la montagne, mais il y avait beaucoup de neige car on était en février. De sorte que quarante personnes périrent en tentant de franchir les hauteurs pour gagner un lieu sûr. Le clan survécut malgré tout, mais Glencoe reste un amer souvenir, une vallée des larmes pour tous ceux qui portent le nom de MacDonald. Il en est, jusqu'à ce jour, qui préféreraient se fier au diable plutôt qu'à un Campbell, et qui pourrait les en blâmer ? Et pourtant, Miss Seeton, même une tragédie de cette ampleur peut offrir une miette d'espoir, ajouta Philomena, se ressaisissant avec effort. Malgré les ordres qu'avaient les soldats d'éliminer la totalité du clan, ils n'avaient massacré que trente-huit personnes, si bien qu'il était resté plus d'une centaine de MacDonald. Qui auraient été prévenus par un soldat, à en croire une rumeur, lequel était — paraît-il — un Campbell. Comme le devoir contraignait ce dernier à ne pas trahir ses instructions (même si elles émanaient d'un gouvernement traître) et qu'il ne pouvait donc donner lui-même l'avertissement, il prit à l'écart un enfant du clan, afin que le petit l'entende s'adresser à un rocher qui était à côté de chez lui. « Roche grise du *glen,* cita Philomena du ton le plus solennel, tu as bien le droit d'être là. Mais si tu savais ce qui doit arriver ce soir, tu te lèverais et tu partirais. » Voilà, Miss Seeton, ce que ce soldat aurait dit, insistant ensuite pour que l'enfant aille répéter ses paroles à son papa. Et c'est ainsi que les MacDonald n'ont pas tous péri.

Le silence s'installa quand elle eut fini, un silence qu'il ne fallait pas briser avant un moment, Miss Seeton le savait. Elle frissonna et, aussitôt, les yeux de Philomena se départirent de leur expression sombre et pensive.

— Je vous ai mise mal à l'aise, Miss Seeton. Je ne peux pas prétendre que ce ne soit pas intentionnel, parce que je suis une conteuse de nature, j'ai ça dans le sang. Ce serait hypocrite de ma part de m'excuser d'être douée pour cela. Cependant, pour compenser, laissez-moi vous offrir un de mes livres avec une dédicace. Mais vous feriez mieux de ne pas le lire avant d'être bien en sûreté dans vos pénates du Kent.

Elle ignora une fois de plus les protestations de Miss Seeton, qui se récriait devant tant de générosité. Philomena ouvrit *La Roche grise du glen* à la page de garde, demanda à son invitée quel était son nom entier et écrivit : « À Emily Dorothea Seeton, en souvenir des émotions (et du café) remuées par l'auteur », après quoi elle apposa une signature tarabiscotée et ajouta la date. Puis elle se leva d'un bond :

— Nous allons boire encore un petit café ! décida-t-elle sans prendre l'avis de Miss Seeton. Pour réchauffer vos sangs qui ont tourné ! Il faut un estomac solide quand on a affaire à des Campbell, croyez-moi...

Et, tandis que Miss Seeton la suivait à la cuisine, Miss Beigg prit plaisir à lui narrer une autre histoire de sombre trahison d'un MacDonald par un Campbell, au cours de la guerre civile contre l'Angleterre, quand les Campbell, partisans de Cromwell, avaient assiégé les MacDonald, royalistes, dans leur château de Dunaverty. Les MacDonald résistèrent six semaines durant, jusqu'à ce que la soif les pousse à sortir et à s'exposer à une mort certaine. Une jeune mère se vit offrir l'amnistie si elle grimpait au sommet d'une falaise, avec son bébé attaché dans le dos. Elle escalada une trentaine de mètres pour gagner le sommet et, au moment où elle tendait les bras pour s'y hisser et se mettre en sûreté, un officier Campbell, posté là, lui trancha les mains d'un coup de sabre, et elle chuta avec son enfant pour aller se fracasser sur les rochers, en contrebas.

— L'endroit a été baptisé la « Falaise de la femme qui tombe », précisa Philomena, sa voix couvrant le joyeux babil de la bouilloire (elle ne semblait pas remarquer l'étrange contraste entre la sinistre atmosphère du récit et la douce chanson de l'eau). Le lendemain, quand les vainqueurs repartaient, le cheval du Campbell en question s'est soudain emballé. L'officier a chuté à bas de sa monture, le pied coincé dans l'étrier, de sorte qu'il s'est retrouvé traîné par terre en hurlant... mais nul n'a levé le petit doigt pour le sauver. Tout le monde est resté planté à le regarder sans mot dire, jusqu'à ce que ce soit fini.

— Oh ! s'exclama Miss Seeton, consciente que sa réaction était inadéquate mais attendue — et puis, que dire d'autre, devant tant de violence, tant d'amertume ? — pourtant... Pourtant, réussit-elle enfin à ajouter, tout cela remonte à très loin, n'est-ce pas ? Et heureusement pour nous, ajouta-t-elle avec un nouveau frisson.

Philomena posa sur elle un regard étrange, tout en se frottant le bout du nez.

— Vous logez au château, évidemment, et il y a peu de temps que les Glenclachan sont de retour au pays, je suppose donc que personne n'a encore eu l'occasion de vous en parler. Mais je peux vous assurer, Miss Seeton, que la querelle ancestrale des Campbell et des MacDonald est loin d'être éteinte, dans cette partie des Highlands en tout cas. Ewen et Malcolm n'ont cependant pas toujours été ennemis, loin de là. Ils étaient en classe ensemble, et un dominicain doué d'un sens de l'humour un peu tordu les a même placés l'un à côté de l'autre. En dépit de cet imbécile de maître d'école, ils ont été dès le départ aussi amis que David et Jonathan. Ils ont grandi ensemble : les garçons sont devenus des jeunes gens, puis des adultes, sans jamais un mot plus haut que l'autre, au mépris de toutes les histoires qu'ils avaient toujours entendu raconter. Tenez, ils se sont même associés dans le travail et il n'y avait toujours rien qui clochait entre eux, malgré ceux qui disaient que ça ne pouvait pas durer, que ce n'était pas naturel... Mais il semble maintenant que tout le monde ait eu raison, et c'est bien dommage.

Philomena but une goutte de café et hocha la tête.

— On m'a jadis conseillé de ne jamais faire d'affaires avec des amis ou des parents, et croyez-moi, il y a pire principe dans la vie. Mieux vaut carrément donner de l'argent et avoir l'agréable surprise de le voir vous revenir, plutôt que de le prêter et de se sentir lésé de ne pas toucher d'intérêt dessus. Ça n'a d'ailleurs pas été une question de prêt entre Ewen et Malcolm : on n'a pas besoin d'une grosse mise de fonds pour la pêche aux perles.

Elle se lança alors dans un récit qui recoupait en grande partie ce qu'Hamish McQueest avait appris à Mel Forby, au bar du *Pock and Tang.*

— Les perles d'eau douce sont très demandées, vous savez, et ce depuis des siècles. Marie, reine d'Écosse, par exemple, portait un collier de perles écossaises avant son exécution. Il est conservé à Arundel Castle ; je l'y ai vu lors de mes recherches sur les

Lettres de la Cassette[1] — ce n'est qu'une remarque en passant, car le livre ne doit pas paraître avant six mois encore !

Elle accepta les compliments de Miss Seeton avec autant de spontanéité que celle-ci en avait mis à la féliciter, et s'éclaircit la gorge avant de continuer :

— Bon, Ewen et Malcolm n'ont pas fait fortune en pêchant les perles, mais ils gagnaient assez d'argent pour vivre et pour en mettre un peu de côté. Ils étaient convenus dès le départ qu'ils partageraient tout ce qu'ils trouveraient, et c'est ce qu'ils ont fait. Ils ont donc fonctionné ainsi pendant des années, parfaitement satisfaits de la situation... Jusqu'au jour où ils sont tombés sur un *crook*[2]. Et c'est là que les ennuis ont commencé, Miss Seeton.

Philomena soupira. L'expression chagrine de Miss Seeton répondait à l'air sombre de son hôtesse :

— C'est vraiment une des plus tristes choses qui soient, Miss Beigg, quand des amis se brouillent... Et je crois comprendre, bien que je n'aie eu que bien peu de relations avec ce que l'on pourrait appeler la pègre...

Miss Seeton est une dame bien comme il faut. Elle le sait et quiconque la rencontre s'en aperçoit vite. Et une dame de qualité ne fréquente pas les escrocs, elle ne trempe pas dans des aventures les concernant. Par conséquent, Miss Seeton reste à jamais convaincue qu'elle n'a « que bien peu de relations avec ce que l'on pourrait appeler la pègre ».

1. Les Lettres de la Cassette : lettres conservées dans une cassette d'argent découverte six jours après la reddition de Marie Stuart, reine d'Écosse, et censées prouver sa culpabilité, puisqu'elle aurait conspiré avec Bothwell pour assassiner son mari, Henri Stuart. On n'a jamais pu établir avec certitude si ces lettres étaient authentiques ou fausses. *(N.d.T.)*

2. Le mot *crook* peut signifier escroc, bâton de berger (dont la partie supérieure est recourbée), moule à coque tordue. *(N.d.T.)*

D'aucuns ne partagent pas son avis... au rang desquels ne figurait pas Philomena, qui prit donc les propos de son invitée au pied de la lettre et sourit :

— Mon Dieu, excusez-moi, Miss Seeton ! Il y a plusieurs sortes de *crook* et je ne voulais pas parler du bâton de berger. Pardonnez-moi de vous avoir embrouillée avec un terme technique : les pêcheurs de perles donnent le nom de *crook* aux moules qui ont la coque tordue d'un côté. Il semble que, pour une raison ou pour une autre, une telle déformation augmente les chances de trouver une perle à l'intérieur. Ce n'est pas pour autant une bonne perle : elle peut être brune ou noire, pour s'être développée trop près du bord. Et les perles foncées sont sans valeur. Les couleurs à rechercher, continua-t-elle d'un ton évoquant encore une citation, sont le bleu-blanc, le mauve bruyère, le rose pâle, le crème, l'argent ou le gris. Et, naturellement, plus une perle est grosse, mieux c'est. Je me suis livrée à des recherches assez approfondies pour mon livre, comme vous pouvez le deviner, Miss Seeton, releva-t-elle avec un petit rire. Et l'autre jour, quand les ennuis ont commencé entre Ewen Campbell et Malcolm MacDonald, je me suis replongée dans mes notes pour me rafraîchir la mémoire.

— C'est en effet passionnant, confirma poliment Miss Seeton. Poursuivez donc, je vous prie.

Philomena, qui aurait sans doute continué de toute façon, tant elle était emportée par son récit, sourit à Miss Seeton d'un air absent et se racla la gorge une nouvelle fois.

— Malcolm a trouvé la *tordue* et l'a entrouverte, juste assez pour pouvoir jeter un coup d'œil dedans sans risquer de la tuer. Il a repéré une perle tout au bord : une brune, qui s'apparentait plus à une excroissance de la coque qu'à une pierre semi-précieuse. Il s'apprêtait donc à la marquer au couteau d'un signe indiquant qu'elle avait été vérifiée, et à la remettre avec les autres moules nécessaires à la reproduction, comme ils avaient coutume de le faire. C'est alors qu'Ewen l'a interrompu : il avait une nouvelle théorie, selon laquelle une perle brune était susceptible de s'éclaircir avec le temps, et il avait envie d'emporter celle-ci chez lui pour la mettre dans la rivière, près de sa maison, et la surveiller dans les années à venir. Malcolm répondit qu'il n'y voyait pas d'inconvénient...

Miss Seeton opina du bonnet : son amitié avec Babs Ongar des *Ailes blessées* avait beaucoup enrichi ses connaissances en matière de reproducteurs et de diminution de l'espèce.

— Nous avons le devoir de conserver pour les générations futures les plaisirs dont nous avons nous-mêmes joui, déclara-t-elle.

— Malcolm MacDonald aurait été d'accord avec vous là-dessus, jusqu'au jour où, une semaine après avoir confié sa trouvaille à Ewen Campbell, il apprit que ce dernier n'avait jamais emporté la moule dans la rivière, mais qu'il l'avait entièrement ouverte et y avait découvert une deuxième perle enfouie dans une poche, sous la chair, loin du bord de la coque. Un parfait spécimen, qui plus est : rose saumon, absolument ronde et pesant près de quarante grains[1]. La plus grosse perle d'eau douce qui ait jamais été trouvée, Miss Seeton, pèse quarante-quatre grains un quart — c'est un dénommé Abernethy qui l'a dénichée, il y a environ six ans —, et elle vaut des milliers de livres. Malcolm ne comprend pas comment il a pu passer à côté de celle-ci et, maintenant, il est furieux contre Ewen qui l'a berné car, au lieu de partager les bénéfices comme ils le font d'habitude, Ewen prétend que

1. Un grain égale 0,053 g. *(N.d.T.)*

Malcolm, en lui donnant la moule qu'il s'apprêtait à jeter, a renoncé du même coup à ses droits sur le profit de la trouvaille, et sur la gloire qui en découle — ce qui est presque pire.

» Alors, vous voyez ce que je veux dire, Miss Seeton. Tout le monde estime que Malcolm MacDonald ne pouvait pas s'attendre à autre chose de la part d'un Campbell, parce que l'histoire a tendance à se répéter...

CHAPITRE XIII

— En effet, je suppose qu'on pourrait dire que l'histoire a tendance à se répéter, hélas ! releva Miss Seeton tandis que Philomena marquait une pause. Pauvre Mr. MacDonald, qui a vu son ami se conduire d'une manière si... je crains que le terme « infamant » ne s'impose... d'une manière si infamante. Il me semble, Miss Beigg, que le conseil qui vous a été donné était des plus sages, ajouta-t-elle avec encore un soupir. La politique, la religion... et l'argent, bien sûr.

Une dame de qualité apprend au berceau que ce sont les trois sujets de nature à soulever la controverse. Philomena grimaça.

— Pour parler en historienne, ce n'est pas tant infamant qu'inévitable, je suppose. L'amitié ne pourra jamais prospérer entre un Campbell et un MacDonald, Miss Seeton ; il y a eu trop de vilenies pendant trop longtemps, et les Campbell semblent incapables d'agir de manière à vraiment démentir leur piètre réputation. Et maintenant, Malcolm est passé d'un extrême à l'autre : lui qui était le meilleur ami d'Ewen Campbell et qui avait une totale confiance en lui, il réclame un décompte précis de toutes les perles qu'ils ont trouvées ; il laisse aussi entendre que ce n'est pas la première fois qu'Ewen l'a dupé, sous prétexte que ce dernier a une plus belle voiture et une plus grande maison que lui. Ce qui est complètement ridicule : l'épouse d'Ewen a hérité quatre-vingt-dix mille livres de son père, c'est de notoriété publique. Malcolm n'a aucun fondement logique pour ses soupçons, il fait juste une fixation sur tout ce qui concerne cet homme. Et puis, il est aussi prompt à vous en vouloir qu'à vous jurer une indéfectible amitié. C'est un colérique, Malcolm MacDonald. Désormais, il prend son fusil pour aller inspecter les moulières (c'est ridicule !) et déclare qu'il fera exploser le bonhomme en mille morceaux s'il aperçoit ne serait-ce que le bout du nez d'Ewen Campbell qui pointe au sommet d'une colline. Le plus inquiétant, c'est qu'il en serait peut-être capable.

— Pensez-vous ! objecta Miss Seeton. Mr. MacDonald a sans doute lancé ça sous le coup de la colère et de la déception compréhensible, il faut le reconnaître, après la façon dont son ami l'a traité. On peut s'attendre à ce que les paroles d'un homme déçu soient un brin... incontrôlées, vu les circonstances, c'est plutôt normal. Mais de là à supposer qu'elles reflétaient ses véritables intentions !

Philomena haussa les épaules.

— Je ne m'aventurerais pas à parier là-dessus ! Ewen met le plus grand soin à ne pas croiser le chemin de Malcolm pour le moment. Et ce n'est pas trop difficile, étant donné qu'il doit prospecter plus loin pour trouver de nouveaux bancs de moules, sachant qu'il risque de se faire tirer dessus s'il s'approche des anciens qu'il partageait avec Malcolm. Les collines des alentours de Glenclachan sont désertes, Miss Seeton : pas de randonneurs, pas de campeurs, parce qu'il n'y a pas grand-chose à voir, en dehors du paysage, et les cartes ne sont pas suffisamment détaillées. Ewen a de bonnes chances de trouver de nouvelles moulières, mais il sera sans doute obligé d'aller assez loin. Qui sait ?

ajouta-t-elle avec un petit rire. Il aura peut-être la chance de tomber sur la mine d'or dont on parle dans la région depuis des siècles, bien que personne ne sache où elle pourrait bien se trouver. J'aime à imaginer que les perles du collier de Marie Stuart ont été serties dans de l'or de Glenclachan. Une idée fantasque, nul doute, mais les Highlanders ont tous la fibre romantique. Sinon, pourquoi mon père aurait-il insisté pour me donner un tel prénom ? conclut-elle, une étincelle dans le regard.

Le soleil était haut dans un ciel dégagé quand Miss Seeton quitta enfin le cottage de Philomena. De la vapeur d'eau montait des trottoirs après l'orage. Les mains occupées par son parapluie et par son sac, Miss Seeton portait fièrement, coincé sous un bras, son paquet emballé de papier kraft et contenant les deux livres de Philomena, dédicacés par l'auteur. Miss Beigg savait trouver les mots pour vous captiver : Miss Seeton avait encore des frissons dans le dos en repensant au massacre de Glencoe décrit par son hôtesse, et à l'insoutenable horreur de l'histoire de la Femme tombée. Les frissons lui remontaient jusqu'au bout des doigts, qui brûlaient d'envie de coucher sur le papier les images suscitées par ces récits.

« Si seulement mon talent était à la hauteur de celui de Miss Beigg ! soupira-t-elle. Mais on ne peut faire que de son mieux, pas davantage. D'une personne à l'autre, les dons varient. En nature. Et en intensité, même », songea-t-elle avec un soupir encore plus profond. Ainsi en allait-il de son petit talent de dessinatrice, de l'indubitable don de conteuse de Miss Beigg et de la compétence de Mel Forby dans un autre domaine d'écriture, car une journaliste et une romancière ont sûrement une démarche différente par rapport à leur travail.

— Ce qui me rappelle... murmura Miss Seeton qui avait parcouru toute la grand-rue depuis le cottage de

Philomena et repassait devant les maisons de la périphérie de Glenclachan pour regagner le château. Cette chère Mel m'avait pourtant dit qu'elle comptait loger au village, mais je ne l'ai pas vue ce matin Je me demande où elle est...

De fait, Mel était au lit, la tête enveloppée d'une serviette humide et les rideaux tirés pour éviter le jour.

On s'imagine que la lumière est douce dans les Highlands, qu'elle se fait caressante sur les landes de bruyère, miroitante sur les lochs et les ruisseaux, subtile quand elle filtre à travers les pins et pose un baiser de pâle ombre brune sur la terre somnolente...

Ceux qui s'imaginent cela n'ont jamais passé plusieurs heures dans le bar d'un hôtel des Highlands à avaler des doubles Lairigigh avec le patron en l'écoutant raconter sa vie, comme Mel Forby en avait fait l'expérience la veille au soir. Et quelle soirée ç'avait été ! songeait-elle — ou du moins l'eût-elle pensé si elle en avait eu la force. Tout ce qu'elle voulait à présent, c'était hiberner, jusqu'à ce que s'estompent les effets du Lairigigh, sur sa mémoire, en particulier.

Il avait fallu plus de temps que Mel ne l'aurait cru pour que les clients du bar se détendent et pour qu'elle-même cesse d'avoir l'impression d'être un merle albinos, risquant d'être molesté par les autres. Et emmailloté dans un drap blanc...

On n'avait plus reparlé de linceul ou, si c'était le cas, elle ne l'avait pas entendu, et elle n'avait pas trouvé de moyen commode de réintroduire le sujet dans la conversation générale, de façon à prévenir tout le monde qu'elle avait saisi l'allusion et qu'elle ne s'en inquiétait pas. Enfin, pas beaucoup. Mais ça l'énervait de ne pas savoir ce que les gens du cru pouvaient s'imaginer qu'elle fabriquait à Glenclachan pour avoir une telle envie de l'en empêcher. Dire que le scoop du siècle était peut-être là, à sa portée, si elle arrivait seulement à persuader ces hommes de se déboutonner un peu ! Mais ce n'était pas juste par curiosité professionnelle qu'elle voulait comprendre : après tout, elle avait plutôt intérêt à savoir si on voulait la buter ou pas.

Buter, liquider ? Mel ouvrit les yeux, gémit, tourna un regard vide vers la fenêtre, et referma les yeux, contente que Thrudd Banner ne fût pas là pour la voir ainsi démunie. Amelita Forby, la dure des durs de Fleet Street, avait la gueule de bois dans les Highlands et se demandait si, finalement, ça ne vaudrait pas mieux d'être liquidée. Ça aurait au moins le mérite de lui éviter de se sentir si mal dans sa peau. Normalement, on n'a pas le corps en feu et parcouru par des élancements furieux, non ? À croire qu'on vous fourrage les chairs à la broche à rôtir, avec les flammes en prime. Quel sadique était allé se nicher sur les poutres pour lui casser les oreilles en sonnant les cloches à toute volée ? Et qui donc, bon sang, jouait de la cornemuse sous son oreiller ?

De la cornemuse.

— C'est le fantôme de James Reid, gémit Mel, se rappelant la conversation de la veille au soir dans le bar.

Le cornemuseur pouvait éprouver l'envie de prendre une revanche sur un Rosbif...

L'homme venu à la recherche de John Stuart Fraser s'était installé sur un siège d'angle et était resté là à couver son pur malt, avec sur le visage une expression que Mel n'était pas parvenue à déchiffrer. De la morosité, mêlée d'une certaine satisfaction : elle ne voyait pas d'autre façon de la décrire, bien que ça ne parût guère avoir de sens. Mais le bavardage d'Hamish McQueest, versant le whisky à flots et tentant de mettre sa cliente à l'aise, l'avait empêchée de se concentrer assez pour l'analyser correctement. Elle avait réfléchi en sirotant son deuxième Lairigigh, tandis que les conversations, un instant mises en sourdine à cause de l'arrivée de l'inconnu, reprenaient peu à peu.

Elle en avait surpris des bribes, assez pour souhaiter avoir lu davantage de choses sur l'histoire d'Écosse, avant de venir dans les Highlands.

— ... n'a jamais réclamé la récompense. Et trente mille livres, c'était une coquette somme, dans ce temps-là !

— *Aye !* Ils n'ont trouvé personne pour trahir Bonnie Prince Charlie, les Anglais, avec leurs trahisons et leurs pots-de-vin. Les clans étaient trop fidèles à la Maison Stuart pour être dupes de leurs flatteries.

— Six mois dans une cache, avec des soldats par centaines pour le chercher, et la fuite en France, où il a fini par arriver sain et sauf, avec un pied de nez à l'usurpateur. Pour sûr, c'était un bien joli batailleur, le Jeune Prétendant[1].

— Oh, mais c'est qu'il avait réussi à met' les Anglais en déroute ! lança un autre, une lueur de triomphe dans le regard. C'est lord George Murray et le reste de ses fameux généraux qui l'ont contraint à battre en retraite. Si seulement il avait continué, pour aller attaquer Londres, comme prévu...

— Panique dans les rues, l'usurpateur sur le point de lever le camp pour Hanovre, et la Banque d'Angleterre à court d'argent ! *Aye,* quel triste jour que celui où ils l'ont persuadé de se replier vers le nord !

— Le 6 décembre 1745, précisa un quidam qui soupira et ajouta, en hochant la tête : Le vendredi noir.

— Après les magnifiques débuts à Glenfinnan ! soupira un autre. Son étendard déployé par le duc d'Atholl, bénit par l'évêque de Morar, et les clans accourant de

1. Autre surnom de Bonnie Prince Charlie, dont le père était surnommé le Prétendant. *(N.d.T.)*

partout à la ronde pour le suivre. Le 19 août, quand la Maison Stuart a réclamé ce qui lui revenait de droit. Glenfinnan Day...

Mel sursauta : c'était dans cinq jours ! Elle n'avait jamais entendu parler de Glenfinnan Day, mais c'était manifestement une date d'importance, au moins dans ces contrées. Tout le monde ou presque leva son verre, lorgnant Mel avec un air de défi. Tous sauf Hamish McQueest, prenant sans doute en compte son rôle d'hôte.

— On n'oubliera pas, promit une voix tandis qu'on reposait les verres vides et qu'on se regardait pour voir qui allait payer la prochaine tournée. La Maison Stuart est toujours là, même en exil... *aye,* mais qui sait ce qui peut arriver, avec le temps ?

— L'avenir le dira, pour sûr !

Ces propos furent salués par des hochements de tête entendus. Hamish sourit à Mel, perchée sur son tabouret de bar, l'oreille aux aguets. Il s'éclaircit la gorge.

— C'est bien joli, la Maison Stuart, releva-t-il, et, au son de sa voix, tous les regards convergèrent sur lui. Mais, de nos jours, ce n'est guère ce qu'on appellerait une cause sacrée — si tant est que ça l'ait jamais été, et j'ose en douter. Il suffit de penser aux Chisholm : leur chef de clan a pris soin d'avoir un fils engagé dans chaque camp, afin que les Chisholm n'y perdent pas, quel que soit le roi qui viendrait à régner. Alors, où est le caractère sacré d'une telle cause ?

— On peut point juger une cause sur un seul homme, rétorqua une voix pleine d'indignation. Certains préfèrent se laisser guider par l'opportunisme plutôt que par la loyauté et l'honneur...

— Parce que, de l'honneur, il y en avait. Et à revendre ! renchérit un autre. Pour trente mille livres, souvenez-vous !

— Et Flora MacDonald ! s'exclama un troisième,

écrasant son poing sur la table au son d'acclamations et de cris : « *Aye,* Malcolm, t'as raison ! »

Le whisky avait dû raviver la mémoire de Mel, qui s'était rappelé presque aussitôt les histoires entendues à l'école : Bonnie Prince Charlie déguisé en servante de Flora MacDonald pour la traversée jusqu'à l'île de Skye. Mais Mel n'allait pas se joindre à l'ovation pour autant.

Hamish non plus. Il fit la grimace : peut-être était-il contre les hommes travestis en femmes ? Mais, avisant les regards noirs qu'on lui lançait et voyant que certains semblaient prêts à partir au lieu de reprendre un verre, il concéda que oui, en effet, ç'avait été un grand moment et que Flora MacDonald méritait sans conteste le titre d'héroïne.

— Pourtant, ajouta-t-il en aparté à l'intention de Mel, profitant du brouhaha qui régnait car les clients revenaient passer commande au bar, ce qu'on ne vous a jamais raconté, c'est que Flora est partie en Amérique avec son mari et ses fils, et qu'elle s'est battue *contre* les rebelles yankees, *au côté* des Hanovre. Ces mêmes Hanovre qui avaient été la cause de la fameuse rébellion des Highlands, trente ans plus tôt...

Il ne devait plus y avoir assez de bruit car Hamish eut de nouveau droit à des regards désapprobateurs, de la part de ceux qui payaient leur dernier verre. Mel songea que le patron savait parfaitement choisir son moment.

— Loyauté et honneur ! répéta un des buveurs d'une voix tonitruante. Trente mille livres !

— En effet, les hommes des clans connaissaient la valeur des vaines promesses des Anglais — à notre grande honte, convint Hamish, lançant un regard d'excuse à l'adresse de Mel. Force nous est de supposer qu'ils n'auraient pas vu un seul penny de la récompense, même s'ils avaient indiqué la cachette du prince aux soldats...

— Ce qu'ils n'auraient de toute façon jamais fait, à aucun prix, riposta Malcolm, le supporter de Flora MacDonald, suscitant de nouvelles acclamations. C'était une question de fierté que le prince légitime ait le soutien de son peuple...

— Jusqu'à la mort, même ! lança un personnage au visage cramoisi et au verre à nouveau vide.

— Comme le pauvre James Reid, ajouta Hamish. Un malchanceux, on ne peut pas le nier.

— Voilà ce que c'est que les Anglais ! déclara un autre Écossais, l'œil brillant et le verre à la main. Buvons à la mémoire du pauvre cornemuseur, assassiné à York !

Profitant que sa voix était (en partie) couverte par le brouhaha qui s'ensuivit, Hamish informa Mel que ledit James Reid avait été cornemuseur d'un régiment levé par lord Ogilvy pour soutenir le Jeune Prétendant. Capturé à Carlisle, il s'était défendu en plaidant qu'on l'avait forcé à se joindre à la rébellion. (Mel estima alors que les chances d'Hamish de voir les clients lui commander une autre tournée étaient tombées au niveau zéro. Sa pensée naviguant parmi les émanations de whisky, elle se demanda comment il se débrouillait pour faire des bénéfices.) Le plaidoyer de Reid avait été rejeté, lui apprit le patron avec un plaisir évident, au motif que les clans ne partent jamais à la bataille sans cornemuseur, et que l'instrument de James Reid comptait aux yeux de la loi comme un accessoire belliqueux.

— Exécuté à York, le pauvre homme, conclut Hamish, dont les propos furent accueillis par des grommellements et des bruits de pieds.

Les gens allaient repartir dans leur foyer d'une minute à l'autre, pensa Mel, qui s'entendit lâcher un petit rire discret en constatant la nature contagieuse de l'accent des Highlands : il s'insinuait jusque dans ses pensées. Quelle quantité de Lairigigh avait-elle bue sans s'en apercevoir ?

Elle tenta de se redresser sur son tabouret. Le patron l'avait-il abreuvée de whisky à dessein, pour l'empêcher (au nom de la clientèle) de poser trop de questions ?

— Des questions sur quoi ? Si seulement je le savais, murmura-t-elle.

Les mots produisirent un étrange écho dans sa tête. Hamish la considéra d'un air interrogateur, mais elle ne tenait pas à lui faire part de ses doutes, surtout pas à lui, oh non ! Mel Forby ne se laissait pas prendre de court comme ça...

D'ailleurs, elle ne manqua pas de remarquer qu'enfin tout le monde semblait vouloir rentrer à la maison. Malcolm MacDonald vida son verre, adressa une grimace furibonde à Hamish et repoussa sa chaise sans manifester la moindre intention de ramasser les verres vides pour les déposer au bar. Hamish eut un petit sourire ironique en voyant les autres clients l'imiter. Personne ne décrocha une parole. Mel comprit qu'elle ferait mieux de s'abstenir elle aussi — des fois qu'elle tomberait de son tabouret... Dommage qu'elle n'ait finalement pas eu le temps de jeter un œil sur le menu pour manger un peu.

Celui qui était venu à la recherche de John Stuart Fraser se trouva emporté par le flot des néo-jacobites les plus fervents, qui se bousculaient pour arriver à la porte.

Laquelle s'ouvrit soudain sous la violente poussée d'un quasi-géant aux cheveux roux et au visage rubicond, qui poussa une manière de rugissement propre à décrocher le plâtre du plafond :

— Alors, voilà où tu te caches, Malcolm MacDonald ! Quand je pense à tous les ennuis que j'ai eus à cause de toi ! J'ai un ou deux mots à te dire, et tu as intérêt à m'écouter !

CHAPITRE XIV

Mel grimaçait encore, rétrospectivement, au souvenir de la furie du rouquin. Il avait une voix de stentor — une des rares qu'elle connût à mériter vraiment le qualificatif. Elle l'entendait encore résonner dans sa tête qu'elle enfonça un peu plus dans l'oreiller, en refermant les yeux.

— C'est à toi que je parle, Malcolm MacDonald ! tonna le nouvel arrivant.

À peine eut-il fait deux pas de géant à l'intérieur du bar qu'un petit groupe de consommateurs s'avança pour lui bloquer le passage. Bien plus vite que Mel ne l'aurait cru possible, vu la quantité de whisky qu'ils avaient avalée. Elle ne les avait d'ailleurs pas vus bouger : en un clin d'œil, ils étaient là, massés autour de l'énorme personnage furibond dressé devant la porte, s'efforçant de le retenir.

Combien de temps y parviendraient-ils ? Nul ne le savait. Car cet homme n'était pas simplement haut de taille et d'une formidable carrure, on aurait dit un colosse capable de lancer deux *cabers*[1] à la fois. Et de battre les records, par-dessus le marché. Il leva un

1. Troncs d'arbres à la pointe effilée. Le lancer de *cabers* est une des épreuves des Highlands Games. *(N.d.T.)*

énorme avant-bras pour écarter ses opposants et Mel entendit Hamish McQueest retenir son souffle, derrière elle, sans doute à la pensée des dégâts que subirait son bar, sans parler de ses clients, si quelqu'un démarrait un pugilat.

— Calmez-vous, Campbell ! lâcha-t-il d'un ton qu'il voulait apaisant. Ce n'est pas la peine de faire un tel cirque. Vous êtes ici entre amis, vous le savez, alors...

— Il y en a au moins un qui n'est pas mon ami, interrompit Ewen, se débarrassant d'un défenseur agrippé à son bras et pointant l'index en direction de Malcolm MacDonald. Je le vois bien clairement, même s'il se dissimule derrière ceux qui voudraient le cacher. Et comme c'est avec lui que j'ai querelle et pas avec vous, Hamish McQueest, je vous remercierai de tenir votre langue et de vous occuper de vos oignons.

Hamish ouvrit la bouche pour répliquer mais un autre prit la parole avant lui.

— Je ne laisserai personne m'accuser de me planquer, Ewen Campbell ! se récria Malcolm qui écarta les amis groupés autour de lui, afin d'affronter son accusateur. Tu vois bien que je suis là, en effet, et que je fais de mon mieux pour préserver la paix, qui plus est, en ignorant ton baratin. Et c'est très joli de parler des ennuis que tu as eus à cause de moi ! Si quelqu'un a eu des problèmes qui lui sont tombés sur la tête, ce n'est pas toi, mais moi, tu le sais parfaitement. J'ai perdu les quarante mille livres de la part qui me revenait de plein droit, à cause de tes agissements tordus...

— Et les ennuis que je subis, moi ? riposta Ewen.

Il avança de trois pas malgré les hommes qui tentaient de l'empêcher d'atteindre Malcolm : il s'était débarrassé d'eux avec autant de facilité que si ç'avait été des enfants.

— Jusqu'où il va falloir que j'aille crapahuter dans les collines pour prospecter, pendant que tu m'attends avec tes menaces et ton fusil au bord des rivières où j'ai toujours péché depuis que je suis gosse ? J'ai passé un jour entier à arpenter Glen Scurgie sur vingt-cinq kilomètres, et tout ça pour rien, après avoir longuement marché dans la rivière, sans parler du trajet jusque-là. Une journée perdue pour moi, qui ai autant le droit que n'importe qui d'exploiter les moulières de Glenclachan ! Alors, je suis venu te prévenir, Malcolm MacDonald, que je ne dépenserai plus un penny d'essence à cause de toi et de tes menaces. Demain, je reviens pêcher dans les anciens bancs de moules et tu ne peux rien faire qui risque de m'arrêter !

— Ah bon, tu crois ? cingla Malcolm.

Il s'avança à son tour et Mel trouva qu'il semblait à présent presque aussi massif qu'Ewen Campbell, et en tout cas aussi furieux que ce dernier. Il leva les poings. Ewen en fit autant : avec ses cheveux roux, son visage rubicond et la dangereuse lueur de ses yeux injectés de sang, il avait l'air capable de causer des dégâts considérables sur la personne de quiconque s'opposerait à lui.

Hamish n'était pas le seul à s'être brusquement dégrisé. De partout dans le bar s'éleva un concert de protestations, d'avertissements, de tentatives de conciliation entre les deux hommes prêts à se battre, mais la clameur aurait aussi bien pu être un lointain bourdonnement de moustiques, pour le peu d'attention que lui accordaient les ex-amis. Le pas décidé, chacun se mit à se frayer un chemin parmi les hommes pour aller jusqu'à son rival, mais la foule se referma sur eux, comme par un accord tacite. En tirant et en poussant habilement, on détourna de sa cible un Malcolm qui grommelait comme un forcené ; Ewen, dont les propos étaient devenus plus violents quand on l'avait empêché d'avancer, dut constater que la seule voie qui s'offrait à lui était de repasser la porte par laquelle il était entré.

Campé sur le seuil, il s'arrêta net et fusilla du regard, tour à tour, chacune des personnes présentes dans le bar. L'inconnu aux yeux en fente qui s'était enquis de John Stuart Fraser eut le souffle coupé quand le regard de Campbell rencontra le sien, et il fit remarquer à qui voulait l'entendre que tout cela n'avait pas de sens pour lui, qu'il n'était que de passage... L'œil furibond d'Ewen ne s'attarda pas sur lui et finit par se poser sur Malcolm MacDonald, à l'autre bout de la salle, entouré d'un groupe de protecteurs. Ewen esquissa une moue de mépris :

— *Aye,* tu fais le bravache, MacDonald, quand il y en a d'autres pour te sauver la peau, mais souviens-toi : c'est à un Campbell que tu as fait un sale coup, et jamais les Campbell n'oublient le tort qu'on leur a causé. Tu peux tempêter tout ton soûl, Malcolm MacDonald, lança-t-il, interrompant une allusion de ce dernier à Glencoe, ça ne servira à rien ! Je ne veux plus écouter tes paroles vides et je ne me donnerai même pas la peine de te lancer le défi d'un combat d'homme à homme. Je te le dis tout net : tu ferais mieux d'ouvrir l'œil, ces jours prochains, parce qu'à l'avenir il faudra partager la pêche équitablement, et je réaffirme mes droits !

Après cette superbe envolée finale, il ne lui restait plus qu'une chose à faire : Ewen Campbell promena sur le bar un nouveau regard brûlant, tourna les talons et sortit en claquant la porte avec un tel fracas que, le lendemain encore, sa simple évocation suffit à amener un gémissement sur les lèvres tremblantes de Mel.

Un oiseau chantait dehors. Dans la chambre d'hôtel, son auditoire grabataire et captif grimaça. On aurait plutôt cru un marteau-piqueur qu'un... enfin, que la sorte d'oiseau que ça pouvait être. Miss Seeton l'aurait reconnu instantanément, se rappela Mel ; son amie Babs Ongar aussi, naturellement...

Le souvenir la fit se redresser et tenter de s'asseoir dans le lit. Babs Ongar, le sanctuaire des *Ailes blessées,* les jeunes gens qui avaient apporté le merle blessé et qui faisaient des coupables si plausibles pour le kidnapping de lady Marguerite MacSporran, les dessins de Miss Seeton, et Mel sentant d'instinct que celle-ci sauverait la situation, comme d'habitude...

— De l'air frais et du café ! déclara Mel, proclamant cette ordonnance express à l'intention de ses quatre murs, avec toute la résolution dont elle était capable. L'air frais en premier, je suppose. Mieux vaut se préparer peu à peu à ingérer un liquide, quel qu'il soit — pouah, saloperie ! Pourquoi est-ce que je parle si mal ? constata-t-elle, puis elle frissonna et pivota pour lancer ses pieds hors du lit avec un nouveau gémissement. « Bien fait pour toi, Forby ! Un jour, ton fameux nez de reporter finira par te fourrer dans de vraiment sales draps. Mais si tu veux discuter avec Miss S., alors il faut sortir et circuler un peu, au lieu de rester planquée dans ta chambre. Tu n'es pas un Malcolm MacDonald, songea-t-elle en titubant jusqu'au lavabo, où elle se mit à s'asperger le visage d'eau froide. En tout cas, je ne le blâme pas d'avoir voulu éviter la castagne avec Ewen Campbell ! Ils se seraient salement démolis l'un l'autre, s'il n'y avait pas eu des tas de gens pour les en empêcher. »

Mel rit malgré elle en revoyant l'expression d'Hamish, lequel était sans doute déjà en train d'imaginer le mobilier brisé et des morceaux de verre volant dans toutes les directions. Mais un autre souvenir lui revint qui lui tira un nouveau gémissement : quand enfin la compagnie était partie — Malcolm MacDonald le dernier, retenu par ses amis qui l'entouraient tandis qu'il sortait en titubant, dans le sillage de l'homme aux yeux en fente —, le patron avait bouclé la porte extérieure du bar avec un soupir d'insigne soulagement, après quoi il avait versé deux doubles Lairigigh — un pour lui, un pour sa seule cliente, sans lui demander si elle en avait envie.

À présent, Mel regrettait de ne pas avoir eu assez de volonté pour refuser son aimable geste. Aimable ?... L'avait-il été tant que cela, en réalité ? s'interrogeait-elle à mesure que la mémoire lui revenait. Ne s'était-elle pas interrogée hier soir — et plus encore aujourd'hui, à la froide lumière du jour — sur la véritable nature du patron du *Pock and Tang* ?

« Si quelqu'un sait aller droit au cœur de la nature d'une personne, c'est bien ma bonne vieille Miss S., une fois de plus, pensait Mel en contemplant la mousse mentholée qu'elle produisait en brossant ses dents poisseuses. Je vais bientôt devoir lui demander de venir faire un tour ici, pour jeter un œil sur Hamish McQueest. Il y a quelque chose qui ne tient pas debout. Il est suffisamment homme du cru pour me conter dans le détail les scandales les plus croustillants (bon, c'était la moindre des choses, vu que j'étais obligée d'écouter l'engueulade entre Campbell et MacDonald), pourtant on dirait que personne ne l'aime particulièrement. »

Elle fit la grimace à son reflet dans la glace et entreprit de se maquiller, d'une main qui était loin d'être aussi stable et habile qu'à l'accoutumée.

« Évidemment, il n'y a que quelques années qu'il habite le village. Mais pourquoi ai-je le sentiment qu'il a de la chance qu'il n'y ait qu'un seul pub à Glenclachan ? Il ne pourrait pas en faire ainsi à sa guise s'il y avait de la concurrence, je parie — il ne brille pas par son tact ! Il ne professe que mépris pour toute l'histoire jacobite que les gens d'ici ont l'air de prendre tellement au sérieux. Pour lui, les pêcheurs de perles ne sont guère que des marginaux, et il doit se tromper sur ce point... »

À pas précautionneux, Mel sortit de la chambre et descendit l'escalier pour gagner la grand-rue, tout à ses rêveries : colliers de perles, Thrudd Banner, plongeurs des mers et récifs de corail... Elle songeait aussi à la froide et dure réalité de l'existence au sujet de laquelle Hamish McQueest avait discouru avec éloquence jusqu'aux petites heures du matin, une fois les clients partis. Il avait évoqué avec dédain le choix de vie des pêcheurs de perles, sans pouvoir cependant nier, même lui, que c'était un travail dur et dangereux. L'effort physique à fournir pour explorer à pied des rivières rapides, le risque de noyade, les glaçons au bout de la barbe du pêcheur qui tintent contre le seau et qui tirent l'homme vers le bas quand dévale l'eau de fonte des glaciers, le désespoir quotidien de celui qui revient bredouille, la solitude permanente... Ils fuient le monde des adultes, avait conclu Hamish. Des asociaux. Qui se plaignent toujours quand les choses ne vont pas comme ils le souhaiteraient...

Bref, à la suite de cela, Mel était bien décidée à pondre une de ses fameuses chroniques : elle écrirait un article sur les pêcheurs de perles des Highlands, ne serait-ce que parce que l'attitude d'Hamish l'avait énervée. Et que penser de ce sentiment qu'elle éprouvait maintenant : que le côté jacobite de l'histoire pouvait valoir la peine d'être exploré ? Pas du tout, lui aurait peut-être répondu Hamish, mais qu'en savait-il ?

— Qu'en sait-il, en effet ? murmura Mel en ouvrant la porte du *Pock and Tang.*

Elle déboucha à la lumière du jour — aïe ! Fermant les yeux, elle lâcha un petit couinement, s'arma de courage en pensant à Thrudd et au rédacteur en chef du *Daily Negative,* et se lança dans la descente des marches conduisant à la rue. Elle atterrit lourdement sur sa cheville fragile, qui subit un choc douloureux. Ouille ! « Allez, tant pis, fonce, Forby, tu es là pour te dénicher un bon sujet de papier. S'il faut que tu sautes à cloche-pied pour le trouver, eh bien, saute ! Parce que tu vas t'en dégotter un, de sujet, sinon plusieurs. Parce que tu as eu la chance de te trouver juste là où il fallait... »

Quand Mel sortit de sa transe, elle s'aperçut qu'elle était à plusieurs centaines de mètres de l'hôtel, sur le trottoir d'en face. De toute évidence, son inconscient lui avait fait traverser la rue pour gagner l'ombre et éviter le soleil. Vingt sur vingt à Freud ou qui vous voudrez. Elle commençait à se sentir un peu moins fragile. Y avait-il un endroit dans ce village où se procurer une petite tasse de bon café fort et chaud ?

Elle jeta un œil sur l'horloge d'une tour qui devait être celle de l'église, estima-t-elle — de la *kirk,* comme on disait ici. Mel plissa les paupières en découvrant l'effrayante surface de ciel bleu ensoleillé qui s'étirait derrière l'édifice d'un gris morne, parsemée de nuages blancs, éblouissants. Voyons, était-il vraiment cette heure-là ? Elle vérifia à sa montre : le simple geste de bouger le poignet la fit grimacer, sans parler de l'effort nécessaire pour regarder un objet aussi proche. Bon, elle avait raté le petit déjeuner. Le déjeuner aussi, à moins de se presser, et elle n'en avait pas la moindre envie, alors...

— Eh bien, ça alors ! lança une voix familière dans son dos. Quelle coïncidence, ma chère Mel : j'étais justement en train de penser à vous ! Quel plaisir de vous revoir !

Lentement, Mel se retourna pour saluer Miss Seeton. Ce sourire, ce chapeau style crête-de-coq, elle les aurait reconnus n'importe où. Et la vue du parapluie lui fut aussi réconfortante que la découverte d'une planche de salut. Un seul problème : comment persuader Miss Seeton de s'en servir comme d'une ombrelle ?

Le sourire de Miss Seeton tourna à la grimace inquiète :

— Ma chère Mel, pardonnez-moi de le relever, mais vous ne me semblez pas dans la meilleure des formes, ce matin. Ou plutôt cet après-midi. On a tendance à ne pas voir filer les heures quand on prend du bon temps, et je viens de passer un moment des plus enivrants... Oh, Mel ! Qu'est-ce qui ne va pas ?

À la seule mention du mot « enivrant », Mel sentit qu'elle devenait verte — le vert était parti des entrailles et, lentement, inexorablement, il gagnait l'extérieur. L'œil artistique et néanmoins inquiet de Miss Seeton avait détecté cette verdeur. Si l'on avait changé le sexe et le costume de Mel et qu'on l'eût fait allonger sur un canapé, elle aurait pu servir de modèle à Wallis pour sa *Mort de Chatterton.* L'ex-professeur de dessin, toujours si compatissante envers un élève qui tombait malade (pas ceux qui se faisaient porter pâles, bien sûr !), déclara d'un ton ferme :

— Vous devriez être au lit, ma chère ! Vous avez peut-être attrapé un brin d'insolation. Ou un refroidissement, puisqu'on a eu un gros orage plus tôt. Si vous étiez dehors à ce moment-là, je veux dire. Mais vous ne devriez pas y être maintenant — dehors, j'entends —, pas avant d'aller mieux. Laissez-moi vous aider à rentrer.

Mel avala sa salive, abandonna un combat trop inégal et consentit à accepter que Miss Seeton l'aide à traverser la rue pour rejoindre son hôtel. Elle se sentit plutôt ridicule, surtout quand Miss Seeton émit un claquement de langue, ouvrit son parapluie et le tint au-dessus de Mel et de sa tête « frappée d'insolation ». Le sac à main accroché à son bras libre, qui serrait aussi contre son corps le paquet enveloppé de papier kraft, Miss Seeton était quant à elle convaincue (et ravie) d'avoir fait face à la situation de son mieux, vu les circonstances. Elle veillerait à ramener cette chère Mel dans sa chambre sans encombre, puis elle demanderait au patron de l'hôtel de la laisser monter à son amie un plateau avec du thé, du pain grillé, et peut-être un œuf légèrement poché...

Elle ignora complètement les gémissements de Mel qui suppliait qu'on la laisse mourir en paix.

CHAPITRE XV

Miss Seeton rentra au château et trouva son hôtesse très affairée avec des biscuits pour bébé, des hochets à manche d'os et de la potion carminative : lady Marguerite était sur le point de faire sa première dent. L'enfant était très agitée et pleurnichait, le visage cramoisi. Liusaidh, Mrs. McScurrie et l'une des femmes de chambre avaient beau se relayer pour la prendre dans leurs bras et déambuler, la balancer dans le vieux berceau de bois qui avait servi à des générations de petits MacSporran, elle continuait à pleurer malgré les efforts de ces dames.

Miss Seeton exprima sa sympathie, se demandant s'il fallait avouer la boîte de lait condensé de minuit. Elle piqua un fard. Personne ne le remarqua, au milieu des hurlements et des lamentations, mais elle en était consciente. Marguerite aperçut le chapeau à crête de coq et vit miroiter la poignée d'or du parapluie sous les rayons du soleil qui entraient par les fenêtres de sa chambre et, aussitôt, ses larmes se tarirent, comme par miracle, et ses lèvres, jusque-là serrées pour exprimer l'affliction, s'ouvrirent et parurent esquisser un sourire.

Chacun retenait son souffle, immobile. Marguerite

gazouilla et esquissa un autre sourire. Miss Seeton lui sourit à son tour.

— Soyez bénie, Miss Seeton ! souffla la comtesse, tandis que sa progéniture chérie se mettait à faire des bulles. Je ne vous demanderai pas si vous avez passé une bonne journée, ça m'est un peu égal, je le crains, tant j'ai hâte de vous dire que vous venez d'illuminer la nôtre ! Elle n'a pas cessé de gigoter depuis votre départ et nous n'avons pas pu faire grand-chose pour elle, la pauvre mignonne !

— Ou plutôt, rien pu faire du tout, grommela Mrs. McScurrie. Alors, on peut s'en retourner aux cuisines maintenant, s'pas ?

— Mon Dieu, je ne m'étais pas rendu compte ! s'exclama Liusaidh qui regarda sa montre et fut stupéfaite de ce qu'elle y lut. C'est si gentil de votre part de m'avoir aidée, mais... j'avais juste deux ou trois choses à discuter avec vous, Mrs. McScurrie, et j'espérais... ajouta-t-elle, considérant Miss Seeton d'un air implorant. Vous savez si bien vous y prendre avec elle, Miss Seeton. Serait-ce trop vous demander que de bien vouloir... ça ne vous ennuie pas ? Oh, vous êtes vraiment très aimable ! Avec un peu de chance, je ne devrais pas en avoir pour trop longtemps ! lança-t-elle, roulant les yeux en direction de la cuisinière qui sortait.

Miss Seeton et lady Marguerite étaient maintenant de vieilles connaissances. Une fois la porte refermée, elles se contemplèrent pensivement. Le bébé se frottait le visage de ses mains potelées et semblait sur le point de s'endormir, estima Miss Seeton. Doucement, elle balança le berceau avec son pied et les paupières du nourrisson se fermèrent.

Une histoire pour s'endormir, peut-être, songea-t-elle. Fière de pouvoir rendre ainsi service à ses gentils hôtes, Miss Seeton se racla la cervelle pour se rappeler les contes de fées entendus dans sa lointaine enfance. Un bébé aristocratique, un baptême...

— Il y avait une fois, commença Miss Seeton, une princesse qui n'était encore qu'un bébé. Elle avait pour marraines trois fées qui s'appelaient... qui s'appelaient...

Elle prit les trois plus jolis prénoms qui lui vinrent à l'esprit.

— Anthea, Melinda et Serafina.

Plus tard, quand Liusaidh entrouvrit la porte pour jeter un œil dans la chambre, Miss Seeton avait épuisé sa réserve de contes de fées et lisait à Marguerite *Les Oiseaux des glens.* La lectrice et son auditrice semblaient y trouver autant d'agrément l'une que l'autre. Lady Glenclachan sourit et releva doucement :

— Vous êtes une vraie merveille, Miss Seeton ! J'espère que vous ne vous êtes pas trop ennuyée.

— Certes non ! Elle ne s'est jamais vraiment endormie mais elle est restée très tranquille, ce qui l'a sûrement bien calmée. Miss Philomena Beigg est un excellent écrivain. Un véritable plaisir, de la lire. Cependant, j'ai trouvé que le massacre de Glencoe serait trop violent pour une si jeune personne... qui va grandir dans les Highlands, qui plus est. Alors, j'ai pensé que ça ne pourrait pas lui faire de mal d'apprendre l'histoire naturelle de la contrée. Les théoriciens de la pédagogie n'arrivent pas à se mettre d'accord sur le plus jeune âge auquel un enfant est capable d'assimiler ce qu'il entend, j'ai cru le comprendre. Pourtant, lady Marguerite me paraît très éveillée... d'après ce que je sais des bébés. La pauvre Dulcie Rose, elle, me semble plutôt, euh, plutôt plus lente, mais je n'aurais jamais l'impertinence de le dire aux Hosigg, ça va de soi. Évidemment, elle est généralement en train de dormir, quand je la vois, ce qui pourrait expliquer la chose. Cette pauvre Lily a dû être emmenée d'urgence à l'hôpital, figurez-vous, et le cher Len était si inquiet pour elles deux...

Lady Glenclachan manifesta un intérêt poli, remercia Miss Seeton d'avoir si bien pris soin de lady Marguerite pour la seconde fois, et suggéra que son invitée aimerait peut-être se rafraîchir un peu avant le dîner. À table, Ranald ajouta ses remerciements à ceux de son épouse et Miss Seeton en rougit de plaisir.

— Et quels sont vos projets pour demain ? s'enquit Ranald qui avait apprécié le choix de lecture de Miss Seeton pour sa fille. Vous allez observer les oiseaux, je suppose ?

Miss Seeton confirma d'un signe de tête.

— L'ouvrage de Miss Beigg mentionne des quantités d'espèces que nous n'avons pas dans le Kent, même à l'occasion des migrations. Ce serait donc très dommage de ne pas profiter de mon séjour ici... si, bien sûr, cela ne gêne personne. D'après ses descriptions, à cette époque de l'année, il serait peut-être juste possible de voir le *Bucephala clangula* — le garrot à œil d'or, vous savez, bien qu'il soit d'ordinaire plutôt un visiteur hivernal, d'après ce que j'ai lu. Et puis, il y a le *Regulus regulus,* le roitelet huppé. Nous avons aussi ce roitelet à crête dorée dans le Kent, mais comme il recherche particulièrement les conifères pour se reproduire et qu'il y en a une ou deux plantations dans les parages...

— Hélas ! marmonna Ranald, qui avait des opinions bien arrêtées sur la *Forestry Commission*[1].

Liusaidh, qui n'avait pas envie de se trouver entraînée dans une discussion politique, se hâta d'enchaîner :

— On l'appelle aussi *moonie* dans le dialecte local. Je parle du roitelet à crête dorée, naturellement, égale-

1. Commission forestière, office des forêts. *(N.d.T.)*

ment connu sous le nom de *gold cuttie,* ce qui est bizarre parce qu'un *cuttie* tout court peut désigner un pingouin, un guillemot, et même un lièvre, tenez ! Est-ce que Philly Beigg parle de cela dans son livre ? Je dois avouer que je ne l'ai pas lu.

— C'est un ouvrage très détaillé et érudit, répondit Miss Seeton, mais, hélas, je n'arrive pas à tout mémoriser, comme vous le faites. *Moonie* et *cuttie,* avez-vous dit ? Voilà qui est intéressant.

Liusaidh continua, les yeux étincelants :

— Voyons, et si j'essayais de deviner quel autre oiseau vous avez l'intention de chercher ? Le pinson, ou le *Carduelis carduelis,* peut-être ?

Miss Seeton rougit et Ranald s'étonna :

— Le chardonneret élégant n'est guère fréquent dans la région, Miss Seeton. Ah !... s'exclama-t-il soudain, car il venait de comprendre[1].

Liusaidh sourit à son invitée.

— Les hommes sont toujours un peu plus lents que les femmes, vous ne trouvez pas ? Quand vous avez raconté que vous aviez passé la matinée avec Philomena Beigg, j'ai tout de suite compris qu'elle avait dû vous parler de la mine d'or perdue. Et dès que vous avez annoncé votre intention d'observer ces oiseaux-là, eh bien...

Miss Seeton évoqua son inconscient, ajoutant que c'était peut-être stupide, mais elle ne pouvait s'empêcher de s'interroger.

— *Le Trésor de la Sierra Madre,* quel film superbe ! Pour autant, je ne sais pas à quoi ressemble l'or puisque, en fin de compte, tout a explosé et il n'est plus resté que de la poussière, n'est-ce pas ? Je

1. Le chardonneret élégant est bariolé de jaune sur les ailes. Le pinson mâle a aussi quelques plumes d'un jaune vif sur les ailes. *(N.d.T.)*

crois qu'à part les pépites on le trouve en filons dans certaines sortes de roche — le granite, surtout, si mon souvenir est exact. Et sous forme de bijoux, bien sûr, où il est instantanément reconnaissable. À moins que ce ne soit du toc. Mais pour avoir de l'or, on est obligé de concasser la roche ou de laver les sables aurifères, dans un cours d'eau rapide. Ou devrais-je dire un ru ? Il y a sans doute beaucoup de gens qui sont allés chercher la mine et qui ne l'ont pas trouvée.

— Depuis bien des années, en effet. Et moi aussi, quand j'étais gamin, précisa Ranald, mais personne n'en a jamais vu trace. Les Highlands sont une contrée sauvage et mal explorée, Miss Seeton. Et puis, ce n'est que trop facile de ne pas pouvoir localiser un endroit qui n'a peut-être jamais existé. Trop facile aussi, ajouta-t-il d'un ton soudain grave, de se perdre en route, si l'on ne fait pas attention. Certains sont partis à l'aventure et on ne les a retrouvés qu'une fois que leurs os avaient été nettoyés par les corbacs — enfin, les corneilles noires, plus exactement. Il faut me promettre que vous serez raisonnable quand vous partirez explorer le coin : je ne voudrais pour rien au monde que vous mouriez de froid et avoir votre mort sur la conscience. Ce serait une belle preuve de reconnaissance, après tout ce que vous avez fait pour nous et notre bébé !

Miss Seeton rougit encore et promit qu'elle serait très vigilante quand elle irait marcher dans les collines des alentours de Glenclachan. Elle avait toujours souligné l'importance du bon sens à l'intention de ses élèves, et elle espérait en posséder une forte dose — elle, l'enseignante censée donner l'exemple. Assez pour mesurer à quel point elle manquait d'expérience, en matière de randonnée en montagne. La marche, qu'elle avait pratiquée dans les rues de Londres ou sur les chemins de son cher village de Plummergen, était un exercice bien différent de l'escalade. Elle comprenait que Sa Seigneurie ait jugé bon de la mettre en garde sur ce point, et espérait seulement qu'elle ne lui causait pas d'inquiétude par sa simple présence, car elle n'aimerait pas penser que...

— Oh, Miss Seeton ! se récria Liusaidh, à qui cette remarque donnait mauvaise conscience. Vous ne gênez personne, soyez-en assurée ! N'allez pas vous imaginer cela un seul instant. De fait, c'est nous qui devrions vous présenter des excuses, pour vous négliger de la sorte. Mais tant que les ravisseurs n'auront pas été appréhendés, j'aurai trop peur de laisser Marguerite hors de ma vue. Et ce n'est guère commode d'emmener un nouveau-né partout avec soi...

Ranald eut ce regard horrifié de l'homme qui se trouve face à deux femmes au bord des larmes, et il s'empressa d'enchaîner :

— Tout devrait bien se passer, Miss Seeton, si vous vous munissez d'une carte, que vous portez une tenue adéquate et que vous n'allez pas trop loin. Ne vous inquiétez plus ! Notez bien que si par hasard vous vous égariez, ajouta-t-il avec un petit rire amusé, vous auriez des chances de côtoyer la crème de la crème, vous savez : le château de Balmoral n'est pas très loin d'ici, pour une marcheuse émérite telle que vous. Vous n'aurez sans doute plus envie d'adresser la parole à qui que ce soit à Glenclachan, une fois que vous aurez bavardé avec la reine !

Miss Seeton le regarda, rayonnante.

— Jusqu'ici, il a fait plutôt beau, dans l'ensemble. Je dois dire que j'apprécie et que c'est un certain soulagement pour moi, car je préférerais éviter la moindre entorse à la vérité, même pour respecter l'étiquette. Quoique... poursuivit-elle en plissant le front. Je ne suis guère sûre des règles qui s'appliquent quand on porte un tailleur de tweed : convient-il ou non de faire la révérence ? D'après ce que lit Martha dans la presse populaire, rapporta-t-elle avec un soupir qui lui échappa, il paraît que quand Sa Majesté séjourne à Balmoral, elle prend des vacances bien méritées, en compagnie des membres de sa famille, et peut-être préfère-t-elle alors être traitée avec moins de cérémonie. Car, la fois où j'ai eu la grande chance de la rencontrer à une garden-party, lady Colveden avait eu l'obligeance de me prévenir : il fallait faire la révérence et dire : « Oui, madame, un temps délicieux. » Mais, ce jour-là, bien entendu, il faisait beau. C'est heureux, n'est-ce pas, qu'il en soit de même aujourd'hui.

Ranald cligna des yeux et implora du regard l'aide de Liusaidh. La comtesse réfléchit à toute allure.

— Tout à fait délicieux, en effet, répondit-elle enfin en dissimulant un sourire. La plupart du temps, en tout cas, et nous n'avons pas eu autant de pluie que certaines années. Au moins, on n'a pas encore eu de tonnerre. Parfois, on a de ces orages ! On dirait qu'ils restent coincés entre les montagnes, et ils n'en finissent pas de tourner en rond en tonnant et en lançant des éclairs dans le *glen,* pendant des heures entières. C'est vraiment spectaculaire : d'énormes amas de nuages, des éclairs comme des poignards, l'air vibrant d'électricité — rouge, jaune, vert...

La description suscita l'intérêt de Miss Seeton : elle n'avait jamais eu spécialement peur de l'orage, jusqu'au jour où la foudre était tombée sur sa maison. La probabilité qu'un tel incident se reproduise jamais était très faible, l'avait-on assurée. Cette chère Martha détestait les orages et souffrait de maux de tête épouvantables à leur approche.

— De sorte que c'était un peu délicat, voyez-vous, le jour où j'ai peint par-dessus *Le Jour gris*[1]. Bon,

1. Voir *Miss Seeton au clair de lune,* 10/18, n° 3321. *(N.d.T.)*

d'un point de vue technique, un autre terme conviendrait mieux, car il s'agissait de pastel sur de l'aquarelle. Parce que j'avais envisagé de le remplacer par mon tableau de cet orage électrique. Remplacer *Le Jour gris,* je veux dire, qui se trouvait à Scotland Yard. Ou, plutôt, qui attendait d'être volé dans la galerie d'art — du moins le commissaire divisionnaire me l'a-t-il assuré...

Elle n'avait jamais été entièrement convaincue que Mr. Delphick ne la taquinait pas quant à cela, comme le faisait souvent ce cher Bob qui, après tout, travaillait sous les ordres du divisionnaire. Tenez, il l'appelait Tantine, un surnom affectueux qu'elle trouvait, bien sûr, plutôt flatteur. Non que Mr. Delphick pût jamais songer à...

Heureusement pour les Glenclachan, leur invitée ne tenta pas de formuler sa pensée à haute voix. La vie du comte et de la comtesse s'était déjà suffisamment compliquée le jour où était apparue Miss Emily Dorothea Seeton...

Qui était par ailleurs une invitée modèle. Elle n'attendait pas qu'on soit aux petits soins pour sa personne, elle ne cherchait pas à accaparer l'attention de ses hôtes, elle était d'une compagnie agréable et amusante quand tout le monde se retrouvait, mais aussi parfaitement capable de se divertir quand elle était seule. Comme ce fut le cas le lendemain matin, Ranald ayant dû une fois de plus s'enfermer dans le bureau avec son intendant et Liusaidh étant occupée avec le bébé. La dent annoncée n'avait pas encore percé et lady Glenclachan avait décrété que Miss Seeton ne devait pas passer le reste de ses vacances à garder la progéniture d'autrui. Elle n'avait qu'à emporter un pique-nique et ses jumelles, et aller prendre du bon temps parmi les oiseaux des Highlands. Qui sait, elle risquait même de tomber sur la mine d'or ! Miss Seeton sourit et rougit : sa curiosité était éveillée, autant l'avouer. N'importe qui serait curieux en pareille circonstance, non ?

— Oh, je suis d'accord, acquiesça Liusaidh. Ranald et ses amis ont dû s'amuser comme des fous à chercher la mine quand ils étaient gosses, mais ils n'ont rien trouvé, évidemment. Alors, je vous en prie, ne soyez pas trop déçue, ajouta Liusaidh avec un gentil sourire. Il y a bien davantage de chances que vous repériez un *moonie* ou un pinson. Mais, quelles que soient vos découvertes, j'espère surtout que vous passerez un agréable moment.

Lady Glenclachan lui répéta les mises en garde du comte sur les risques de l'escalade dans les Highlands, vérifia avec elle sur la carte l'itinéraire qu'elle comptait suivre et promit d'envoyer des sauveteurs à sa recherche si elle n'était pas de retour sans encombre pour dîner. Miss Seeton s'en fut et la comtesse lui adressa des signes d'adieu, forte de la pensée que leur amie était vraiment une personne raisonnable : elle avait bien enregistré les explications, il ne pouvait rien lui arriver de mal dans les collines, à n'en pas douter.

À n'en pas douter...

CHAPITRE XVI

Miss Seeton était soulagée, car son allure et son équipement avaient recueilli l'approbation de son hôtesse. Elle ne voulait causer de soucis à personne. À présent, elle pouvait partir faire sa petite excursion en toute confiance.

Outre la carte et un délicieux pique-nique si aimablement préparé par Mrs. McScurrie, le spacieux sac de Miss Seeton contenait deux mouchoirs propres, un peigne, une petite glace, quelques pièces de monnaie et un billet de cinq livres en cas d'urgence (l'inflation avait imposé cette somme plus réaliste, à la place des deux billets d'une livre qu'elle prenait auparavant). Il y avait aussi sa lampe de poche et un assortiment de crayons à mine plus ou moins dure, un taille-crayon et une gomme (elle soupira devant ce signe de ses limites). Sans oublier l'essentiel : son carnet de croquis. Elle portait son parapluie sur le bras et son chapeau crête-de-coq sur la tête.

Miss Seeton sourit au souvenir de la sympathique façon dont Sa Seigneurie l'avait taquinée, la veille au soir, après le dîner : celle-ci avait quitté la pièce au moment du café et était revenue avec une plume. Une plume d'aigle, avait-elle précisé, l'emblème des chefs. Il fallait que Miss Seeton soit bien habillée, au cas où elle rencontrerait la reine, une fois de plus. Tout le monde est égal, en plein air, et Sa Majesté comprendrait la signification démocratique de cette nouvelle décoration sur le chapeau de Miss Seeton.

Miss Seeton s'était récriée : non seulement elle n'était pas écossaise, mais elle n'occupait pas la moindre position d'importance dans le monde — Sa Seigneurie ne l'ignorait pas —, et elle n'était en tout cas pas un chef. Ranald répliqua qu'en reconnaissance des insignes services rendus à son bébé il la nommait chef honoraire des MacSporran, en vertu des prérogatives qui étaient les siennes, puisqu'il était à la tête du clan. Qu'elle considère cela comme une sorte de médaille qu'il lui aurait remise. Liusaidh ajouta que la plume faisait plutôt bel effet, glissée derrière le ruban du chapeau ; il faudrait penser à prendre une photo de Miss Seeton dans un décor approprié, avant son départ pour Plummergen.

Miss Seeton se laissa persuader et, ayant contemplé son reflet dans la glace de sa chambre, elle concéda qu'on pouvait presque dire que ce nouvel accessoire lui allait bien — du moins allait-il bien avec son couvre-chef, s'empressa-t-elle de rectifier modestement. On était tenté d'ajouter que ça donnait un air, euh, distingué — tentation à laquelle elle ne céda pas. Car cela ne s'appliquait pas à elle, bien entendu : en quoi un professeur de dessin à la retraite pouvait-il espérer se distinguer ? Elle menait une vie des plus tranquilles et des plus discrètes... Mais, s'il y avait la moindre éventualité qu'elle rencontrât Sa Majesté au cours de sa petite excursion, il était, certes, de son devoir de lui manifester le plus profond respect. Et une tenue qui la mettait dans la peau du rôle l'y aiderait sans doute. Ah, si seulement elle avait pensé à se renseigner, au sujet de la révérence ! songea-t-elle avec un nouveau soupir.

Vêtue d'un tailleur de tweed très correct et chaussée de souliers confortables, Miss Seeton marchait sous le soleil d'août, se régalant du paysage et des chants d'oiseaux, portant de temps à autre à ses yeux les jumelles qu'elle avait en sautoir, pour examiner de plus près un chanteur en train de se poser sur une touffe de bruyère ou sur une branche basse. C'était une belle journée, vraiment superbe. Miss Seeton fredonnait le fameux air de *Madame Butterfly* et se sentait en paix avec le monde.

Bientôt, elle eut soif. Mrs. McScurrie lui avait suggéré d'emporter une thermos de café. Miss Seeton lui avait su gré de sa gentillesse mais n'avait pas voulu trop alourdir son sac pour sa virée dans les collines. Lady Glenclachan était venue à la rescousse en évoquant avec enthousiasme le plaisir de boire l'eau vive des sources claires des Highlands, et cette perspective avait enchanté Miss Seeton.

— C'est vrai que c'est la meilleure eau du monde, avait renchéri Ranald MacSporran d'un ton fervent, en entendant la conversation. Douce, pure et avec un soupçon de parfum de tourbe ! C'est ce qui fait de notre whisky ce qu'il est, Miss Seeton. Il n'y en a pas de meilleur.

Miss Seeton n'avait pas plus l'intention d'emporter du whisky que la lourde thermos. Elle opta pour le compromis en glissant dans sa poche de veste la timbale d'argent qui coiffait la flasque personnelle de Sa Seigneurie et qu'il lui avait malicieusement proposée. À la réflexion, elle avait renoncé à l'idée romantique de boire dans ses mains, comme elle y avait songé au départ : non, ce ne serait vraiment pas pratique.

Une décision dont elle allait avoir lieu de se féliciter. Elle avisa un ruisseau, aussi lumineux et étincelant que l'avait promis Liusaidh, et qui gazouillait en cascadant sur les galets de son lit, entre deux vertes rives... aux berges abruptes et friables. Sans doute à cause de ce sol riche et tourbeux. On risquait fort de culbuter en se baissant pour prendre de l'eau dans ses mains jointes, remarqua Miss Seeton. Même une personne comme elle, dont les genoux, grâce au yoga...

Ayant trouvé une petite anse où elle pouvait se courber sans danger pour remplir le gobelet d'argent, Miss Seeton puisa de l'eau et passa un moment assise sur un rocher commode, gris mais étincelant — ce n'était évidemment pas de l'or qu'il contenait, lui dictait le bon sens. Ses rêveries la firent sourire. Sa Seigneurie n'avait-elle pas parlé de la présence de mica dans le granite ? Et de calcium aussi... ou était-ce du carbone ? Elle n'en avait pas un souvenir clair... quelle importance, par une si belle journée ! Elle remplit la timbale encore une fois, but, et s'aperçut que ça lui avait creusé l'appétit.

Son modeste déjeuner terminé (elle en avait gardé pour plus tard, juste au cas où elle aurait des ennuis — elle se rappelait les recommandations), elle passa un moment assise là, son bloc à dessin sur un genou, un crayon à la main, à coucher rapidement sur le papier son interprétation des paysages qui s'offraient à elle dans toutes les directions. Consultant la carte d'état-major prêtée par lord Glenclachan, elle identifia la plupart des repères évidents et fut particulièrement frappée par le nom d'un rocher de forme étrange, non loin de là. Quet-na-Scrabberteistie, se répéta Miss Seeton, tandis que son crayon en esquissait les remarquables contours, rappelant la silhouette d'un oiseau marin, de la famille des alciformes.

« Un guillemot, songea Miss Seeton, et elle sourit en repensant à la conversation qu'elle avait eue avec lady Glenclachan. Ou bien devrais-je dire un *cuttie* ? »

Lentement, elle promena son regard sur le cadre qui l'entourait.

« C'est tellement différent des autres paysages que j'ai connus ! Et de Londres, naturellement ! »

Elle repensa à l'époque où elle enseignait à l'école de Hampstead. Elle se réjouit à l'idée que le fait d'avoir pris sa retraite ne l'empêchait pas d'être encore d'une certaine utilité au village (à temps partiel, il est vrai). Ce village où elle avait eu la chance de venir s'installer et qu'elle avait le bonheur d'habiter. Il ne s'y passait jamais rien qui vînt déranger le cours de son existence par ailleurs banale, à part des petites vacances de temps en temps, qu'elle devait à la gentillesse de ses amis.

Elle émergea de ses songeries pour s'apercevoir que, sur la feuille sur laquelle elle avait commencé le croquis du Quet-na-Scrabberteistie, figurait à présent toute une série d'oiseaux. C'était compréhensible, supposa-t-elle. Ou plutôt, ça l'aurait été si l'on avait pu y reconnaître des guillemots ou d'autres volatiles de la famille des alciformes. Surprise et déconcertée, elle constata que la plupart n'avaient pas la moindre ressemblance avec des oiseaux marins : c'étaient des petits oiseaux alertes à l'œil vif et au bec fureteur qui lui rappelaient des fringillidés, ou des roitelets peut-être. Les autres étaient visiblement des oiseaux aquatiques d'une espèce ou d'une autre, mais plutôt apparentés aux canards qu'aux alques : le bec était totalement différent.

— Oh, Seigneur ! se lamenta Miss Seeton.

Elle tourna la page de son bloc, se demandant si ça valait la peine de recommencer. Si elle observait le grand rocher sous un autre angle, peut-être serait-ce plus facile d'en reproduire l'étonnante image sur le papier. Et la carte, heureuse coïncidence, lui apprit que si elle suivait le ruisseau — le Skutie Burn, rectifia-t-elle —, elle ne tarderait pas à arriver au pied du Quet-na-Scrabberteistie.

Ayant rassemblé ses affaires, elle admira un instant l'éclat du rocher de granite qui lui avait servi de siège et se mit à marcher vers l'amont. Si l'on se perdait, avait expliqué Sa Seigneurie la veille au soir, il fallait trouver un cours d'eau et le suivre *vers l'aval.* Mais Miss Seeton n'avait pas l'intention de s'égarer et ce n'était sûrement pas gênant d'inverser la théorie pour parvenir à ses fins.

Il lui fallut plus longtemps qu'elle ne l'escomptait, surtout parce que le terrain devenait de plus en plus accidenté, à l'endroit où un pan du grand rocher avait dû s'effriter sous l'effet de siècles d'intempéries, devina-t-elle, pour former de la rocaille, de la caillasse et des éboulis. Ceux-ci étaient en partie à nu et en partie recouverts de végétation, de sorte qu'elle n'arrivait pas à mesurer les obstacles avant d'être pratiquement sur le point de buter dessus. Le Skutie Burn avait pris le plus court chemin pour dévaler la pente depuis le sommet, serpentant pour se faufiler entre les rochers, les racines et les troncs d'arbres rabougris par l'âge, ou pour les contourner. Aussi, Miss Seeton s'arrêtait à tout bout de champ pour dessiner certains détails de ces formations rocheuses originales, ce qui ralentissait considérablement son avance.

Elle s'émerveilla à la vue d'un arc-en-ciel et des rides dessinées par le vent sur le petit bassin formé par le déversement d'une chute d'eau, qui dansait et scintillait au soleil en éclaboussant copieusement le voisinage. Un peu trop, d'ailleurs, au goût de Miss Seeton : la cascade lui vaporisait des gouttelettes d'eau dans les yeux. D'ici qu'elle aille tremper son chapeau à la plume extraordinaire ! Ce serait faire preuve de trop d'ingratitude envers lord Glenclachan et ses bontés, que de rentrer au château avec l'emblème des chefs imbibé d'eau et pendouillant ! Elle s'écarta, cherchant un moyen d'éviter la cascade, mais une brise maligne lui renvoya un paquet d'éclaboussures au visage et, sans réfléchir, elle ouvrit son parapluie.

Avec un cri et un battement d'ailes effrayées, un gros oiseau noir, à reflets verts au soleil, s'envola d'une touffe d'ajoncs voisine. Un corbeau, ou bien était-ce un freux ? s'interrogea Miss Seeton. Non, les freux ont des reflets qui tirent sur le violet plutôt que sur le vert. Une corneille noire, alors ? Elle se demanda ce que l'oiseau avait pu être en train de faire. Il avait été dérangé par son geste soudain ou par la forme inhabituelle de l'ombre d'un parapluie. Le nouveau chemin que Miss Seeton empruntait allait l'amener à quelques pas des ajoncs dorés dans lesquels l'oiseau s'était affairé, et elle ressentit une vague nausée (« Cette chère Mel ! j'espère qu'elle va mieux ») à la pensée qu'hélas elle risquait fort de tomber sur un mouton mort ou agonisant. La veille au soir, Sa Seigneurie avait longuement évoqué les regrettables habitudes alimentaires de la famille des corvidés ; son épouse lui avait cependant signalé que le terme *carrion* (charogne), qui figure dans le nom de la corneille noire (*carrion crow*[1]) est plutôt une corruption du qualificatif *corone* de son nom latin (*Corvus corone*) qu'une description de ce que mange l'oiseau en question.

— Alors, ça convient parfaitement, avait répondu Ranald avant d'enchaîner sur les gardes-chasse et les valets de chasse, et sur les agneaux vivants aux yeux arrachés à coups de bec.

Miss Seeton avala sa salive. Elle regarda successivement les ajoncs, la cascade et l'étrange masse du Quetna-Scrabberteistie qui la dominait. Maintenant, elle était sans doute assez près pour tenter un autre croquis. Mais... si le mouton était encore vivant ? Pourtant, elle n'avait entendu ni bêlements ni gémissements... et

1. Littéralement : corvidé charognard. *(N.d.T.)*

puis, à cette époque de l'année, les moutons sont-ils encore des agneaux désarmés ? Cela dit, celui-ci avait pu se blesser en dégringolant dans la cascade et il avait rampé, pattes cassées, pour se mettre à l'abri...

L'imagination de Miss Seeton décida à sa place, pourtant elle grimaçait déjà à la pensée de ce qu'elle allait découvrir. Elle ne pouvait plus rien pour un agneau mort, mais une créature encore en vie, blessée et impuissante, une victime souffrante, c'était autre chose. Son devoir était clair. Elle abaissa son parapluie et le referma, avec la vague idée qu'il pourrait servir à repousser d'éventuels prédateurs. Elle déglutit, prit une profonde inspiration, redressa les épaules. Tremblant à l'intérieur, Miss Seeton marcha droit vers les ajoncs, se força à les contourner pour voir ce que la corneille avait été en train de fabriquer...

Et le regretta amèrement...

Mel Forby s'était sentie bien mieux après une bonne nuit de sommeil. L'œuf poché et le pain grillé que Miss Seeton l'avait persuadée d'avaler avec deux tasses de thé lui avaient procuré un agréable somme dont elle s'était éveillée à temps pour dîner légèrement, à la salle à manger de l'hôtel. La serveuse en uniforme qu'elle avait entraperçue le premier soir faisait le service ; elle s'appelait Shona, lui apprit-elle après quelques questions. Elle proposa la liste des vins et demanda avec un sourire ironique si elle aurait le plaisir de la compagnie de Miss Forby au bar, plus tard ce soir-là. Mr. McQueest était absent, ajouta-t-elle en souriant de la même façon, parti pour une de ses virées, alors...

Mel ignora avec superbe les insinuations et la liste des vins, répliquant qu'elle y réfléchirait. Elle ne but que de l'eau en mangeant et, réflexion faite, préféra aller se balader dans la douce pénombre d'un crépuscule d'été écossais.

Il y avait encore de la lumière au bar quand elle rentra, avec une légère douleur à sa cheville fragile mais ayant retrouvé le moral, disons même toute sa *joie de vivre**. Elle en avait presque envie de jeter sa canne aux orties. Demain, elle serait de nouveau elle-même, plus vieille d'un jour mais considérablement plus sage. Fini le Lairigigh, se promit-elle, et juste pour le plaisir de contredire Shona, elle s'empressa de grimper les marches d'escalier, deux à deux, pour regagner sa chambre avant d'avoir eu le temps de changer d'avis et de gagner le bar.

La fierté prime sur le souci d'éviter une chute...

Mel passa le plus clair de la journée du lendemain à masser sa cheville douloureuse avec de la pommade et à discuter avec les membres du personnel de l'hôtel qui en avaient le temps. Maintenant qu'on avait brisé la glace, Shona était toujours prête à cancaner un brin quand Hamish n'était pas là, au lieu de se borner à communiquer par monosyllabes et à jouer la fille de l'air. Elle était du coin, Mel n'avait pas eu besoin de lui poser la question. Hamish, lui, était un nouveau venu. Lorsque Mel arriva enfin à le coincer, il discourut sur la vie à Glenclachan, sur ses intentions de faire du *Pock and Tang* une attraction touristique, et sur les vertus de la modération (ce sur un ton d'hilarité à peine dissimulée). Mel, froissée, s'en tint ostensiblement au jus d'orange, se demandant une fois de plus comment le patron arrivait à garder sa clientèle. Ça devait lui être égal, conclut-elle : il espérait faire fuir le client local, afin de pouvoir donner à fond dans le haut de gamme et plumer les touristes par milliers.

Mais on n'avait pas encore déserté son établissement. Le contingent de l'après-midi grommela en trouvant de nouveau Mel perchée sur son tabouret de bar mais, quand plus tard elle sortit pour se rendre à la salle à manger, il lui sembla qu'on s'était résigné à sa présence. Elle n'avait guère parlé, trop occupée à écouter l'accent et à prendre des notes dans sa tête pour la série de chroniques qu'elle comptait écrire pour le *Daily Negative,* sur le thème du « Caractère unique de la vie dans les Highlands ».

Malcolm MacDonald ne se trouvait pas parmi les consommateurs et on ne l'avait pas vu de la journée, d'après ce que Mel avait cru comprendre. Campbell était resté invisible, lui aussi, disait-on. Au moins, en leur absence, on ne risquait pas un pugilat dans le bar...

Mel remonta dans sa chambre pour rafraîchir un peu son maquillage. Ah, qu'elle aurait aimé parler à Thrudd ! Sa présence lui manquait davantage qu'elle ne l'aurait imaginé. Le rédacteur en chef du *Negative* lui permettrait-il un appel personnel sur sa note de frais ? Sauf que la cabine téléphonique du hall n'était guère intime. Si Hamish comptait vraiment donner dans le haut de gamme, ce serait un bon début d'installer le téléphone dans chaque chambre. Mais il se pouvait fort que Thrudd ne soit pas là au moment de son coup de fil ; cela dit, elle pouvait toujours raccrocher ou parler d'autre chose si... Oh ! mais non, ce n'était pas possible : Shona lui avait appris, entre autres choses plus ou moins intéressantes, que Glenclachan n'était pas encore raccordé à l'automatique. Et Mel n'aimait guère l'idée d'une postière aux portugaises largement ouvertes, opérant sur l'unique standard du village... il fallait sûrement tourner une manivelle pour le faire marcher, bon sang de bois ! Une téléphoniste qui serait capable de citer la moindre syllabe des badineries qu'elle destinait à Londres...

Soudain, un brouhaha lui parvint du bar, à l'étage inférieur. Mel dressa l'oreille, l'œil brillant. Campbell ou MacDonald était revenu, ou les deux, elle était prête à le parier. Donc, ça allait barder et il y aurait matière à article. Et là où il y a une histoire à rapporter, Amelita Forby est sur le coup. Mel se leva d'un bond, avec une grimace dont elle n'eut même pas conscience, elle attrapa sa canne et sortit de la chambre en direction du bar.

— *Aye,* c'est ma foi vrai, pas d'erreur possible ! expliquait un quidam quand elle ouvrit la porte. Tout ce qu'il y a de mort, près du Skutie Burn, et paraît qu'on aurait juré de prime abord que c'était une noyade...

— Sauf que, interrompit un autre, on n'a jamais vu de noyé sortir de l'eau en rampant pour venir se planquer sous des ajoncs...

Les oreilles de Mel poussaient à vue d'œil. Un mort, et on suspectait un acte criminel : c'était bien le meurtre qu'elle avait vu venir, ou alors elle s'était trompée sur toute la ligne en venant à Glenclachan.

— ... le crâne plutôt défoncé, à le voir par-derrière, et une grosse pierre dans les parages, couverte de sang...

Sans aucun doute un acte criminel. Mais qui était la victime ? Les ravisseurs se seraient-ils querellés après être revenus pour faire une nouvelle tentative d'enlèvement sur lady Marguerite ? Quand les voleurs cessent de s'entendre comme larrons en foire...

— ... même qu'il y avait un corbac prêt à lui arracher les yeux, ajouta un autre homme, si la vieille dame n'avait pas couvert la tête du mort avec son parapluie pour faire fuir c't oiseau de malheur...

Les oreilles de Mel faillirent se détacher. Son voyage à Glenclachan venait d'être pleinement justifié. Et plutôt cent fois qu'une, car le mot « parapluie » ne pouvait avoir qu'une seule signification, dans le contexte d'une affaire criminelle...

CHAPITRE XVII

Décidément, Mel ne savait plus où donner des oreilles tant la discussion était animée et les hypothèses fusaient autour d'elle. L'accent mis à part, elle aurait juré qu'elle était à Plummergen. Pauvre Miss S. qui avait trouvé un cadavre ! Mais brave Miss S. qui avait fourni la marchandise, une fois de plus. Amelita Forby n'avait plus qu'à attendre sur place et à travailler la matière pour en faire encore un gros titre de une.

C'eût été fort utile de connaître l'identité de la victime, mais il aurait suffi qu'elle pose une question pour que ces hommes se ferment tous comme des huîtres, elle l'aurait parié à dix contre un. Ils semblaient l'avoir ignorée quand elle était entrée, ce qui changeait de la veille, mais elle ne pouvait pas tabler sur le fait que ça durerait. Elle se rappela leur réaction quand l'homme à la face de rat — tiens, encore un qui n'était pas là, ce soir — était venu s'enquérir d'un dénommé Fraser, inconnu au bataillon. Y avait-il des habitués manquant à l'appel, en dehors de Campbell et de MacDonald ? Elle n'en avait bien sûr pas idée et ne savait pas comment s'en informer facilement. Sa meilleure chance, c'était d'essayer de passer aussi inaperçue qu'elle le pourrait, le plus longtemps possible, puis de dénicher un téléphone et de risquer la curiosité de l'opératrice. Celle-ci devait de toute façon en savoir plus long que Mel n'en apprendrait jamais.

— Elle loge au château, la pauv' petite âme. Et quelle macabre découverte, quand on a juste envie d'aller observer les oiseaux, qu'on croit que le monde tourne rond et que tout va bien !...

— Maintenant, c'est Malcolm MacDonald qui doit penser que tout va bien ! lança un des clients.

Sa remarque provoqua brusquement un morne silence, puis tout le monde se remit à parler en même temps, chacun exprimant de nouveau le choc et la surprise qu'il éprouvait, et sa peine pour cette pauvre Miss Seeton. (Sur ce point-là au moins, Mel avait maintenant une certitude absolue.)

Elle était presque aussi certaine de connaître l'identité du mort, de la victime assassinée. Il ne pouvait y avoir qu'une seule explication à la réaction qu'ils avaient tous eue quand on avait dit que Malcolm MacDonald serait le plus content d'apprendre la nouvelle. À moins que Malcolm n'eût habitude de se quereller avec tout un chacun, il ne pouvait s'agir que de...

— Ewen Campbell ! lâcha un homme en levant son verre en hommage au défunt.

Mel sursauta : elle avait entendu parler de télépathie, avait même songé consacrer une de ses chroniques à ce sujet. Quoique... Peut-être que non, en fin de compte. Amelita Forby s'était toujours considérée comme une fille de la ville, citadine jusqu'à la moelle des os (ses os ! elle s'amusa en repensant à l'intérêt que son ossature avait éveillé chez Miss Seeton lors de leur première rencontre). Alors, l'idée que quelqu'un pût lire dans ses pensées n'était guère de nature à la mettre à l'aise. Quant à encourager une telle intrusion...

— Ewen Campbell ! répéta un autre qui leva son verre à son tour.

Simple coïncidence, décida Mel. Enfin, elle l'espérait. Nom d'un chien, elle était une journaliste de Fleet Street aguerrie, pas une cousine de province, superstitieuse et poltronne ! Bon, on ne pouvait pas prétendre que ces gars-là avaient particulièrement l'air de poltrons : des durs à cuire, toute la bande. Le porridge et le bon air de la montagne, sans doute. Ewen n'était pas... n'avait pas été le seul à paraître capable de lancer deux *cabers* d'un coup. Non, loin de là. Mais, tant qu'ils ne se remettraient pas à parler linceuls, elle se contenterait de rester tranquillement perchée sur son tabouret à écouter la conversation, occupée à composer des paragraphes dans sa tête.

Il y eut un afflux de clients au bar, chacun commanda un double whisky. Mel grimaça. Hamish versa un verre après l'autre, les poussa vers les consommateurs, prit l'argent, rendit la monnaie. On jeta des regards en coulisse à Mel sur son tabouret, un verre à demi plein devant elle.

— Vous ne buvez pas, mon petit, releva un homme dont le visage affichait moins de méfiance que les autres.

Il était le premier, en dehors d'Hamish, à adresser la parole au merle albinos.

Mel sourit. Finalement, les Écossais étaient peut-être moins radins qu'on ne le prétendait.

— C'est parfait, merci, fit-elle, refermant la main sur son verre qu'elle approcha d'elle.

— Parfait ? s'exclama-t-il, étrécissant les yeux. C'est ça votre idée, hein ? interrogea-t-il, et les autres se mirent à grommeler.

Mel releva un sourcil. Son régime alimentaire, ce n'était pas leurs oignons, non, mais ces gens-là la regardaient bizarrement.

— Pour les vitamines, ajouta-t-elle.

— Vous devriez avoir honte de vous, ma bonne

dame ! Je vous en ficherais, des vitamines ! Évidemment, que peut-on attendre d'une Rosbif, à part du baratin à la mode et un manque de respect ?

Les ronchonnements gagnèrent en intensité : ces messieurs décidèrent que Mel était irrécupérable et lui tournèrent le dos avec ostentation, se hâtant de regagner leurs tables. Hamish hocha la tête et soupira :

— Vous auriez pu l'étendre avec de l'eau, murmura-t-il en essuyant le comptoir près de l'endroit où Mel était accoudée. Ils sont un peu chatouilleux, à Glenclachan. Je suis particulièrement bien placé pour le savoir.

La confidence n'étonna guère Mel, d'après ce qu'elle savait de l'attitude du patron envers sa clientèle. Espérant que celui-ci se montrerait un peu plus coopératif avec elle, elle se pencha par-dessus le comptoir :

— Qu'est-ce qu'ils trouvent donc à redire aux vitamines ? Ils n'ont donc pas entendu parler de Linus Pauling ?

Nouveau hochement de tête d'Hamish qui se tourna vers sa rangée de bouteilles munies de doses-verseuses. Il mesura un whisky et poussa vers Mel le verre et une cruche d'eau.

— Les puristes prétendront que c'est encore un manque de respect de noyer un bon whisky, mais vous verrez que ça facilitera les choses. Offert par la maison. Je n'ai pas envie de risquer encore des ennuis ce soir, ajouta-t-il en la voyant ouvrir la bouche pour parler. Faites semblant de boire, une goutte par-ci par-là, et ils seront contents. Enfin... aussi contents qu'ils le seront jamais, rectifia-t-il, rembruni, baissant encore la voix au point que Mel l'entendit à peine : Sauf Malcolm MacDonald, naturellement...

— Ewen Campbell, paix à son âme ! lança une voix, et tous les verres se levèrent.

Sur un regard d'Hamish, Mel versa une généreuse rasade d'eau dans son verre, le leva et but de façon à être vue de tous. Elle sentit des regards braqués sur son dos : on enregistrait son initiative... à contrecœur. Le sourire qu'elle adressa à Hamish était tremblant, elle fut la première surprise de le constater.

Maintenant que l'honneur avait été satisfait, les Highlanders cessèrent de faire attention à elle. On se mit à évoquer le souvenir d'Ewen Campbell et, sous l'influence du whisky qui coulait à flots, les langues se délièrent. L'intense solennité et le choc du début laissèrent place à une évaluation plus réaliste de la personnalité de feu Campbell. Mel, qui commençait à s'habituer à l'accent, apprit peu à peu que le défunt avait été loin d'être le moins irascible, et qu'il s'était brouillé, à un moment ou à un autre, avec presque tous les habitants de Glenclachan. Quoique rarement pour un motif sérieux, crut-elle comprendre, jusqu'à la fameuse querelle avec Malcolm MacDonald. Elle saisit au passage quantité de petites remarques énigmatiques que tout le monde, sauf Hamish et elle, semblait comprendre instantanément. Des allusions qui enflammaient son imagination de journaliste et son envie d'en savoir plus long : on parlait de la « cornemuse de Teeock », du jour où « Ewen avait pris le pilier central de la tente et s'en était servi pour le lancer de *caber* », et de « la fois où le *pudding blanc*[1] avait traversé la rue ». Ewen Campbell aurait mérité une chronique à lui tout seul, à en juger par ces propos.

À la faveur de quelques tournées supplémentaires, la conversation prit peu à peu un tour plus sombre. « Rien d'autre que ce qu'on aurait attendu de la part d'un Campbell », s'accorda-t-on à reconnaître quand

1. Saucisse à base d'avoine concassée et de saindoux. *(N.d.T.)*

on eut abordé le sujet des « économies de McPiet », de « cette voiture qu'il avait revendue à Hector Scremerston », et de « l'arbre de Cheepart qu'il avait eu le culot d'abattre sans même demander la permission ». (Quel était l'équivalent de *in vino veritas* chez les buveurs de whisky ? songea Mel.)

Ils parlaient et buvaient, buvaient et parlaient, et buvaient encore. Mel prit soin de n'avaler du whisky que lorsque Hamish lui signalait d'un clin d'œil qu'on la regardait. Sous ses airs professionnels de calme patron de pub, le visage d'Hamish révélait à l'observateur avisé qu'était Mel Forby (elle le savait) un soulagement qu'il s'efforçait de cacher. Et qui était sans doute dû aux bonnes affaires qu'il faisait, pour une fois. Mel frissonna. Le malheur des uns... Les buveurs étaient tous trop occupés à siroter leur cinquième, sixième, voire septième verre pour remarquer la chose mais elle non, puisqu'elle était assise face au bar et à l'homme qui y officiait. D'accord, il ne connaissait pas Ewen Campbell depuis aussi longtemps que les autres, mais c'était quand même un tantinet sinistre de le voir se réjouir à ce point de ce qui était arrivé...

Les gens se mirent à chanter à voix basse, lentement. Une chanson lugubre que Mel ne connaissait pas, dans une langue qui devait être la sorte de gaélique que personne n'utilise plus dans le langage courant. On aurait dit une ode funèbre — et sans doute en était-ce une —, une lamentation sur le sort du mort. « Qu'est-ce que tu dis de ça, Forby : te voilà au beau milieu d'une veillée funèbre à l'ancienne. Ils ne sont peut-être pas aussi fanas de ce type-là qu'ils tenaient à en donner l'impression au départ, mais ils font de leur mieux pour honorer sa mémoire. Pas étonnant qu'ils aient voulu que tu te joignes à eux et qu'ils t'aient accusée de manquer de respect. Aussi terrible que d'aller à l'église en pantalon... »

Un homme se leva d'un bond et fonça droit vers le tabouret de Mel. Était-ce une nouvelle manifestation du don de seconde vue ? Allait-elle devoir promettre de ne plus jamais porter de pantalons, de jeans ou de pattes d'éléphant dans les lieux de culte, voire en dehors ? Mais après avoir fait une embardée et failli bousculer Mel, le bonhomme se borna à se pencher en l'évitant pour attraper la cruche posée à côté d'elle et, continuant à ignorer sa présence, il repartit en emportant l'eau à sa table, où il la déposa soigneusement, juste au milieu. Puis ses compagnons et lui commandèrent une autre tournée et, une fois que tout le monde eut son verre plein à la main et l'eut levé à la mémoire d'Ewen Campbell, une voix s'écria :

— À la santé du roi !

Ils tendirent tous le bras et portèrent un toast d'un geste circulaire au-dessus de l'eau, avant de boire une grande rasade.

Le Roi par-delà les eaux, évidemment. Mel hocha la tête d'un air entendu : elle était contente d'avoir lu les pages Tourisme du *Negative* et de savoir ce qu'étaient les Jacobites et la révolte de Quarante-Cinq. Hamish échangea un regard avec elle et haussa les sourcils en une mimique de désespoir, l'air de dire : deux cent trente ans ou presque, ça devrait être un laps de temps suffisant pour qu'on ait le bon sens d'oublier ces folies romantiques...

— « Adieu, notre gloire écossaise, entonna une voix, bientôt suivie par d'autres, en un chœur plein de fougue. Adieu, notre gloire ancienne. Adieu au nom même d'Écosse/Si renommé dans la geste guerrière./ Le *Sark* vient s'échouer sur les sables de l'embouchure de la Solway/Et la Tweed se jette dans la mer/ Pour marquer les limites de cette province de l'Angleterre./Quel ramassis de fripouilles en une nation[1] ! »

1. Célèbre poème de Robert Burns (cf. p. 112). *(N.d.T.)*

Les chanteurs avaient été entraînés si loin sous l'effet combiné du whisky et de l'émotion que nul ne songea à regarder du côté de Mel quand il fut question d'Angleterre. Pas plus qu'on ne remarqua Hamish qui, s'efforçant de dissimuler un sourire méprisant, entreprenait d'expliquer que de tels sentiments étaient loin de correspondre à la vérité historique. Le « *ramassis de fripouilles* » se rapportait plutôt à l'adoption de l'*Acte d'union* par le Parlement (qu'on avait pressé de voter cette loi), huit ans avant la première rébellion jacobite, qu'à la révolte même. Il était cependant indéniable, concéda-t-il, que ladite loi avait contribué à rendre les Écossais mécontents de leur sort, et encouragé Jacques II, le roi déposé et exilé, à tenter de recouvrer son trône l'année suivante.

— Et là, Miss Forby, que croyez-vous que ce pauvre diable ait fait, alors que ses navires étaient sur le point de quitter Dunkerque avec cinq mille hommes à bord ? Eh bien, il a attrapé la rougeole ! lui apprit-il sur un ton des plus désapprobateurs.

Hamish McQueest eût-il organisé la fatale expédition, ce serait un Stuart qui régnerait à présent sur le Royaume-Uni, au lieu d'un descendant des Hanovre, Mel n'en doutait pas un seul instant. Le patron de l'hôtel donnait l'impression d'être un roué et un finaud, bien qu'il s'en cachât.

— Les Jacobites, conclut-il, ont un nom ronflant et romantique, mais pas grand-chose d'autre, vous savez !

« ... ont été achetés et vendus contre or anglais, disait le dernier vers des lamentations. Quel ramassis de fripouilles en une nation ! »

Hamish fit la grimace et se tut, se préparant à verser du whisky à qui en voudrait.

Soudain, on entendit du bruit à la porte d'entrée qui s'ouvrit brusquement. Ceux qui conversaient se turent, ceux qui se dirigeaient vers le bar s'immobilisèrent. Toutes les têtes se tournèrent pour voir ce qui se passait. Mel eut un frisson et une brève impression de déjà-vu. Il y avait deux jours seulement qu'Ewen Campbell était apparu avec la même précipitation, mais maintenant, il était mort.

— Ewen Campbell est mort ! annonça le nouveau venu.

Mel sentit un froid lui remonter dans le dos, lentement, puis gagner les épaules, et la gorge. Elle ne reviendrait pas de sitôt dans les Highlands, se promit-elle, elle n'avait pas les nerfs assez solides pour ça. Qu'on la laisse seulement retrouver les lumières de la ville et jamais plus elle ne les quitterait !

— Ewen Campbell est mort, répéta Malcolm MacDonald en s'avançant dans le bar. Quelqu'un l'a tué et abandonné, mort, dans les collines. Et c'est moi qu'on accuse, alors que je n'ai jamais levé le petit doigt sur lui. Mais quand je trouverai celui qui a fait le coup, je...

— Personne ne t'accuse, Malcolm.

En chœur, toutes les voix se joignirent à celle qui venait de prononcer ces paroles rassurantes, mais l'intéressé les ignora.

— Je m'occuperai de lui personnellement, termina Malcolm, l'air sombre. J'ai passé le plus clair de mon après-midi à me faire bombarder de questions idiotes par la police. Pas par l'inspecteur Trumpie... Bon, c'est lui qui a déniché où j'étais et qui m'a arraché à ma pêche, mais il était envoyé par un certain Badock, un prétentieux d'inspecteur principal venu de la ville, précisa-t-il, son visage se rembrunissant à ce seul souvenir. Ce type-là est un crétin, mais un crétin qui possède une once d'autorité et qui s'est mis dans l'idée, on ne sait comment, qu'il y a toutes les chances pour que ce soit moi qui aie fracassé le crâne d'Ewen Campbell à coups de pierre ! Et moi, j'aimerais bien savoir qui je dois remercier d'avoir répandu un tel paquet de mensonges, pour salir ma réputation, conclut-il en posant un regard noir, tour à tour, sur chacun des hommes qui le fixaient en silence.

— Dis donc, mon vieux, entre et assieds-toi. Y a personne ici qui veuille salir ton nom, c'est une erreur, rien de plus. Qu'est-ce que tu peux attendre d'autre d'un abruti de la ville qui connaît rien de ce qui se passe à Glenclachan ?

Il y avait une note presque amusée — amusée, et quoi encore ! — dans la voix de celui qui parlait.

— Sous le simple prétexte que tu as menacé Ewen Campbell avec un fusil, il y a pas lieu...

— Tu en as dit assez, Dougall McLintie ! lança Malcolm MacDonald, en avançant un peu, la respiration haletante, les poings serrés. Il arrive qu'un homme dise des choses sous le coup de la colère, et on ne peut pas lui en vouloir, mais de là à... prendre une pierre... et à taper à plusieurs reprises... sur la tête de quelqu'un...

Sa voix se brisa et il se tut. Dougall s'empressa d'enchaîner pour modérer ses propos taquins :

— *Och,* pour sûr, excuse-moi, Malcolm. Vous étiez si bons amis, tous les deux, je le sais. Tu vas avoir besoin de le pleurer comme il faut, pour soulager ta peine. Allez, viens donc t'asseoir près de moi. C'est bien le diable si, à nous tous, on n'arrive pas à lui faire de sacrés beaux adieux !

Un murmure général approuva l'invitation, au soulagement évident de Malcolm. Il promena son regard sur tous ces hommes dont il avait craint qu'ils ne lui soient hostiles. Ses yeux s'étrécirent en apercevant Mel. Il acquiesça du chef malgré tout, prit une longue et tremblante inspiration, et se dirigea d'un pas mal assuré vers la table où étaient assis Dougall McLintie et ses compères. Il y eut du remue-ménage quand un ou deux hommes se levèrent pour offrir leur siège au nouveau venu. Hamish versa du whisky sans qu'on le lui ait demandé.

— Un double, déclara-t-il en tendant le verre à Malcolm MacDonald. Offert par la maison. Ça vous fera plus de bien que n'importe quoi...

On était trop polis pour demander à Malcolm comment il se faisait qu'il était ressorti libre après avoir été interrogé si longuement, et soupçonné plus longtemps encore, semblait-il. Libéré sous caution, songea Mel, ou l'équivalent en droit écossais. Quant à évaluer les chances que cette libération se prolongeât, elle ne voulait pas se hasarder à le deviner.

Ils s'étaient remis à chanter en chœur funèbre.

— « ... jamais nous ne nous reverrons, mon amour et moi/Sur les belles, les si belles rives du Loch Lomond. »

— Chantez autre chose ! lança Malcolm MacDonald, alors qu'ils allaient entamer le couplet suivant. Autre chose !

— « Prends le vent, joli navire, tel un oiseau en vol, entonna Dougall. Ohé, vogue le bateau ! s'écrient les marins... »

Les autres s'éclaircirent la gorge et se joignirent à lui.

— « Porte le fils qui est né au roi/Par-delà la mer, jusqu'à l'île de Skye... »

Encore un chant jacobite, chargé de sens et d'émotion. Et de courants sous-jacents (Mel le sentit malgré elle), qui devaient affecter les gens de toutes sortes de façons qu'elle ne pouvait même pas imaginer. Entendant ces voix entraînantes et exaltées par le whisky, elle se retourna pour contempler les visages de leurs propriétaires. La peine qu'inspirait le deuil d'Ewen

Campbell était-elle également partagée par tous, ou s'en trouvait-il un qui eût quelque chose à cacher ?

Quand moururent les dernières notes du *Chant du bateau de Skye,* Dougall entonna *Hey, Johnnie Cope.* Des acclamations saluèrent cette pièce au ton moqueur et tout le monde insista pour qu'il la reprenne au début afin qu'ils puissent la chanter ensemble.

— « Hé, Johnnie Cope, es-tu déjà réveillé ?/ Ou dors-tu encore, je me le demande./Oh, hâte-toi, lève-toi, on entend rouler le tambour !/Voyons, Cope, lève-toi dès potron-minet ! »

Hamish expliqua en chuchotant que Cope, le malheureux général anglais, s'était laissé surprendre aux aurores par une attaque menée par les clans et que, rentré à Berwick on Tweed avec la nouvelle de la défaite de l'Angleterre, il n'avait jamais pu se débarrasser de cette infamie. Mel se livra à quelques calculs et soupira à la pensée que les convictions politiques demeuraient si fortes, après plus de deux siècles.

— *Bonne chance, mon merle!* suggéra Malcolm pour la chanson suivante, tandis que ses compagnons respiraient un peu et trinquaient entre eux.

Il avait les larmes aux yeux, la gorge nouée. Dougall lui tapota le bras et s'apprêtait à entonner les premières notes de ce chant quand il s'étrangla et s'arrêta net, les yeux écarquillés.

Tous les regards suivirent le sien.

La porte extérieure s'était ouverte sans que personne ne le remarque et un inconnu se tenait sur le seuil. Il grimaça devant ces vingt hommes (plus une femme fascinée) aux yeux braqués sur lui. Il s'éclaircit la gorge.

— Je cherche John Stuart Fraser, annonça-t-il d'une voix rauque.

CHAPITRE XVIII

Le mal de tête de Mel, le lendemain matin, n'était rien à côté de celui qu'elle avait eu deux jours plus tôt. Avec un sourire complaisant, elle se regarda dans la glace au-dessus du lavabo, en se mettant à sa toilette : pas de doute, la vertu et le jus d'orange payaient ! Il n'y avait qu'une seule raison à son état présent, à cette impression d'avoir besoin de soutenir ses paupières avec des allumettes pour les garder ouvertes : elle était fatiguée, épuisée. À quelle heure s'était-elle finalement arrachée à la veillée funèbre d'Ewen Campbell ? Et combien de temps encore avaient duré les... les festivités ? la célébration ? Non, la veille funéraire, corrigea-t-elle (c'est fou, ce qu'une bonne giclée d'eau froide peut faire pour débloquer votre vocabulaire !). Comment aurait-elle pu écrire son article ou réfléchir sérieusement hier soir, alors que tout le monde chantait, parlait, et chantait encore, dans la salle qui se trouvait sous sa chambre à coucher !

Ils avaient quand même fini par partir et elle s'était assoupie. Elle avait dormi par à-coups, mais c'était mieux que rien. Et son esprit las avait encore pris une ferme résolution, tandis qu'elle se laissait sombrer dans le sommeil : il fallait parler à Miss Seeton le plus tôt possible. Mais la première des priorités, avant d'aller au château, c'était de donner au *Negative* un avant-goût de sa série d'articles. Trouver un téléphone, demander à Miss S. de ne pas s'absenter, puis appeler Londres pour narrer le dernier épisode en date de la saga Seeton et s'assurer que le journal lui réserverait sa une. Deuxième priorité : discuter avec Miss S.

— « *Le Pébroque vengeur trouve un corps dans le burn* », murmura Mel, lorgnant son calepin d'un œil à la paupière soigneusement ombrée. Ou bien « *Un cadavre sous les buissons* » ?

Elle termina son maquillage et prit un crayon. Elle trancha : ce serait « *Un cadavre au pied de la roche* », et elle se mit à écrire.

Le retour de Miss Seeton à MacSporran Castle, la veille, avait quelque peu surpris la comtesse qui n'avait pas l'habitude de voir ses invités arriver sous escorte policière — un auxiliaire de police à mi-temps en l'occurrence, comme il y en a beaucoup dans les régions excentrées des Highlands, mais en uniforme et dans une voiture munie du gyrophare bleu réglementaire. Ledit dispositif n'était pas branché mais sa simple vue avait tant impressionné Liusaidh qu'elle avait failli laisser choir le bébé. Seule la prompte intervention de Mrs. McScurrie avait empêché la survenue d'un vilain accident.

— Un vilain accident, qu'elle a vu, la pauvre p'tite âme ! rapporta l'agent Duncan Muffit à lady Glenclachan, après que sa protégée, légèrement verdâtre, l'eut remercié de son aimable assistance.

Miss Seeton demanda à son hôtesse de bien vouloir l'excuser un instant, le temps de se remettre un peu. Quel choc ! On est toujours à la merci d'un accident dans les collines, elle le savait ; il suffit d'être un tantinet imprudent — ce qui avait apparemment été le cas de ce pauvre homme. Mais — oh, mon Dieu, elle aimerait rentrer un moment si lady Glenclachan voulait bien l'excuser...

— Vaudrait mieux lui faire une tasse de thé, suggéra Duncan tandis que Mrs. McScurrie, émettant un claquement de langue horrifié, dirigeait Miss Seeton vers la porte la plus proche. Ils en ont fait, du thé, chez l'inspecteur Trumpie, mais il était p't-être bien un peu fort pour elle, et avec du sucre et tout, à cause du choc. À son âge, pensez ! Un vilain accident qu'elle a vu, la pauvre p'tite âme. Du moins c'est ce qu'elle croit, et nous vous serions obligés, milady, si vous vouliez bien ne pas la détromper.

Duncan soutint le regard stupéfait de Liusaidh et hocha lentement la tête :

— Indépendamment de ce que Miss Seeton a fait pour vot' p'tite, il suffit de la regarder pour savoir que ce n'est pas une criminelle. Et elle est haute comme trois pommes, par-dessus le marché : elle serait bien incapable de lever le petit doigt contre un homme, sans parler de la grosse pierre qu'il a fallu pour causer pareilles blessures ! Aucun soupçon ne pèse sur elle, malgré sa découverte du corps. Mais elle croit que la victime a chuté du haut de Quet-na-Scrabberteistie, et ça vaut mieux, puisqu'il n'est pas nécessaire qu'elle sache la vérité. Pour ce qui la concerne, il s'agit donc d'un accident, si ça ne vous ennuie pas...

— Et pour la police ?

L'agent Muffit considéra lady Glenclachan et haussa les épaules :

— Curieuse façon de se suicider, non ? Il est pratiquement impossible de chuter du rocher pour aller tomber sous un buisson, en se fracassant la tête au passage : n'importe quelle personne sensée vous le dira. Sans parler du fait qu'on ne serait pas sûr de ne pas se rater.

— Un meurtre, alors ! conclut Liusaidh en blêmissant. Ça doit être une expérience terrible de découvrir un cadavre, je suppose, même dans les meilleures circonstances. Alors, pour cette pauvre Miss Seeton qui mène une vie si tranquille... Elle ne voudra peut-être plus jamais partir en promenade et ce n'est pas moi qui l'en blâmerai. Je suis sûre qu'elle était loin de s'attendre à ça quand nous l'avons invitée à passer des vacances ici. Qui aurait pu imaginer une chose pareille ! Pas nous, en tout cas. Les cadavres... la criminalité... le meurtre... Ce n'est tout simplement pas... pas normal.

De fait, la criminalité, sinon le meurtre, est quasiment une chose banale pour Miss Seeton, alias Miss Esse de Scotland Yard. Le meurtre même ne lui est pas inconnu et elle a assisté à des dissections dans des morgues d'hôpital, où les os, les muscles et les tendons se révélaient sous son regard curieux d'étudiante. Pourtant, les cours d'anatomie et les planches illustrées qu'on voit dans les livres, c'est un peu différent...

Une dame comme il faut parle rarement d'elle-même. Et l'époque de sa scolarité aux beaux-arts est depuis longtemps révolue. Bien peu de gens savent que le Pébroque vengeur, adoré par la presse populaire, n'est pas une gorgone qui brandit un énorme riflard, mais une vieille fille, professeur à la retraite, qui mesure à peine plus d'un mètre cinquante quand elle porte ses grosses chaussures de marche, et pèse quarante-quatre kilos, tout habillée. Les MacSporran avaient été si heureux de retrouver lady Marguerite saine et sauve qu'ils n'avaient pas retenu le peu de choses que le commissaire divisionnaire Delphick avait jugé bon de leur apprendre sur le compte de l'ange gardien de leur fille...

— Pauvre Miss Seeton ! s'apitoya Liusaidh. Je suppose qu'on n'oserait lui suggérer de prendre un petit remontant pour calmer ses nerfs, non ? releva-t-elle, gratifiant soudain l'agent Muffit du plein éclat de son sourire. Et pendant qu'on s'occupe de notre invitée, allez-vous me dire si la victime est quelqu'un que nous connaissons ? Après tout, Ranald est maire de Glenclachan, lui rappela-t-elle, en plus d'en être le *laird*.

Duncan n'avait pas l'intention de laisser ignorer au magistrat local des faits que ce dernier était parfaitement habilité à connaître, il l'affirma. Il n'exprima d'ailleurs pas la moindre réserve sur les droits de l'épouse du maire en la matière, Sa Seigneurie n'étant, semblait-il, nulle part dans les parages. En vertu de quoi Liusaidh en apprit autant qu'elle le souhaitait sur la mort d'Ewen Campbell. Ensuite, voulant éviter à Miss Seeton le risque d'être chamboulée en revoyant l'agent Muffit, elle fit comprendre au policier qu'il pouvait disposer et lui demanda de les tenir informés, son époux et elle. Ajoutant que l'agent Muffit ne devait pas prêter d'attention particulière aux remarques de l'inspecteur principal Badock...

Tandis que la veillée funèbre se déroulait au *Pock and Tang,* lord et lady Glenclachan s'efforçaient de prendre le plus grand soin de leur invitée. Mrs. McScurrie avait préparé un dîner léger mais nourrissant ; Ranald ouvrit une bouteille d'un cru réputé — il serait ravi d'avoir l'opinion de Miss Seeton —, et il la conjura de prendre « un ou deux petits verres » de pur malt, pour voir ce que lui inspirait le whisky. (Nul n'évoqua le besoin de traiter un choc.) La télévision, un antique poste noir et blanc, qu'on avait de toute façon rarement allumée pendant le séjour de Miss Seeton, fut victime de la mystérieuse perte de signal qui affecte parfois les Highlands, mais tout le monde était bien trop occupé pour suggérer d'écouter à la place les nouvelles à la radio. Miss Seeton avait si bien veillé sur lady Marguerite, c'était maintenant son tour d'être chouchoutée par les parents aimants, devenus amis fidèles.

Lorsque Mel Forby téléphona le lendemain matin en

demandant à parler à Miss Seeton, elle eut donc un certain mal à faire aboutir sa requête. (Dussiez-vous en souffrir, Martha Bloomer, Armorel McScurrie fait un cerbère deux fois plus strict que vous, sans même forcer le naturel !) Mel inspira profondément, plusieurs fois de suite, s'imagina mangeant du miel à la cuillère et réussit enfin à persuader la gouvernante de transmettre un message : Miss Forby, l'amie de Miss Seeton, arrivée de Londres et qui logeait au village, aimerait lui rendre visite, plus tard dans la matinée.

L'heure arriva, et Mel avec elle. Ce ne fut pas lady Glenclachan ou Miss Seeton qui ouvrirent la porte : Mel se trouva nez à nez avec une Mrs. McScurrie bouillant d'indignation, qui la salua en articulant ses paroles de si sinistre façon que Mel se demanda si son mascara avait coulé. (Il lui fallut longtemps pour se souvenir qu'elle n'en mettait pratiquement plus, depuis le jour où Miss Seeton l'avait persuadée d'adoucir son image de Forby dure à cuire en allégeant son maquillage... et ça remontait déjà à des années.)

Armorel McScurrie mettait davantage d'enthousiasme à lire les journaux que ne le croyait sa patronne, et elle avait reconnu (ou cru reconnaître) le nom de l'amie londonienne de Miss Seeton. Elle était donc décidée à vérifier que la visiteuse était bien qui elle prétendait être.

— Miss Forby ? lança Mrs. McScurrie, plissant les yeux. C'est un nom peu banal, on vous l'a sans doute déjà dit. Pas un nom écossais, ça.

— Non, confirma Mel. Née et élevée dans le Lancashire, si on fait abstraction de ces dingueries de nouveaux découpages de comtés qu'on nous a imposés. Liverpool, tout bêtement ; c'est assez bon pour Amelita Forby, déclara-t-elle en martelant le sol de sa canne, tâchant de prendre des allures de vieux pépé usé à la tâche ou de petite mémé percluse de rhumatismes après des années d'honnête labeur.

— Ah oui, répondit Armorel avec un mince sourire complaisant. Alors, c'est vous qui écrivez dans un des journaux nationaux, hein ? Vous avez un nom pas banal, je vous l'ai dit.

— Qu'est-ce qu'on peut faire, quand on vous a baptisée « Amelia » ? Rien, à part ajouter un *t*... Quoique le thé ne soit guère ma boisson préférée — je choisirais plutôt le café, à tous les coups. Ça m'aide à rester réveillée — les délais à tenir pour le journal, expliqua-t-elle, dissimulant un sourire devant la mine de Mrs. McScurrie. Exactement l'inverse de Miss Seeton, je suppose, ajouta-t-elle, voulant démontrer qu'elle la connaissait bien. Car notre Miss S., elle, préfère le thé léger et sans sucre. Et figurez-vous qu'elle est trop polie pour le dire, si jamais on se trompe. J'espère que vous l'avez bien soignée !

Armorel McScurrie se hérissa davantage mais elle n'eut pas le temps de répliquer car sa patronne apparut :

— Miss Forby, n'est-ce pas ? Bonjour ! lança Liusaidh, qui lui tendit la main en souriant. J'ai l'impression que notre rencontre londonienne remonte à une éternité.

— C'est vrai, confirma Mel, glissant un regard vers la silhouette de la gouvernante au visage revêche qui continuait à lui bloquer le passage. Cependant, ne pensez pas que je sois impolie, lady Glenclachan, mais c'est Miss Seeton que je suis venue voir.

— Naturellement ! Vous êtes de vieilles amies, n'est-ce pas ? Entrez donc. Mrs. McScurrie, soyez gentille de bien vouloir regarder où se trouve Miss Seeton pour lui annoncer qu'elle a de la visite. Et pouvez-vous servir le café au salon, je vous prie ?

Le nez relevé dans une mimique indignée, Armorel émit un reniflement désapprobateur et s'en fut à grandes enjambées, sans un mot à sa patronne. Celle-ci se tourna vers Mel et lui demanda :

— Elle vous a mené la vie dure ? J'en suis navrée, mais vous imaginez notre inquiétude à propos de... enfin, à cause de toute cette histoire. La pauvre Miss Seeton qui est là en vacances, invitée chez nous... Nous avons estimé de notre devoir de tenir à l'écart, euh...

— Les indésirables ? suggéra Mel avec un sourire amusé, complétant la phrase à sa place. Oh, vous savez, je ne crois pas que vous ayez trop de soucis à vous faire : il y a des lustres qu'on se connaît, Miss S. et moi. Tenez, pas plus tard que la semaine dernière, elle m'a emmenée visiter un refuge d'oiseaux. Dans le Kent.

Liusaidh opina du bonnet et prit le chemin du salon.

— Elle était partie observer des oiseaux quand... quand ce drame... enfin, quand elle a découvert le cadavre. Pauvre Miss Seeton ! Je crains qu'à terme ça ne la perturbe bien davantage qu'elle semble vouloir l'admettre. Ce matin, elle n'a cessé de m'assurer qu'elle allait bien, mais on ne peut s'empêcher de penser que c'est par pure politesse. Hier, voyez-vous, elle était plutôt secouée ; ce qui n'est guère étonnant, évidemment, vu la vie tranquille qu'elle mène d'ordinaire. Alors, quand arrive une chose pareille...

Le combat étant trop inégal, Mel finit par renoncer à lutter contre le rire qui montait en elle et elle pouffa. Elle dut attendre quelques minutes avant de pouvoir expliquer ne serait-ce qu'une fraction de l'extraordinaire talent de Miss Seeton, à une Liusaidh sidérée. Quand la comtesse apprit que le célèbre Pébroque vengeur n'était autre que son invitée et, qui plus est, le sauveur de sa fille unique et adorée, elle ne put que répéter « Mon Dieu ! » et « Je n'en avais pas la moindre idée ! ».

— Nous n'avons rien lu au sujet de l'enlèvement, confia-t-elle à Mel qui signifia d'un hochement de tête qu'elle comprenait. Nous n'avions pas le courage d'affronter la réalité de l'événement, je suppose. Nous voulions juste tout oublier et ramener Marguerite à la maison, à Glenclachan, où nous avions le sentiment qu'elle serait en sécurité. Je suis sûre que la presse s'en est donné à cœur joie... releva-t-elle, laissant mourir sa voix, une expression de lassitude traversant son regard. Après votre visite... et vous avez été la première journaliste à nous interviewer, souvenez-vous... il y en a eu tant d'autres... Et nous ne pouvions simplement plus supporter tout ce qui pouvait nous rappeler, de près ou de loin... nous rappeler cet épouvantable épisode. En tout cas, nous n'avons rien appris au sujet de Miss Seeton...

— Pas la peine de lui en parler, expliqua Mel, accompagnant le conseil du geste détaché de celle qui est au courant, qui sait qu'il n'y a pas lieu d'en faire un fromage. Elle n'en serait que très gênée, affirma-t-elle à Liusaidh, qui semblait en douter. Je vous assure ! Et puis, qui est censé savoir que Miss Seeton est bel et bien ce bon vieux Pébroque vengeur ? Pas les lecteurs du *Daily Negative,* en tout cas...

Mrs. McScurrie avait eu beau s'ingénier à faire obstacle à la demande de Liusaidh, sans avoir l'air de lui désobéir ouvertement, elle était finalement à court de moyens pour retarder l'échéance. C'est ainsi que Miss Seeton échappa aux bienveillantes griffes qui l'avaient retenue captive à son insu, et qu'elle arriva au salon pour retrouver sa visiteuse.

— Mel, ma chère petite ! s'écria-t-elle, saluant Miss Forby avec plaisir. Vous m'avez l'air en bien meilleure forme que la dernière fois que je vous ai vue — vous êtes complètement remise, j'espère ? Et comment va votre pauvre cheville ? s'enquit-elle en remarquant la canne appuyée contre la chaise de Mel.

Une fracture récente, et le soleil, ajouta-t-elle à

l'intention de lady Glenclachan, s'excusant d'évoquer ainsi en public un sujet aussi intime que la santé d'autrui, mais elle avait été un peu en souci pour la pauvre Mel et, sans le petit contretemps de la veille qui lui avait fait oublier ses obligations...

— Et puis, c'était une si belle journée, lâcha-t-elle avec un soupir. Si difficile pour les yeux, le soleil, je veux dire, quand on est fatiguée par le voyage. Éprouvant pour le système. Avant-hier, n'est-ce pas. Mais le temps n'était pas mauvais hier, non plus. Figurez-vous que ma chère amie Martha en souffre aussi, de maux de tête. Un grand soleil, sans une trop grosse chaleur, idéal pour la marche, ou l'escalade. Le pauvre homme ! À moins qu'on ne se remette à peine d'une fracture de la cheville, évidemment. Ça la prend avant les orages, voyez-vous. Nous n'avons pas encore eu de tonnerre, mais il y a bien eu de l'orage, et le principe doit être le même, je suppose.

— Je suppose que oui, murmura Mel, tandis que Liusaidh tentait de résister au rire qui lui chatouillait la gorge.

De peur de croiser le regard de la comtesse, Mel posa les yeux sur Miss Seeton.

— De fait, ce sont les événements d'hier qui m'amènent, Miss S. J'ai réfléchi à, bon, à ce qui s'est passé : l'homme que vous avez trouvé et le reste. Et je me suis demandé pourquoi vous n'essayeriez pas de dessiner ce que vous avez vu. Juste dans les grandes lignes, ajouta-t-elle, s'avisant que Liusaidh semblait sur le point de protester. Et pendant que vous y êtes, si vous pouviez consacrer une partie de vos réflexions au dénommé John Stuart Fraser, je vous en serais très reconnaissante...

CHAPITRE XIX

— John Stuart Fraser ? répéta Miss Seeton, prononçant pensivement ce nom inconnu et y trouvant une distraction bienvenue pour oublier un peu les souvenirs de la veille. Fraser ? reprit-elle, regardant Liusaidh en plissant le front d'un air interrogateur. Je crois bien qu'il y a un clan qui porte ce patronyme, ou du moins un... comment dit-on déjà ? Une « branche » du clan ?

Liusaidh confirma d'un hochement de tête et Miss Seeton poursuivit, avec la même expression de perplexité.

— Et je connais le grand magasin *House of Fraser,* ça va de soi. Voyons maintenant Stuart : il s'agit naturellement de la famille royale d'Écosse. Pourtant, j'ai cru comprendre (d'après ce que m'a raconté Sa Seigneurie) qu'il y avait actuellement une autre famille qui prétendait au trône...

— Les Sobieski, expliqua Liusaidh, et la grimace de Miss Seeton s'accentua, tandis qu'elle tentait de se rappeler les détails. L'archiduc Casimir et sa sœur Clementina — des prénoms à coucher dehors ! Mais, ajouta-t-elle en regardant Mel, les aspirations de la noblesse jacobite sont le cadet de vos soucis ! Deux de ses représentants séjournent actuellement à moins de quatre-vingts kilomètres de Glenclachan, mais ils ne valent pas la peine qu'on gâche du papier journal à leur sujet, croyez-moi !

Mel avait les yeux brillants. Miss Seeton n'avait même pas entendu, bien trop occupée à réfléchir.

— Quant à « John », reprit-elle, il y en a tellement qui étaient célèbres : Prester John[1], John Bull[2], John O'Groats[3], dit-elle avec un sourire à l'intention de son Écossaise d'hôtesse.

— « John Anderson, my Jo », enchaîna Liusaidh. Et, pourquoi pas John Barleycorn, pendant que nous en sommes à citer Burns ? C'est une périphrase qui désigne le whisky, expliqua-t-elle devant l'air intrigué de Miss Seeton et l'œil vide de Mel.

Prenant un accent écossais beaucoup plus fort que le sien et qui eût fait l'admiration d'Harry Lauder[4], elle se mit à déclamer :

— « Inspirant et fier John Barleycorn,/ Que de dangers tu nous aides à mépriser !/ Avec *tippenny,* aucun mal ne nous fait peur ; / Avec *usquebagh,* on est prêt à affronter le diable ! » *Tippenny* signifie « deux penny » en dialecte : la bière valait deux penny la pinte dans le bon vieux temps. *Usquebagh,* c'est l'eau-de-vie en gaélique, notre whisky écossais.

— Ah bon ? J'ai toujours eu dans l'idée que cette chanson parlait de bière et pas de whisky, s'aventura à répondre Miss Seeton. Pourtant, les paroles étaient un peu différentes, dans mon souvenir. Une autre version,

1. Personnage de légende apparu au moment des grandes croisades (fin XIe siècle-XIIIe siècle) et popularisé par les chroniques médiévales. *(N.d.T.)*

2. Personnage fictif, censé incarner l'Angleterre ou le caractère anglais. *(N.d.T.)*

3. Lieu qui définit la pointe extrême nord de la Grande-Bretagne, dans les Highlands (district de Caithness). *(N.d.T.)*

4. Harry Lauder (1870-1950), chanteur et comique d'Édimbourg. *(N.d.T.)*

sans doute, car il me semble que la dernière strophe disait, fit-elle, se mettant à chanter d'une petite voix flûtée et un peu fausse : « On la verse avec une vieille cruche brune et on l'appelle la bière maison. »

Liusaidh releva gaiement :

— Eh bien, si ce n'est pas là un parfait résumé de ce qui différencie un Écossais d'un Rosbif ! Les deux façons d'utiliser le malt... Qu'en pensez-vous, Miss Forby ?

— Je pense que je m'intéresse davantage à l'avis de Miss Seeton sur cette affaire, répondit lentement Mel. Loin de moi l'idée de vous entraîner dans tout ça, ma chère, se hâta-t-elle de préciser, d'autant que je ne tiens pas du tout, souligna-t-elle, à ce que vous vous appesantissiez sur les événements d'hier. Mais que diriez-vous d'un petit croquis signé Seeton, si vous vous en sentez capable ?

Miss Seeton se tordait les doigts devant la fougue de Mel. Elle hésitait.

On entendit alors un reniflement dédaigneux, avant-coureur de l'arrivée de Mrs. McSpurrie, porteuse d'un plateau chargé. Elle le déposa sur la table basse devant Liusaidh, avec une brusquerie telle que les morceaux de sucre dansèrent dans le sucrier d'argent et les tasses tintèrent sur les soucoupes. Mrs. McScurrie exprima de nouveau son mépris en reniflant, fusilla Mel du regard, fit grise mine à lady Glenclachan et annonça à Miss Seeton que son thé — tout le monde savait qu'elle le préférait au café ! lança-t-elle, l'œil noir, à l'adresse de Mel —, son thé, donc, serait là dans un instant. Et que si elle avait besoin de quoi que ce soit, elle n'avait qu'à le dire. Là-dessus, elle tourna les talons, émit un ultime reniflement et sortit de la pièce en tempête.

— Seigneur ! souffla Liusaidh, suivant d'un œil stupéfait la gouvernante en furie. En tout cas, vous avez conquis Mrs. McSpurrie, Miss Seeton : comment diable vous y êtes-vous prise ? Question stupide, répondit-elle avant que Miss Seeton ait ouvert la bouche. Elle adore le bébé, évidemment. Alors, après ce que vous avez fait pour Marguerite...

Devant le fard que piquait Miss Seeton, la comtesse se tut, gênée. Mel échangea un regard avec elle, désignant Miss Seeton de la tête, et articula silencieusement : « Je vous l'avais bien dit ! » Puis elle annonça à haute voix qu'elle préférerait un café noir, si possible. Liusaidh sourit et s'exécuta. Elle se tourna alors vers Miss Seeton, pour s'apercevoir, à sa grande surprise, que celle-ci se levait en se tordant les mains, l'air absent et préoccupé.

— Si vous voulez bien m'excuser, murmura-t-elle, et elle quitta précipitamment le salon, avec un vague sourire pour Mel.

— Oh, mon Dieu ! s'exclama Liusaidh. Vous m'aviez pourtant prévenue, n'est-ce pas ? Je crains que ce ne soit mes paroles qui...

— Non, pensez-vous ! répondit la seetonologue distinguée. C'est moi. C'est ma remarque à propos des dessins qui l'a mise en branle, comme je l'escomptais. Je reconnais les signes. Elle est partie faire un saut dans sa chambre ou à l'endroit où elle a rangé son carnet de croquis, et elle reviendra d'ici quelques minutes avec un dessin d'un genre particulier qui sera, euh, disons, intéressant, croyez-moi !

La désapprobation de Mrs. McScurrie en constatant l'absence de Miss Seeton fut un spectacle impressionnant. On avait beau être au mois d'août, la température du salon de MacSporran Castle aurait pu battre les records de froid de janvier.

— Je vais monter dans sa chambre l'informer qu'il y a une pleine théière qui l'attend, annonça la gouvernante en apprenant où se trouvait sa chouchoute. La pauv' p'tite âme ! Elle est ici en vacances, et on ne lui laisse jamais une seule minute de paix...

Armorel sortit en martelant le sol d'un pas alourdi par son juste courroux. Mel et Liusaidh échangèrent un regard. L'expression de leurs visages aurait mérité d'être saisie sur le vif, s'il y avait eu là quelqu'un pour brosser leur portrait...

Comme Miss Seeton, par exemple. Qui ne se trouvait pas au salon, mais qui ne tarda pas à confirmer les prévisions de Mel. Dans les cinq minutes qui suivirent le départ de Mrs. McScurrie, partie à son secours, on entendit dans le hall des pas légers qui se dirigeaient vers le salon. Des pas trop discrets pour être ceux d'Armorel la furieuse, et trop hésitants en approchant de la porte pour appartenir à une personne pleine d'assurance.

— C'est vous, Miss S. ? lança Mel, élevant la voix. Entrez donc et montrez-nous ce que vous avez ! Elle déteste qu'on regarde ces étranges dessins, chuchota-t-elle à l'attention de Liusaidh. Alors, si ça ne vous ennuie pas de faire comme si de rien n'était... Ah, Miss S. ! C'est votre carnet de croquis que vous apportez là ? Montrez-moi ça. Voyons, ma belle, insista-t-elle, voyant Miss Seeton indécise. Je vous l'échange contre une bonne tasse de thé.

Miss Seeton restait plantée à la porte et hésitait, le bloc à dessin en main, un sourire d'excuse aux lèvres.

— Je crains que ce ne soit guère, euh... protesta-t-elle. C'est-à-dire, je ne pense vraiment pas que vous ayez envie de voir ça. Je suis navrée, mais... ça ressemble tant aux autres...

À première vue, en effet, le dessin que Mel réussit finalement à obtenir des mains d'une Miss Seeton se répandant en excuses reproduisait la nature morte que sa vieille amie avait dessinée après la visite aux *Ailes blessées*. Le rocher, l'oiseau noir — une corneille, un corbeau ? — et la couronne. Le collier, disposé de manière si artistique. Mais, en y regardant de plus près, on remarquait de subtiles variations. Feuilletant les pages précédentes du bloc, Mel observa que certains détails étaient présentés sous un jour différent. Le rocher avait un relief plus tourmenté, un air plus sauvage, une forme plus étrange (pourquoi Mel lui trouvait-elle des allures d'oiseau au bec acéré ?). On découvrait aussi à l'arrière-plan des collines qui ne figuraient pas dans les deux autres versions. L'oiseau paraissait bien plus grand et menaçant, les serres semblaient agripper le collier avec plus de force encore. Ledit collier était toujours décoré de perles, cependant elles n'étaient pas serties dans l'or, cette fois, mais dans un métal d'une sinistre pâleur — on l'aurait cru vidé de toute substance. La couronne figurait encore sur le dessin, mais le classique emblème de la royauté avait remplacé le plus modeste ornement qui revient à la noblesse.

Mel contempla la nature morte. Comme elle avait eu la surprise de le constater, ce n'était pas la seconde mais la troisième version qu'en donnait Miss Seeton. Elle posa un regard inquiet sur l'artiste : remplie d'une douce béatitude, maintenant qu'on l'avait délestée de toute responsabilité et de son bloc à dessin, celle-ci se délectait d'une tasse de thé accompagnée de sablés écossais. Mrs. McScurrie avait eu la gentillesse de lui dire qu'elle les avait confectionnés à son intention. Serait-il inconvenant de lui en demander la recette ? s'enquit Miss Seeton auprès de son hôtesse. Parce qu'ils étaient vraiment délicieux, ces sablés, et cette chère Martha, qui était si fine cuisinière, adorerait ça, elle en était sûre.

La réponse de Liusaidh passa complètement à côté des oreilles de Mel qui n'en finissait pas de scruter la nature morte, songeant à tout ce qu'elle avait vu et entendu au cours des jours précédents...

Miss Forby aimerait-elle se joindre à Miss Seeton et elle-même pour déjeuner ? proposa Liusaidh.

Mel déclina poliment l'invitation, prétendant avec un rire (un rire forcé que Thrudd Banner seul aurait détecté) qu'elle avait bien trop peur du courroux probable de Mrs. McScurrie pour vouloir risquer ainsi sa vie. Elle s'excusa et s'éclipsa, comme font souvent les journalistes qui se trouvent en situation délicate. Elle avait ample matière à réflexion.

Le temps de regagner le *Pock and Tang* à pied, elle avait une migraine. Il n'y avait pas que sa tête qui la faisait souffrir car, malgré sa canne, sa cheville déplâtrée depuis quelques semaines seulement se rappelait à son bon souvenir et réclamait de la pommade, des bandages et du repos. Elle avait ce qu'il fallait dans sa chambre pour remédier au second problème, et savait qu'Hamish McQueest disposait de remontants capables de régler le premier.

Quand elle entra par la porte principale, Hamish attendait près de la réception, l'air intrigué, une feuille jaune à la main.

— Un message pour vous, Miss Forby ! annonça-t-il en guise de salut, caressant sa moustache d'une main tandis que, de l'autre, il lui tendait un papier.

Mel remercia d'un signe de tête.

— Il vient d'arriver ? Je parie que je sais d'où ça vient.

Pas de répit pour la crapule ! Elle avait fini par décider de braver la curiosité de l'opératrice, et elle avait téléphoné à Londres pour transmettre son papier d'introduction, appelant d'une cabine qui se trouvait sur le chemin du château. Sans doute le rédacteur en chef qui voulait se plaindre de quelque cho...

— Oh !

Mel haussa un sourcil, puis deux, en lisant les lignes qu'Hamish avait gribouillées sur la feuille de papier jaune, en majuscules tremblées : « Message téléphonique du commissaire divisionnaire Delphick de New Scotland Yard : Les deux merles sont parvenus à leurs fins. Bien joué, Miss Esset Forby. Scoop. »

Il lui fallut un moment pour décrypter ce que l'Oracle, aussi hermétique que jamais, cherchait à lui communiquer. Les dessins de Miss Seeton, qui les avaient menés jusqu'à Babs Ongar des *Ailes blessées,* avaient maintenant permis d'appréhender les ravisseurs de lady Marguerite MacSporran. Quant à savoir où, quand et comment, Delphick ne tenait manifestement pas à divulguer de tels détails à un étranger, ce qui expliquait la nature mystérieuse de son message. Il avait dû suivre l'exemple de Jack Crabbe, songea Mel avec un rire amusé.

Ce rire se mua bientôt en sourire complaisant. Qui avait eu la géniale idée d'exhumer ces photos des fichiers du *Negative* et de filer avec dans le Kent ? Amelita Forby, voyons ! D'accord, le bébé serait quand même rentré sans encombre à la maison, après son petit détour par Plummergen, mais on n'aurait pas pincé les gens qui l'avaient enlevé et qui s'étaient ensuite dégonflés. Delphick avait raison : c'était un scoop. Bien à elle.

Mais lui appartenait-il vraiment ? Elle repensa à l'expression de Liusaidh MacSporran évoquant l'épisode si pénible qu'avait connu la famille ; la comtesse n'avait cependant pas fait l'affront à son invitée d'aller jusqu'à lui reprocher les angoisses que la pression médiatique avait aggravées... Et puis, c'était de l'histoire ancienne, non ? La nouvelle remontait à une quinzaine. Il était temps de trouver du nouveau. Pour Amelita Forby, du moins. Elle doutait qu'en pleine saison bête il y eût des masses de journalistes prêts à quitter la capitale pour se précipiter en Écosse et suivre une info vieille de deux semaines. Elle espérait que non. Dans l'intérêt de lord et lady Glenclachan (elle s'étonna d'une telle pensée de sa part !).

« Je dois perdre de mon mordant, en vieillissant », se dit-elle, fourrant le message de Delphick dans sa poche de veste.

Elle y sentit un papier plié : le dernier en date des croquis de Miss Seeton, qu'elle lui avait demandé la permission de garder pour l'instant. Eh bien, si ça n'était pas de nature à faire des gros titres de dernière minute !...

Elle passa une main sur son front encore douloureux. Elle regarda Hamish :

— Le bar est ouvert ?

— Oui, répondit-il, l'observant avec une certaine curiosité. Vous vous sentez un peu fragile ? Sûrement le changement de pression atmosphérique. Une goutte de la « créature », comme disent les gens d'ici : voilà le meilleur remède que je connaisse à ce mal-là.

Mel ayant juré de ne plus boire de Lairigigh, Hamish lui choisit un mélange qui, l'assura-t-il, avait beaucoup moins de punch que le pur malt mais presque autant de qualités, et qui était une affaire, sourit-il, puisqu'il était vingt-cinq pour cent moins cher.

— Un argument frappant pour un Écossais, souligna-t-il en le versant avec un petit rire amusé.

Mel lui sourit à son tour, l'esprit ailleurs. Elle pensait au dessin qui était dans sa poche : la énième version de l'énigmatique nature morte de Miss Seeton. Cette fois, pourtant, si l'instinct de Mel n'était pas complètement déréglé, Miss S. ne s'était pas contentée de représenter le même paysage indéterminé : elle semblait suggérer une piste écossaise. Les collines et les gros rochers tourmentés créaient une ambiance devenue familière, ces deux derniers jours. L'artiste les avait vus en vrai, du moins Mel le supposait-elle, et, partant de cette idée, elle osa le grand saut pour enchaîner sur une hypothèse, injustifiée aux yeux de quiconque n'aurait pas eu commerce avec Miss Seeton. À savoir : alors que la célébration de Glenfinnan Day était imminente, Miss Seeton et le malheureux Ewen Campbell s'étaient retrouvés mêlés, on ne sait trop comment, à... Mel avait peine à croire ses propres conclusions, mais... mêlés à un complot visant à restaurer la Maison des Stuarts...

CHAPITRE XX

La Maison des Stuarts... Mel en avait elle-même vu les partisans entrer en catimini au bar de l'unique pub de Glenclachan, lieu de réunion vespéral des autochtones, et s'enquérir d'une personne dont le nom, inconnu du nouveau patron de l'auberge, constituait un mot de passe jacobite difficile à surpasser...

Ewen Campbell était parti chercher des perles dans une zone où, de notoriété publique, il n'avait encore jamais pêché, et où les gens du cru trempant dans la conspiration pouvaient ourdir leur complot sans être démasqués. Campbell avait donc dû les surprendre. Les Jacobites avaient peut-être essayé de déguiser sa mort en accident, mais celle-ci avait bel et bien été délibérée, comme l'avaient affirmé les clients du *Pock and Tang,* et comme l'avaient confirmé les rares souvenirs que Mel eût réussi à tirer de Miss Seeton. Quand on est victime d'un accident, on ne va pas se traîner jusqu'à un lointain buisson pour s'abriter dessous, alors qu'on est juste à côté d'une eau salvatrice, celle du bassin où se jette la cascade du haut de laquelle on est censé avoir chuté.

— À moins que... murmura Mel. La chute a pu causer une commotion cérébrale qui aurait provoqué un comportement irrationnel... ce que je refuse de croire. Si je ne connaissais pas Miss Seeton comme je la connais...

Écartant son verre pour faire de la place, elle sortit le dessin de sa poche et le déplia. Pensive, elle le posa devant elle, sur le bar. Hamish, qui l'avait observée, cessa d'essuyer les verres et se rapprocha d'elle.

Mel tourna la feuille vers lui pour qu'il la voie.

— Ces collines, ça vous rappelle quelque chose ? s'enquit-elle. Un coin quelconque dans les parages ? précisa-t-elle.

Mel ne se sentait pas de taille à parcourir la moitié des Highlands à pied, même pour découvrir une conspiration jacobite. À vrai dire, sa cheville ne lui permettrait pas d'aller où que ce soit, cet après-midi ou ce soir-là. Son scoop, il allait falloir le gérer à distance.

« Réfléchis bien, Forby ! Miss S. semble sûre (aussi sûre qu'elle l'est jamais à propos d'un de ses fameux dessins) que les collines à l'arrière-plan de sa nature morte sont celles où elle a trouvé le corps d'Ewen Campbell. Alors, si Hamish les reconnaît, lui qui est un nouveau venu dans la région, et confirme les dires de Miss Seeton... ça prouvera la force de la vision qu'elle a eue. Quels que soient les événements qui se trament autour de Glenclachan, ce n'est pas de la petite bière. À en juger par le nombre de fois qu'elle a reproduit le même dessin, il devait y avoir des jours et des jours que ça la travaillait, avant même qu'elle vienne ici. Jamais un crime banal, provoqué par une sordide querelle de ménage ou un coup sur la tête asséné par un rival professionnel, n'aurait eu un tel impact sur son inconscient. Des meurtres, elle n'en a connu que trop, ces dernières années, pour passer la surmultipliée à cause d'un cas ordinaire. »

Ordinaire... Guère le genre de qualificatif qui convient à un complot visant à la restauration du trône des Stuarts...

— Pardon ?

Ce n'était pas la voix d'Hamish. Mel avait été tellement absorbée par ses pensées qu'elle n'avait pas entendu la porte s'ouvrir sur Dougall McLintie qui avait gagné le bar à grandes enjambées. Il se commanda un double Lairigigh, guettant la réaction de Mel d'un regard en coulisse. Apercevant le dessin de Miss Seeton, il se pencha pour s'en approcher. Sans réfléchir, Mel posa spontanément la main sur l'oiseau noir perché sur son rocher, ne laissant voir que les collines de l'arrière-plan. Dougall marmonna quelques mots, prit son verre et se dirigea vers une table d'angle.

Mel enleva sa main pour révéler le croquis et regarda Hamish qui avait eu largement le temps d'y réfléchir.

— Alors ?

— Euh, de prime abord, il me semble que non. Dans le coin, avez-vous dit ? Pourtant, il y a quelque chose... ça me rappelle... fit-il, hésitant, puis imprimant une torsion décisive à sa moustache pour trancher : Miss Forby, êtes-vous déjà allée à Skoon ? demanda-t-il en insistant curieusement sur ce nom.

Mel plissa le front.

— Ça s'écrit « *scone* » ? Comme dans la Pierre de *Scone* que quelqu'un a piquée sous le trône du couronnement à Westminster Abbey, il y a une vingtaine d'années ?

— C'est ça, confirma-t-il en la regardant bizarrement, les yeux étrécis. C'est bien ce qui s'est passé. Il paraît qu'elle aurait été retrouvée et restituée, en signe de la domination de l'Angleterre sur les Écossais. Enfin, paraît-il, répéta-t-il en la fixant avec intensité, hochant la tête d'un air sagace. Les Écossais ont peut-être récupéré l'original, ou bien celle qui se trouvait à Westminster Abbey n'aurait été qu'une copie, alors que la véritable Pierre de la destinée serait cachée ailleurs, attendant de servir de nouveau pour le couronnement des rois, comme au temps jadis. Je me disais... Êtes-vous déjà allée à Perth, Miss Forby ?

— En Australie ?

Mel savait pertinemment qu'Hamish allait lui expliquer que ce n'était pas de ce Perth-là qu'il voulait parler.

— En Écosse.

« T'as vu juste, Forby : Miss S. a mis dans le mille, une fois de plus ! » Ainsi que Mel l'avait pressenti.

— Y a quelque chose dans ce dessin-là, poursuivit Hamish sans se presser, qui rappelle les collines des alentours de Perth. Non que je prétende les connaître particulièrement bien, mais *Old Scone* et le palais se trouvent juste en dehors de la ville, Miss Forby, déclara-t-il en la regardant fixement. Ce qui n'est pas si loin de l'endroit où habitent le, euh, l'archiduc et sa sœur...

Hamish aurait pu parler un peu plus discrètement, songea Mel, voyant le bar se remplir d'habitués, mais c'était au patron de se préoccuper de son manque de tact, pas à elle. Pour sa part, elle avait des questions plus immédiates à régler, pensa-t-elle alors qu'elle lui demandait où se trouvait Perth, par rapport à Glenclachan. Elle avait des décisions à prendre et, bien que se fiant aux dessins de Miss Seeton, elle n'était pas l'Oracle. Elle risquait de mal les interpréter. Il lui fallait un moyen de vérifier ses hypothèses, sans avoir à parcourir des kilomètres en voiture avec une cheville bancale (Hamish lui avait signalé qu'il n'y avait pas de liaison ferroviaire).

— Vous êtes plutôt ferré en histoire, commença Mel, mais le patron protesta d'un hochement de tête.

— Seigneur, non ! J'étais ingénieur, avant d'être forcé de prendre ma retraite, confia-t-il en se frottant le bas du dos. J'ai un fort instinct de conservation, voyez-vous, ce qui explique... bon, avec tant de gens ici qui n'en finissent pas de discourir sur la Cause sacrée... Mais je ne suis pas un expert, Miss Forby. Si vous voulez en savoir plus long sur les Jacobites, vous ne trouverez pas mieux que cette bonne vieille Philly Beigg.

Il vanta la réputation de Philomena à une Mel déjà plus qu'intéressée, qui résolut d'aller bientôt consulter l'historienne. Apprenant cependant où celle-ci habitait, elle décida qu'il serait plus sage de reposer d'abord un peu sa cheville.

Ce fut du moins ce qu'elle déclara, en partie à l'intention d'Hamish et en partie pour satisfaire la curiosité des Jacobites de la clientèle qui auraient écouté la conversation. Qu'ils croient donc qu'elle n'irait pas à la chasse au scoop ce jour-là ! Et ils auraient tort.

Parce qu'elle comptait rester assise sur son tabouret, pour ménager sa cheville qui allait devoir être à la hauteur de la tâche importante qu'elle lui réservait : suivre la prochaine personne qui entrerait en demandant à voir John Stuart Fraser.

Fleet Street vous apprend à passer maître dans l'art de la ruse. Se plaignant à haute voix de sa cheville douloureuse, Mel demanda si Shona voudrait bien lui préparer un « casse-croûte de laboureur[1] » ou l'équivalent écossais. Elle n'avait pas l'intention de quitter le bar et de gaspiller de précieux instants d'espionnage, juste pour aller prendre un repas servi trop lentement à la salle à manger. D'autant que ce serait sûrement le seul soir — elle était prête à le parier — où l'inconnu en quête de Fraser (s'il venait) ne resterait

1. Le *ploughman's* comprend du pain accompagné d'un gros morceau de cheddar, de crudités et de pickles. *(N.d.T.)*

pas boire avec ses nouveaux amis jusqu'à l'heure de la fermeture, mais ressortirait dès qu'il aurait pris contact avec eux, une fois échangés les mots de passe.

Quand il repartirait, Amelita Forby comptait le talonner et ne pas le lâcher jusqu'à destination.

Elle afficha une grimace pensive et se frotta le front, espérant qu'elle avait pris la bonne décision. Hamish la regarda :

— L'orage couve toujours, Miss Forby, pas de doute. On va bientôt avoir droit à un superbe spectacle pyrotechnique...

Elle avait beau s'efforcer de boire aussi peu que possible, le jus d'orange tient plus de place que le whisky ; ce n'est pas pour rien qu'on dit familièrement « un petit verre » pour désigner les alcools. Mel résista longtemps — louable effort — mais vint un moment où elle fut incapable de se retenir davantage. Elle s'éclipsa pour aller aux toilettes.

Elle en revint bien plus vite que ne l'avaient escompté les autres clients du bar :

— ... cuisine, entendit-elle en rentrant dans la salle. Ouh ! Attention au drap blanc, hein ?

Un consommateur faillit s'étouffer avec une gorgée de whisky et un autre marmonna des propos où Mel crut comprendre qu'il était question de jute. « Ah, mais c'est vrai que Dundee[1] est en Écosse ! » se rappela-t-elle en se juchant à nouveau sur son tabouret. De vagues souvenirs de cours de géographie à l'école, ajoutés à ce qu'elle avait lu dans les pages Tourisme du *Daily Negative,* évoquaient dans son esprit des cordes, des sacs et des tapis en toile de jute.

1. Dundee, où était basée une des plus grandes flottes baleinières d'Écosse, devint au XIXe siècle la capitale mondiale de l'industrie du jute, quand il fut découvert que l'huile de baleine permettait de traiter les fibres. *(N.d.T.)*

Quelqu'un devait avoir l'intention d'en utiliser pour décorer sa cuisine, supposa-t-elle, mais quant à savoir ce que le drap blanc venait faire là-dedans... À moins qu'il ne s'agît des rideaux ou de la nappe. Fabrique-t-on des nappes en jute ?

Mel fut incapable de répondre à cette question, et elle s'apprêta à passer une nouvelle soirée au bar du *Pock and Tang* à écouter, à regarder et à attendre.

Quand éclata l'orage annoncé, il fut aussi spectaculaire que Miss Seeton avait été amenée à le supposer. Des nuages gris-vert surgirent du nord, se heurtèrent à la masse d'air doux et calme du sud et se trouvèrent prisonniers de la vallée, s'amoncelant en couches épaisses jusqu'à tourner du gris à l'anthracite, puis au noir nocturne.

— Et il n'est même pas encore quatre heures, releva Liusaidh qui se tenait devant une fenêtre ouverte, câlinant Marguerite tout en observant ce qui allait se passer.

L'héritière de Glenclachan, si longtemps désirée, n'était pas trop jeune pour découvrir en personne le climat qui avait nourri, tourmenté et inspiré des générations de MacSporran, insistait son père. Liusaidh était d'accord mais tenait pour sa part à ce que Marguerite assistât au spectacle depuis l'intérieur de la maison, tant qu'elle était si petite.

— Elle est en sécurité, maintenant que les ravisseurs ont été arrêtés, déclara Ranald qui nageait dans l'euphorie depuis le coup de fil de Delphick.

On avait vidé un ou deux petits verres pour « mouiller la tête du bébé » et l'accueillir à la maison, mais Liusaidh restait ferme, bien que l'enthousiasme de son époux la fît secrètement sourire. Si Ranald avait envie de braver l'orage et de risquer d'être foudroyé ou de mourir de double pneumonie, libre à lui. Mais Miss Seeton, Marguerite et elle avaient davantage de bon sens et contempleraient l'orage à l'abri des robustes murs du château des MacSporran.

Et le spectacle avait valu la peine. Tandis que des torrents de pluie déversaient sur terre la noirceur du ciel, de fulgurants éclairs — tels des flèches, des fourches ou des rubans de lumière — illuminaient la grisaille croissante de couleurs absentes de toutes les palettes terrestres.

— Psychédélique ! s'exclama Ranald qui avait finalement décidé de ne pas sortir en voyant la violence de l'averse. N'est-ce pas le terme qui convient à ce spectacle, Miss Seeton ?

— Je le crois, en effet, soupira-t-elle, déplorant son manque de talent.

Elle cligna les yeux : le monde tournait au vert violâtre et le château tremblait jusque dans ses fondements.

— Celui-là était juste au-dessus de nous, exultait le comte, qui ajouta un instant plus tard : Seigneur Dieu !

Le vacarme du premier coup de tonnerre s'estompait à peine qu'un second vint secouer le plancher, sans même avoir été annoncé par un éclair. Et le roulement prolongé se mit à ressembler à une sorte de fracas — non, ce n'était pas le martèlement de la pluie, ni même de la grêle, non...

— La tour ! s'écria Ranald qui posa son verre de whisky et quitta la pièce en courant.

Liusaidh scrutait le dehors, à travers les trombes d'eau.

— Le toit ! lâcha-t-elle, le souffle coupé, son regard se portant là où s'était posé celui de Ranald, sur le coin de la bâtisse le plus éloigné qu'on pût découvrir de la fenêtre. La tour des portraits : elle a été frappée par la foudre !

En effet. Le bruit de casse provenait des ardoises qui dégringolaient et se fracassaient par terre, parce que les chevrons avaient cédé. Et, par-dessus le vacarme de l'orage et les craquements du bois, se fit entendre un sinistre tintement de verre brisé.

— Oh ! gémit Liusaidh en serrant le bébé contre elle. Si jamais ça prend feu...

Se sentant presque étouffée, Marguerite donna de la voix, elle qui avait jusque-là été une spectatrice silencieuse et attentive. Miss Seeton lâcha un petit cri de commisération. Lady Glenclachan jeta alors l'enfant dans les bras de son invitée sidérée en lui lançant : « Prenez-la, je vous prie ! », et elle fila rejoindre son mari. Entre-temps, l'alerte avait été donnée et une clameur s'élevait de tous les coins du château. On criait : apportez des seaux, le grand tuyau, des haches, la pompe ! La voix suraiguë de Mrs. McScurrie, hurlant qu'elle avait prévenu les pompiers, était à peine audible, avec le bruit des trombes d'eau qui s'abattaient devant les fenêtres et tombaient en cascade depuis le toit sans gouttière.

Et puis, sous le regard inquiet de Miss Seeton, des flammes s'élevèrent de l'étage supérieur de la tour des portraits.

Le lendemain matin, à MacSporran Castle, seules deux personnes s'éveillèrent avec des nerfs encore intacts, malgré les événements de la nuit. Que le rôle de chacun ait été grand ou modeste, tout le monde avait pris part au combat, à l'exception de lady Marguerite, évidemment trop jeune pour participer activement au sauvetage de son futur patrimoine.

Suivant les ordres de Liusaidh, le rôle de Miss Seeton s'était limité à s'occuper du bébé, comme elle l'avait si bien fait plusieurs fois déjà.

— Vous êtes notre invitée, Miss Seeton, lui avait rappelé la comtesse. Nous n'allons tout de même pas vous envoyer courir à droite et à gauche avec des serpillières et des bâches...

Lady Glenclachan avait pris soin de ne pas suggérer une autre raison; c'eût d'ailleurs été stupide, voire impertinent, de sa part. Car si la modeste stature et les cheveux gris de Miss Seeton pouvaient indiquer une dame à la retraite depuis quelques années déjà, son agilité et son énergie auraient fait honte à bon nombre d'autres qui avaient la moitié de son âge. Lady Glenclachan avait raisonné ainsi : on ne manquait pas de gens au château, capables d'effectuer le parcours du combattant derrière les pompiers pour arrêter le sinistre, mais Miss Seeton était l'une des rares personnes qui pouvaient faire taire le bébé.

La soirée était très avancée et il était déjà presque l'heure de se coucher quand on eut éteint le feu (heureusement plus ou moins maîtrisé, avant même l'arrivée de la voiture des pompiers bénévoles du village), évalué les dégâts structurels subis par la tour et transporté en lieu sûr les portraits des MacSporran d'antan. On servit à manger à tous ceux qui s'étaient joints au combat contre les éléments — un dîner expédié à une allure qui tira des larmes de mortification à Mrs. McScurrie. *Laird* Ranald versa triple mesure de whisky aux membres du clan méritants — à savoir tous les présents —, les remerciant de leurs loyaux efforts, la voix brisée. Diarmid Pirr, le cornemuseur aveugle, tiré de son cottage par le remue-ménage, improvisa une complainte de circonstance qui rencontra l'approbation générale.

Après quoi chacun rentra dans ses foyers, épuisé par l'excitation, l'héroïsme et la fatigue physique.

CHAPITRE XXI

Mel Forby avait vu les hommes se précipiter hors du bar quand on était venu appeler les pompiers bénévoles. Elle passa donc une bonne heure à regretter de ne pas s'être introduite en douce au château pour s'assurer que Miss Seeton était en sécurité. Mais, toute journaliste qu'elle fût, elle était assez réaliste pour savoir qu'elle n'aurait fait que gêner, qu'elle aurait été plutôt un obstacle qu'une aide. Limitée par son état physique, elle n'aurait même pas été capable de porter un seau. D'ordinaire, la nouvelle de la foudre et d'un incendie aurait suffi à l'envoyer braver l'orage dans le but de trouver matière à un article, mais Glenclachan avait cessé d'être pour elle une simple occasion de faire les gros titres. Si jamais Thrudd venait à apprendre quel cœur tendre elle devenait...

Les événements de la journée avaient anéanti tout espoir que les Jacobites tentent une action intéressante, songea-t-elle. Elle décida donc d'attendre le retour des combattants du feu pour glaner quelque nouvelle, puis d'appeler le château, au besoin — ce qui ne fut pas nécessaire. Hamish versait du whisky à la ronde et souriait jaune en entendant la qualité de son Lairigigh comparée — en sa défaveur — avec celle du Rainbird de Ranald. Mel entendit mentionner

« la brave p'tite dame qui s'occupait du marmot aussi bien qu'une nurse ! », laquelle n'était autre que Miss Seeton, ainsi que le confirmèrent d'autres propos. Soulagée, Mel décida d'appeler son amie le lendemain matin et, comme presque tout le monde, elle alla se coucher. Et, comme presque tous les habitants de Glenclachan, son sommeil fut troublé quand le tonnerre se remit à gronder et qu'une autre pluie battante se déversa sur le village.

Dans la vallée, cette nuit-là, seules deux personnes goûtèrent un repos paisible : l'une était lady Marguerite MacSporran (la présence de son aristocratique pouce dans sa bouche la fit sombrer dans le sommeil et l'y maintint pendant les huit heures réglementaires), l'autre, Miss Emily Seeton. Malgré les événements, cette dernière s'était livrée à ses exercices de yoga coutumiers, sans en sauter aucun, avant de grimper dans son charmant lit à baldaquin. Non seulement elle dormit comme un loir, mais elle se réveilla à sept heures du matin, fraîche et dispose.

Ayant accompli la partie matutinale de ses pratiques de yoga, suivie de ses ablutions, Miss Seeton ouvrit la porte de sa chambre et jeta un œil dans le couloir : il n'y avait pas âme qui vive dans le château. Pas étonnant, en réalité : ils devaient tous être si fatigués, après leur dur labeur... Certes, il avait fallu quelqu'un pour s'occuper du bébé, bien sûr, elle le comprenait, pourtant, elle s'était sentie un peu... ce serait peut-être trop de complaisance que de dire « coupable », mais en tout cas superflue, pendant que tout le monde s'activait. La comtesse avait eu la gentillesse de lui affirmer qu'elle avait été utile mais, bien que ce fût vrai, à n'en pas douter, elle n'avait cependant pas été d'une aussi grande utilité « physique » que les autres.

Miss Seeton mourait d'envie d'une tasse de thé, mais elle hésitait à entrer dans la cuisine, n'étant pas chez elle. C'était une superbe matinée de lendemain d'orage, le jour rêvé pour une balade dans les collines et un autre pique-nique. Pas besoin d'ennuyer qui que ce soit au château. Elle avait repéré tout ce qu'il fallait pour confectionner un casse-croûte à l'épicerie-bazar de Mrs. Pictarnitie, non ? Une bouteille de sirop d'orange, peut-être, qu'elle pourrait diluer sur place avec de l'eau de source ; un paquet de biscuits au choco... ah, non, ils fondraient au soleil de cette journée qui s'annonçait chaude. Mais des paillettes au fromage, une pomme ou deux — quelle chance de ne pas avoir un gros appétit ! — et un paquet de biscuits secs sans rien dessus, qui ne risqueraient donc pas de fondre. Plus une timbale en plastique, s'il y en avait en magasin. Le gobelet couvrant la flasque d'argent de Sa Seigneurie avait été à peu près de la bonne taille...

Miss Seeton prit son sac à main, son parapluie, ses jumelles et son bloc à dessin, griffonna rapidement un court message qu'elle laissa dans le hall, sur le grand coffre de chêne, et tira les verrous de la lourde porte du château, renforcée par des ferrures, qui s'ouvrit vers l'intérieur en grinçant. Miss Seeton retenait son souffle. Les grandes armures qui flanquaient l'huis se dressaient là depuis des générations, lord Glenclachan l'en avait assurée, pourtant elle ne pouvait s'empêcher d'avoir des craintes... Mais, visiblement, un MacSporran du temps jadis avait calculé, à deux ou trois centimètres près, l'arc que décrivait la porte en s'ouvrant. L'armure, munie d'une lance et d'un écu (Sa Seigneurie ne lui avait-elle pas expliqué que ce genre de bouclier s'appelait une « targe » ?), resta à sa place, luisante et fermement campée sur ses pieds.

Cessant de retenir son souffle, Miss Seeton respira. Elle eut aussitôt le nez assailli par une étrange odeur âcre : celle des cendres détrempées et réchauffées par le soleil levant, comprit-elle bientôt. L'odeur entrait par la porte ouverte, portée par la douce brise matinale. Miss Seeton avait la narine frémissante, l'œil brillant. La journée s'annonçait idéale pour une balade, tout semblait y concourir, et elle partit d'un pas allègre.

Elle ne remarqua pas que la brise, en pénétrant dans le hall, avait délogé son petit mot, soigneusement posé sur le coffre ancien, et l'avait emporté derrière la banquette de chêne sculpté, où il était invisible, à moins d'une fouille systématique des lieux.

Elle ne prendrait pas la même direction que la dernière fois, décida-t-elle. Après tout, elle n'avait pas retrouvé la mine d'or, elle était même tombée sur... Bref, point de mine d'or. Non qu'elle comptât vraiment parvenir à la localiser... mais il n'y a pas de mal à s'amuser de chimères. Elle pouvait toujours repérer un oiseau rare, pour le moins, et elle était en tout cas certaine d'avoir du beau temps, car le ciel était d'un bleu éclatant, sans le moindre nuage. À mi-chemin de la longue allée du château, Miss Seeton se retourna pour contempler le triste spectacle de la tourelle aux portraits, avec son toit bâché, et elle soupira. Bon, au moins, le risque de pluie semblait écarté.

Parvenue presque au bout de l'allée, elle se rappela la Pierre du Loup qu'elle avait vue, le premier soir de son arrivée à Glenclachan, et elle s'en approcha pour la regarder de plus près. Elle eut l'œil attiré par un effet d'ombre et de lumière qui ne s'était pas manifesté la dernière fois, en raison de l'heure tardive, et elle s'installa sur la pierre pour tâcher de la représenter noir sur blanc, du mieux qu'elle pourrait. C'était là qu'un Glenclachan d'antan avait emporté le soutien des guerriers du clan, en faveur de Bonnie Prince Charlie qui tentait de recouvrer le trône pour son père (elle se souvenait de l'explication de Sa Seigneurie).

Claymores[1], kilts et cornemuses... supposait-elle. Ah, non ! Ce n'était pas des kilts, d'après ce que lui avait expliqué Miss Beigg, mais des plaids ceinturés... À quoi ressemblaient-ils vraiment ? Un spectacle impressionnant, à n'en pas douter.

Elle ne tarda du reste pas à le constater en découvrant les rangées de guerriers musclés qui défilaient sur sa feuille de papier à dessin, épaule contre épaule, l'œil brillant et plein de conviction, prêts à donner leur vie pour la cause jacobite. Une erreur fatale, au dire de Sa Seigneurie et de Miss Beigg, mais quelle courageuse, glorieuse et inoubliable erreur ! Deux cent trente ans plus tard, le symbole de la cocarde blanche pouvait encore faire vibrer même une Miss Seeton, anglaise et vieille fille. Cette cocarde, elle l'avait représentée, piquée dans les bonnets des hommes de clan des premiers rangs, en une ardente proclamation du brillant défi que représentait leur loyauté à la couronne Stuart... Ladite couronne, qu'elle avait dessinée sans s'en rendre compte, était mystérieusement apparue sur le papier, comme une sorte de but vers lequel se dirigeait la foule, une présence lumineuse au loin, sur des collines qui semblaient plus proches que de raison. Sans doute un effet de perspective. Sinon, comment eût-on pu distinguer autant de détails de la couronne ? finit-elle par comprendre après y avoir réfléchi un moment. Et quelle croix peu banale surmontait l'objet ! Quel... euh, quelle sobriété dénotaient le nombre de joyaux et leur sertissage...

Immergée dans ses pensées, Miss Seeton était d'une telle immobilité que, d'un curieux coup d'aile, un

1. Le *claymore* est une arme propre aux Highlanders, une grande épée à lame large et à un seul tranchant (à partir du XVIe siècle), dont la garde est « tressée » d'une façon qui rappelle la vannerie. *(N.d.T.)*

merle qui passait par là infléchit le cours de son vol et se posa au sol, presque à ses pieds. Rejetant la queue en l'air, il fit quelques bonds, s'arrêta, écouta, puis transperça la mousse de son bec orange et l'en ressortit avec un ver qui se tortillait frénétiquement. Miss Seeton cligna les yeux.

— Petit déjeuner, annonça-t-elle d'un ton ferme.

Le merle opina du chef et s'envola. Miss Seeton ramassa ses affaires et reprit la direction du village.

Quand elle poussa la porte de la boutique de Jamesina Pictarnitie, elle y trouva bien plus de monde qu'elle ne l'aurait pensé, si tôt le matin. Mais quelle heure était-il donc ? s'interrogea-t-elle, jetant un œil sur sa montre. L'été, les journées sont longues et les nuits courtes dans les Highlands, lui avait-on raconté, et de fait, tout le monde semblait avoir l'habitude de profiter au maximum de ces heures de jour supplémentaires, avant que l'automne n'amène l'hiver avec ses maigres journées et ses nuits sombres, froides et interminables. Heureusement, c'était encore loin...

— Bonjour ! lança Miss Seeton à la ronde, et les conversations cessèrent.

Elle sourit. On lui rendit son sourire : n'était-ce pas la brave petite âme qui avait trouvé le bébé du *laird* dans une cabine téléphonique et qui n'aimait guère qu'on en fasse tout un plat ? On la salua gaiement, et on lui demanda comment allait la compagnie, au château, après les émotions de la veille — on en discutait justement quand elle était arrivée.

— Ils vont fort bien, je crois, mais ils sont fatigués, bien sûr, avec toutes les causes d'inquiétude qu'il y a eues pendant la nuit... les ancêtres de Sa Seigneurie, voyez-vous, mais ils ont été transportés ailleurs. Temporairement, d'après ce que j'ai compris. Et ils doivent venir aujourd'hui dans la journée, il me semble, pour réparer le toit de la tourelle comme il faut... les couvreurs, veux-je dire. Parce que ça peut faire tant de dégâts, n'est-ce pas ? La foudre, j'entends.

— *Aye,* ça oui, c'est bien vrai, confirma Mrs. Pictarnitie. Quoique... il y a dégâts et dégâts, naturellement !

Elle ponctua cette remarque cryptique d'un petit rire amusé qui trouva un écho dans toute la boutique, sauf chez Miss Seeton, qui se contenta d'un sourire poli. Une fois calmée l'hilarité générale, Jamesina rappela à quel point il est vrai que chaque nuage cache un morceau de ciel bleu.

— Et ça aide de le trouver, pour sûr ! Encore faut-il savoir d'où vient le vent... Dougall McLintie serait sans doute d'accord avec ça !

Nouvel éclat de rire général.

— M. le Vent, il fait parfois des prodiges, en fin de compte, ajouta l'une de celles qui riaient le plus fort. Tenez, regardez Dougall qui va se retrouver payé deux fois pour le même boulot, tout ça grâce au mauvais temps !

Miss Seeton avait l'air si ahuri au terme de cet échange que Jamesina eut pitié d'elle.

— La girouette, expliqua-t-elle. Frappée de plein fouet par la foudre, la nuit dernière, pas dix minutes après vos ennuis, au château. Fracassée par terre, en mille morceaux. Un vrai miracle qu'y ait point eu de blessés, vu qu'elle pèse un sacré poids. Dougall, le simplet, il y voit un jugement divin, à cause de ce qu'il boit, mais ça l'empêche pas de se faire payer pour la réparer, c'te girouette, jugement divin ou pas.

— Et il tient à la remettre dans le bon sens, avec le nord et le sud là où ce qu'il faut, ajouta une autre cliente pendant que Jamesina reprenait son souffle. Sauf que le pasteur, maintenant, il préférerait qu'elle soit comme avant, rapport à ce que les gens viennent de perpette pour la voir... sans compter que c'est bon pour le négoce, aussi, conclut-elle, déclenchant à nouveau les rires.

« On se croirait presque dans mon cher village de Plummergen, songea Miss Seeton, tant les habitants sont sympathiques... »

— Et quelle autre raison on aurait de venir à Glenclachan ? lança une autre, avec un clin d'œil à Miss Seeton. En dehors du paysage... parce que vous n'êtes pas chasseur, à vous voir. Et puis, il a annulé la chasse pour cette année, rapport au grand chamboulement qu'a causé l'enlèvement de la p'tite.

— Si c'est des attractions que vous recherchez, se hâta de suggérer Jamesina, évitant à Miss Seeton de rougir, n'oubliez pas qu'il y a toujours la créature.

Un sourire se peignit sur tous les visages. Miss Seeton s'anima et hocha la tête d'un air entendu.

— Le monstre du Loch Ness ! s'écria-t-elle avec un sourire plus large encore que celui des autres. Ou alors... ma spécialité est plutôt l'art que la géographie, mais il me semble que le Loch Ness est assez loin d'ici, non ? À moins que Glenclachan n'ait son monstre bien à lui, et on pourrait peut-être encourager les visiteurs...

Les visages se fendant jusqu'aux oreilles autour d'elle, Miss Seeton rosit un brin.

— Bien sûr, il y a toujours le Concours des villages fleuris, si ça existe en Écosse comme en Angleterre. Plummergen est arrivé second, cette année, informa-t-elle les clientes de la boutique avec fierté, et l'effet a été des plus encourageants : nous avons eu tellement de visiteurs, venus admirer les lieux. Et, naturellement, nous sommes conscients de notre devoir de partager la chance que nous avons. Mr. Treeves — c'est notre pasteur — a écrit un article éloquent à ce sujet, dans le bulletin paroissial...

Miss Seeton est incapable de mentir. Elle ignorait,

en contant l'histoire, un détail connu de tout Plummergen : on estimait, de l'avis général, que ces lignes inspirées étaient sorties de la plume de Molly, la sœur du pasteur, lequel les avait docilement copiées et publiées sous son nom. Cependant, le vague souvenir de remarques cinglantes de Martha Bloomer à ce propos lui revenait peu à peu, tiraillant sa conscience. De sorte qu'elle laissa la fin de sa phrase s'abîmer dans le silence.

— On s'en tiendra à la girouette, je crois, conclut Jamesina, avec de nouveau un petit rire amusé. Ici on est déjà trop au nord, et le *glen* n'est pas suffisamment abrité pour qu'on ait des fleurs fantastiques, même en été. Mais le paysage est plutôt beau, faut reconnaître. Vous allez repartir en promenade, ce matin ?

Miss Seeton le confirma. Tout le monde allait être si occupé aujourd'hui, avec les couvreurs et les réparations, expliqua-t-elle, que c'était la moindre des politesses de sa part de soulager momentanément les châtelains de sa présence, afin qu'ils ne se sentent pas obligés de s'occuper d'elle ou de s'inquiéter de sa personne. Pour un artisan — elle ne le savait que trop pour avoir observé ce cher Mr. Eggleden, le forgeron de son village —, c'est extrêmement perturbant de travailler entouré de gens qui n'y connaissent rien et qui émettent des avis stupides. Oh, loin d'elle la pensée que le comte et son épouse se livreraient à des remarques stupides, bien sûr, ou qu'elle serait elle-même, euh, distraite à ce point, elle espérait que non. Mais elle trouvait plus sensé de leur laisser le champ libre pour manœuvrer (était-ce le mot adéquat ?). Champ libre aux couvreurs, voulait-elle dire.

— Très sensé, en effet, approuva Mrs. Pictarnitie avec un hochement de tête. Mais veillez bien à ne pas vous absenter au-delà de la matinée, n'est-ce pas ? Il y a un autre orage qui couve, ça m'en a tout l'air, et une p'tite personne telle que vous serait noyée en un rien de temps, s'il était même qu'à moitié aussi méchant qu'hier.

Le magasin entier confirma le propos. Miss Seeton était rose de plaisir devant la gentillesse de ces gens qui s'inquiétaient du sort d'une étrangère. Elle promit d'être de retour au château bien avant le déjeuner. À présent, elle aimerait faire quelques menues emplettes pour son pique-nique. Quand Mrs. Pictarnitie aurait fini de servir ses autres clientes, naturellement.

Celles-ci se récrièrent : elles n'étaient pas pressées. Pas une des dames présentes dans la boutique de Jamesina ne voulut être en reste, et l'on s'employa à trouver un pique-nique adéquat pour la dame rosbif qui avait sauvé le bébé du *laird.* Ainsi, moins de dix minutes plus tard, Miss Seeton se mit en route avec des provisions idoines et de la chaleur au cœur.

En passant devant l'église, elle pensa à regarder la girouette cassée et avisa un homme qui devait être le dénommé Dougall McLintie, le forgeron. Celui-ci contemplait en hochant la tête les débris de fer forgé éparpillés au pied du clocher.

Par réflexe, Miss Seeton enregistra l'heure qu'il était. Plus tard qu'elle ne l'avait cru, mais pas trop tard pour faire une agréable promenade et peut-être un brin d'exploration.

Elle ne songea cependant pas à se demander pourquoi Dougall — si celui qui hochait si tristement la tête était bien l'homologue de Daniel Eggelden à Plummergen —, pourquoi donc il avait été la première personne du genre masculin qu'elle eût croisée au village ce matin-là...

CHAPITRE XXII

Réveillée tardivement quand Shona était venue frapper à la porte pour le ménage de sa chambre, Mel Forby rencontra Hamish dans le hall de l'hôtel. Comme il la saluait, elle se rappela sa suggestion de la veille, d'aller consulter Miss Philomena Beigg au sujet des Jacobites. Mais son cerveau fonctionnait lentement, ce matin-là. Le manque de sommeil, sans doute.

— Cet orage, hier soir, commença-t-elle, vite obligée de s'interrompre pour bâiller. Ben alors ! Les Écossais ne font pas les choses à moitié, question temps, non ?

— Cette nuit, ça sortait quand même de l'ordinaire, reconnut le patron en souriant. Vous voulez un petit déjeuner avant de vous lancer dans vos activités ?

— Oui, je crois que je ferais mieux de manger un morceau, si c'est encore possible, répondit Mel. J'ai besoin de quelque chose qui me réveille vraiment, mais rien de trop lourd. Aujourd'hui, j'ai des problèmes à résoudre, alors j'ai intérêt à être dans le coup dès le départ. Du pain grillé et du café, ce serait parfait. Ensuite, j'irai voir l'historienne locale, si elle est là.

— Le samedi matin, elle fait généralement son

ménage, après la semaine passée à travailler sur ses livres, expliqua Hamish.

Il confirmait ainsi l'impression de Mel : c'est pareil dans tous les villages de Grande-Bretagne, sinon du monde. Comme à Plummergen, où il suffit d'être là depuis cinq minutes pour que votre voisin connaisse votre emploi du temps aussi bien que vous. Il n'y a qu'une seule exception à cette règle...

— Miss Seeton ! s'exclama Mel en se frappant le front. Dites donc, j'ai oublié : je devais appeler le château !

Hamish posa sur elle un regard étrange :

— C'est votre amie qui est chez lord Glenclachan, celle qui a trouvé le bébé ? Pas besoin de vous inquiéter pour elle, je l'ai aperçue tout à l'heure près de l'église, quand je suis allé prendre l'air une minute. J'ai eu l'impression qu'elle comptait rester au grand air un bout de temps, et je dois dire que je la comprends, avec les couvreurs au château, à courir dans tous les sens et à se fourrer dans les pattes de tout le monde. On dirait qu'elle est du genre à aimer se balader.

— Ah, c'est vrai ! Vous êtes sûr qu'elle avait l'air d'aller bien ?

— Parfaitement bien. J'imagine qu'elle repartait observer les oiseaux. Espérons qu'elle aura plus de chance que la dernière fois. Allons, je plaisantais ! ajouta-t-il pour rassurer Mel qui semblait encore inquiète. Tout va bien se passer... il n'y a pas de raison. Une petite bonne femme pleine de bon sens, paraît-il.

— Elle était professeur, avant de prendre sa retraite...

— Vous voyez, ne vous en faites pas. Si elle est de la même trempe que la maîtresse qui m'a appris à lire, on aurait du mal à trouver quelqu'un qui sache mieux prendre soin de soi. Exactement ce que vous devriez faire pour votre précieuse personne, Miss Forby, lui rappela-t-il. Alors, un petit déjeuner, disions-nous, avant d'aller voir Philomena Beigg ?

Mel n'eut pas le temps de comprendre ce qui se passait : Hamish l'entraîna vivement à la salle à manger, l'installa à une table et l'y laissa pendant qu'il partait en cuisine et appelait Shona, commandant du café, du pain complet grillé et du miel de bruyère (une petite gâterie !).

Le soir du Nouvel An est peut-être le moment privilégié pour les bonnes résolutions, songeait Mel une demi-heure plus tard, mais les traditions sont aussi faites pour qu'on les remette en question. Le 18 août figurerait donc désormais dans son agenda personnel comme le jour où il faut « s'abstenir de manger du miel quand on vient de se laver les cheveux, à moins de les avoir noués avec un ruban ».

C'est seulement quand elle eut fini d'essuyer les boucles de ses cheveux mi-longs avec une serviette-éponge, pour les débarrasser des dernières traces poisseuses, que la signification de la date la frappa. On était la veille de Glenfinnan Day, qui tombe le 19 août. Un des temps forts du calendrier jacobite...

Mel avait presque oublié sa cheville douloureuse quand elle gagna à la hâte le cottage de Miss Philomena Beigg. Elle n'avait pas pris la peine de s'annoncer en téléphonant, Shona l'ayant assurée qu'un habitant de Glenclachan ou des alentours pouvait rarement disparaître longtemps à l'insu de son voisin ou de sa voisine.

— Sauf, ajouta-t-elle, profitant qu'Hamish était occupé ailleurs, sauf Mr. McQueest qui s'éclipse en laissant la bonne marche de l'établissement entre nos mains. Mais qui s'intéresse à lui, hein ? C'est un Rosbif... oh, excusez-moi, Miss Forby.

Sur quoi Shona insista pour que Mel reprenne

encore du miel, histoire de montrer qu'on ne lui en voulait pas, avant d'expliquer que si un visiteur se présentait à la porte de chez Miss Beigg et qu'elle n'était pas là pour l'accueillir, il y aurait toujours quelqu'un pour savoir où elle était partie et pour combien de temps, mais aussi pour proposer d'aller la chercher, si l'on avait l'air pressé.

Méditant une fois de plus sur la complexité de la vie à la campagne, Mel décida que ça ne pouvait pas faire de mal de se fier à la connaissance des mœurs locales que possédait la serveuse. Car, si elle appelait et que personne ne répondait, le temps qu'elle se rende au cottage, Miss Beigg, absente un instant plus tôt, serait sans doute déjà rentrée.

Miss Beigg était bel et bien chez elle quand Mel tapa à sa porte. Un tablier à carreaux noué à la taille, elle tenait un plumeau à la main et affichait un air de suprême ennui qui s'évanouit à l'instant où Mel se présenta.

— Amelita Forby, du *Daily Negative* ? Alors que mon livre vient juste de paraître ! Mais c'est fantastique ! Entrez donc.

Elle jeta le plumeau dans un coin, tira sur son tablier pour l'enlever mais n'acheva pas son geste, faisant entrer Mel dans la cuisine, alors que lui pendouillait encore à la taille le morceau d'étoffe souillée à petits carreaux.

— J'exècre le ménage, déclara-t-elle. Je suis prête à bondir sur la moindre excuse pour m'arrêter. J'étais sur le point de me faire du café : vous vous joindrez à moi, n'est-ce pas ? Ensuite, vous m'expliquerez la véritable raison de votre visite. Oh, pas besoin de politesses, ma chère, fit-elle quand Mel tenta de parler. Je suis assez réaliste pour savoir que la presse nationale ne se déplace pas jusque dans les Highlands pour parler à une citoyenne de mon genre, à cause de quelques livres d'histoire naturelle et d'un roman ou deux.

Cette entrée en matière charma Mel. Il y a tant de gens — à la rare exception de Miss Seeton — qui sont prêts à pratiquement n'importe quoi pour que leur nom paraisse dans les journaux... À son avis, la plupart d'entre eux n'en valaient d'ailleurs pas la peine, pas plus que leurs faits et gestes, et elle avait dû plus d'une fois combattre ce sentiment en rédigeant ses papiers.

— Oh, je n'en suis pas si sûre, répondit-elle lentement. Pas après tout ce que j'ai entendu à votre sujet, et surtout maintenant que je vous vois en chair et en os. Je crois que je pourrais trousser un petit article sympa sur vous, Miss Beigg. Une fois que vous m'aurez dit ce que je veux savoir, ça va de soi. Vous m'aidez et je vous renvoie l'ascenseur. Alors, tope là ?

Philomena haussa un sourcil :

— Topons là, et comment donc, Miss Forby ! J'aurais cependant fort bien pu décider de vous informer de toute façon. Les écrivains mènent une vie solitaire, et on apprécie toujours une occasion de bavarder, une fois fini le travail quotidien, évidemment.

Elle se remit à tirer sur les liens du tablier, marmonna des mots que Mel prit pour des imprécations en gaélique et finit par ouvrir le tiroir de la table de cuisine d'un geste vif. Elle en sortit une paire de ciseaux d'allure assassine et soupira :

— Pourtant, Dieu seul sait ce qu'aurait dit mon pauvre père — un idéaliste, Miss Forby ! — s'il avait pu imaginer un seul instant que je deviendrais non seulement la victime mais aussi l'auteur d'un chantage, même un aussi gentil chantage ! fit-elle, brandissant les lames d'acier brillant sous le nez d'une Mel effrayée. Ça ne vous ennuierait pas ? demanda-t-elle en effectuant aussitôt un demi-tour. Je suis incapable de penser correctement avec cette abomination autour de la taille.

Mel haussa les épaules. Elle n'était guère portée sur les travaux ménagers non plus.

— D'un bond, notre héroïne se libéra ! ironisa-t-elle, jouant allégrement du ciseau. Que comptez-vous faire des morceaux ? Une couverture en patchwork, peut-être ?

Miss Beigg ricana.

— Miss Forby, votre sens de l'humour risque fort de nous mener à la rupture avant que vous n'ayez atteint l'objectif de votre visite. Et si vous vous asseyiez et que vous me disiez de quoi il s'agit, pendant que je mets l'eau à bouillir ?

Mel obéit à Miss Beigg, songeant que toute l'histoire paraissait plutôt, euh, improbable, maintenant qu'il fallait la raconter dans l'ordre. Sauf pour qui connaissait Miss Seeton. Mais comme cette dernière était une personne dont il fallait respecter l'intimité, il n'était pas aisé d'expliquer pourquoi vous aviez la si forte impression qu'il se passait des choses étranges ! Alors, attention, Forby !

— Il paraît que l'histoire des Highlands n'a pratiquement pas de secrets pour vous, commença-t-elle, s'interrompant pour laisser à Philomena le temps de protester avec modestie, avant de reprendre : Alors, pourriez-vous me donner une sorte de condensé sur la cause jacobite ? À l'époque contemporaine, j'entends, pas les trucs qui remontent à deux cents ans, plutôt le genre fanatiques des années 1970.

— Les Jacobites contemporains ?

Philomena fronça les sourcils.

— L'Association de Quarante-Cinq existe toujours, mais on ne pourrait pas taxer ses membres de fanatisme. Ce sont des gens cultivés, intelligents, mais ce n'est pas ce que vous voulez, n'est-ce pas ? ajouta-t-elle en remarquant que Mel s'agitait. Si vous cherchez une bande de rêveurs qui s'imaginent qu'il leur suffit de fournir un héritier — l'archiduc Casimir, comme il se fait appeler —, pour que la reine Élisabeth tire gracieusement sa révérence et quitte Balmoral et le trône écossais... C'est bien ça ?

— En effet. Je loge au *Pock and Tang* et, l'autre soir, à la veillée funèbre d'Ewen Campbell, il m'a semblé qu'on ressortait un sacré paquet de chants dans la veine jacobite. C'est du moins ce que m'a expliqué le patron de l'hôtel. Personne d'autre n'a voulu m'adresser la parole. C'est pourquoi, avoua Mel dans un sourire, je me suis demandé si...

Miss Beigg lui sourit à son tour.

— Miss Forby, il faut vraiment que le mois d'août soit la saison bête, si les journalistes en sont réduits à écrire des papiers sur la visite de deux membres mineurs d'une famille royale européenne — une royauté autoproclamée, qui plus est ! — et sur le répertoire nostalgique de chanteurs imbibés de whisky.

Elle marqua une pause.

— Bon sang ! Pas mal pour une improvisation, non ? Bon, sérieusement, pour répondre à votre question, je ne connais pas de groupe de ce genre, et s'il y en avait un, j'ai peine à croire qu'il pourrait exister longtemps sans capoter. Oh, il y aurait peut-être une flambée d'enthousiasme au départ, si un personnage assez... je n'aime pas la façon dont ce mot a été galvaudé, mais il faudra que je m'en contente... un personnage assez charismatique, homme ou femme, en prenait la tête... Mais quiconque endosserait ce rôle ne tarderait pas à s'apercevoir qu'inciter la populace à la rébellion est plus vite dit que fait. Il faudrait pouvoir entretenir l'impulsion initiale, il faudrait qu'il y ait au moins une petite chance que se produise un événement propre à soutenir l'intérêt des foules (chose des plus improbables...). Nous, les Écossais, nous sommes des romantiques, personne ne le niera, mais, continua-t-elle en prenant soudain l'accent du dialecte local, on est des rusés, aussi. On a un sacré fond de bon sens qui se cache derrière les kilts, les chants et les lamentations des cornemuses, eh oui ! lança-t-elle avec un rire amusé avant de poursuivre d'une voix normale : Franchement, je ne pense pas que vous trouviez grand-chose à écrire sur Casimir et Clementina, je le crains.

Mel hésita. Serait-ce trahir un secret ? Non, sans doute pas, tant qu'elle ne mentionnait pas l'auteur du dessin...

— Qu'est-ce que vous voyez là-dedans ? s'enquit-elle, tirant de sa poche le croquis de Miss Seeton et le dépliant. Ça m'a tout l'air d'une couronne. Et l'autre soir, les gens ont chanté *Bonne chance, mon merle.* Hamish McQueest m'a assuré que...

— Hamish McQueest ? répéta Philomena.

D'emblée, elle exprima son sentiment d'un mouvement de tête qui secoua ses cheveux gris : le patron du *Pock and Tang* était quantité négligeable.

— Ce type m'a emprunté plus de livres d'histoire et causé plus d'ennuis que n'importe qui. Dieu seul sait pourquoi il semble tant se complaire à fouler aux pieds les sensibilités de ses clients, mais c'est pourtant ce qu'il fait. Je ne fréquente pas moi-même l'hôtel, mais j'ai entendu parler d'Hamish McQueest.

— Ah oui ? fit Mel en penchant la tête sur le côté, l'œil aussi brillant que celui d'un merle.

Les rivalités professionnelles, elle connaissait ça, à commencer par celle qu'elle entretenait avec Thrudd Banner.

— Auriez-vous aussi entendu mentionner John Stuart Fraser ?

Philomena Beigg ouvrit de grands yeux. Mel afficha un sourire triomphant :

— John Stuart Fraser, répéta-t-elle en soulignant les mots. Il y a des tas de gens qui s'intéressent à lui, y compris votre humble interlocutrice. Que savez-vous sur son compte ? Où se cache-t-il ? Personne ne sait rien de lui, apparemment.

Philomena avait toujours les yeux écarquillés. Puis elle les cligna et hocha la tête.

— John Stuart Fraser, répéta-t-elle. Eh bien, j'aurais pu vous dire une ou deux choses de lui, si vous ne sembliez pas si sûre qu'il soit en vie, mais...

— En vie ? Vous voulez dire qu'il ne l'est pas ? Il est mort ? Assassiné, comme Ewen Campbell ? Quand ?

Mel s'arrêta net, remarquant l'expression de Philomena : s'y mêlaient une note d'amusement et un air d'excuse, pour avoir vendu la mèche. Mel devina alors et demanda :

— Alors... c'est un personnage historique... pas actuel ?

— En effet, si c'est bien celui à qui je pense. L'un des derniers grands héros des Highlands, de l'avis de beaucoup. Pas de celui de mon père, je m'empresse de le souligner. Mon père, voyez-vous, n'était pas seulement un romantique, mais aussi un strict *elder*[1] de l'Église d'Écosse. À cause de cela, il rechignait moins que nombre de ses concitoyens pour payer ses impôts au gouvernement anglais, même si ça lui coûtait autant qu'à eux, j'en suis sûre. Tandis que votre fameux Fraser...

Mel ne pipa mot mais son regard était éloquent. Philomena avait presque l'air de se rengorger.

— ... Pensez ! C'était l'un des plus habiles contrebandiers de whisky qui aient jamais fait courir les douaniers, et il leur en donnait pour leur argent !

1. Dans l'Église d'Écosse, d'obédience presbytérienne, les pasteurs sont secondés par des *elders* (anciens) nommés par l'ensemble des paroissiens. *(N.d.T.)*

Incontestablement le dernier des brigands de grande pointure. Ça se passait durant les vingt-cinq premières années du XIXe siècle, si mon souvenir est exact. Miss Forby, la distillation du whisky a longtemps été une petite industrie familiale dans ce pays, jusqu'au jour où l'administration a voulu la réglementer de force, comme toujours. John Stuart Fraser, qui était manifestement un finaud, avait l'habitude de faire passer la marchandise en fraude : il l'envoyait vers le sud dans des cercueils. Jusqu'à cent quarante litres par semaine, et du pur malt, qui plus est ! Il y avait environ quinze cents bouilleurs de cru illicites dans les Highlands, avant que le gouvernement ne baisse les taxes et contraigne les distillateurs à stocker leur produit dans des entrepôts.

— Ah... lâcha Mel. Alors, si quelqu'un venait demander où se trouve John Stuart Fraser...

— Je suppose, répondit Miss Beigg, pince-sans-rire, que ce serait une manière codée de faire savoir qu'il a appris l'existence d'un alambic clandestin dans les parages, et qu'il veut en goûter un ou deux petits verres avant de s'engager à en acheter. Parce que ce serait risqué, naturellement. On serait inquiet, à l'idée d'enfreindre la loi...

— Et les bouilleurs de cru aussi, ils contreviendraient à la loi, non ? s'enquit Mel.

Mais seraient-ils inquiets ? Suffisamment pour tuer ?

CHAPITRE XXIII

Il n'y avait pas très longtemps que Miss Seeton marchait et elle se demandait quelle direction prendre à travers la lande — la petite rivière la plus proche qui convînt à ses projets se trouvait à huit cents mètres, elle l'avait repérée sur sa carte. C'est alors qu'elle entendit un bruit de ferraille et un klaxon derrière elle : elle se retourna et découvrit un vieux tacot d'autocar brinquebalant, habillé de vert et de kaki, qui se garait sur le bas-côté.

Elle aperçut, malgré le soleil qui l'éblouissait, le chauffeur qui lui adressa un signe, de derrière son pare-brise.

— Vous voulez que je vous prenne, ma bonne dame ? lança-t-il quand elle réagit en trottant vers lui. Grimpez donc à bord et épargnez vos jambes ! Où comptiez-vous aller ?

Miss Seeton répondit qu'en vérité elle n'en avait aucune idée. Elle avait simplement trouvé que c'était une belle journée pour aller explorer un peu la campagne — elle sortit sa carte —, mais elle n'avait pas l'intention d'aller trop loin, parce qu'elle avait promis de rentrer à temps pour déjeuner. Le chauffeur gloussa : elle ferait mieux de renoncer à Balmoral pour aujourd'hui, lui conseilla-t-il. Miss Seeton sourit : ce monsieur serait peut-être assez aimable — si ça ne le dérangeait pas trop, bien sûr — pour lui suggérer quelques lieux de visite intéressants où elle puisse se rendre sans aller trop loin ? Un paysage qui vaille la peine d'être dessiné, un territoire d'oiseaux inhabituels...

Le chauffeur se frotta le nez et demanda à examiner la carte. Miss Seeton était un peu ennuyée : elle avait juste demandé deux ou trois suggestions. Et si les passagers se plaignaient d'être retardés à cause d'elle ? Se haussant sur la pointe des pieds, appuyée sur son parapluie, elle étira le cou pour scruter l'intérieur du bus mais ne distingua qu'une seule personne : un vieux monsieur à cheveux blancs qui dodelinait de la tête en somnolant, semblait-il, courbé sur un bâton de bois noueux. Comme le vieillard restait coi, que le chauffeur tendait la main et que Miss Seeton aurait vraiment apprécié un conseil, elle tendit la carte à son nouvel ami et attendit pendant que ce dernier l'étudiait, laissant le moteur au ralenti.

— *Aye!* conclut-il enfin en se frottant de nouveau le nez. Pas de problème, si c'est des oiseaux que vous voulez. Y a un petit loch, à cinq ou six kilomètres d'ici, à que'ques centaines de mètres de cette bifurcation (il se pencha par la fenêtre du car pour la lui montrer sur la carte), et un abri qui a été monté là-bas depuis peu et qui est pas sur la carte, vu qu'il est neuf. Vous pourriez vous y installer une bonne heure pour regarder les oiseaux, et rejoindre la grande route pour héler le prochain bus de notre ligne qui passera ici. C'est un service régulier ; le chauffeur s'arrêtera sans faute, comme je viens de le faire. Qu'est-ce que vous en pensez ?

Épatant ! déclara Miss Seeton. Elle demanda quelle était la fréquence de passage des autocars et apprit qu'il y en avait un par heure, le samedi. Cela suffit à la décider. Vite, elle gagna la porte destinée aux passagers et grimpa.

— Et faites bien attention d'attendre de l'autre côté de la route, au retour, lui recommanda le conducteur en prenant l'argent du billet avec un sourire. Vers le quart de chaque heure... *och,* non ! disons plutôt à vingt aujourd'hui, rectifia-t-il avec un soupir et un hochement de tête. C'est qu'on n'est pas certains d'être ponctuels en ce moment, faut que je vous dise, rapport à ce que la circulation est retenue à Larick pendant qu'un réalisateur à la gomme tourne des extérieurs, comme ils disent. Pour le cinéma, figurez-vous.

— Mais c'est passionnant ! s'exclama Miss Seeton, cinéphile invétérée.

Le chauffeur la dévisagea :

— Passionnant ? *Aye,* bon, peut-êt' bien, pour ceux que ça ennuie pas de vivre au milieu de tout ce tohu-bohu. Trois jours, que ça va durer, on nous a annoncé — à compter d'hier. Jour de marché ! « Couleur locale », qu'il a dit, ce zigoto ! ajouta-t-il en soupirant de nouveau. C'est pas seulement le bon Dieu de dérangement — excusez-moi ! — pendant qu'ils ferment les routes. C'est la façon dont les gens deviennent carrément fous : ils se mettent en costume pour faire de la figuration, faut être bête, quand même !

Il émit un petit rire.

— Le gars qui dirige tout ça, le régisseur... bon, enfin, je sais pas le nom qu'il se donne... il a demandé à mon cousin Jamie si ça l'intéressait. Jamie a dit oui, si ça peut rapporter. Vingt livres par jour, qu'il y a fait, l'autre. Mais c'est que mon Jamie, c'est un finaud : « Et combien que la star elle touche ? » qu'il a voulu savoir, il est jamais à court de repartie, not' Jamie. Y a des gens qui croient qu'un Écossais, il ferait n'importe quoi pour de l'argent, et ils sont pas très loin de la vérité : une ville entière prête à faire semblant de vivre au temps du dépeuplement forcé des Highlands[1], et à parader comme une bande d'abrutis !

Ces derniers mots réveillèrent le dormeur assis vers le milieu du car : tout d'un coup, il se redressa, cligna des yeux et déclara d'une voix forte qu'il était parfaitement d'accord. Là-dessus, Miss Seeton, se sentant coupable d'avoir retardé la bonne marche des choses avec ses questions, se dépêcha de s'asseoir à l'avant du bus tandis que le chauffeur appuyait sur le champignon et lançait sur la route son engin cahotant.

Il déposa sa passagère à un carrefour. Elle avait espéré trouver là une route secondaire mais ce n'était en réalité qu'un chemin de terre.

— Alors, vous êtes sûre que ça ira, ma bonne dame ? À vingt de chaque heure, hein, n'oubliez pas !

L'ayant salué d'un coup de klaxon, il disparut au volant du vieil autocar, avec force fracas et fumée bleue.

Comme tout était paisible par ici ! songeait Miss Seeton en regardant le bus disparaître au détour d'un virage, la laissant seule au milieu des moutons, de la bruyère et des oiseaux qui tournoyaient dans le ciel. On n'aurait pu dire que l'endroit était désert, non, bien sûr, avec tout le mouvement et la vie alentour : les cris d'oiseaux, les bêlements, le friselis de l'herbe sous la caresse de la brise qui en ébouriffait les brins rudes et leur donnait des allures de tignasse.

— Désert ! s'écria-t-elle à haute voix en vérifiant encore la carte avant de prendre le chemin qui menait au loch. Non, ce n'est peut-être pas le mot exact. Cela

1. Pour briser la résistance de certains clans écossais qui n'acceptaient pas l'Acte d'union de 1707, une loi de 1747 stipula que ceux qui ne se soumettraient pas à la juridiction britannique verraient leurs terres confisquées et seraient expulsés. *(N.d.T.)*

dit, il n'y avait pas grand monde dans le car... n'empêche, c'est un peu curieux... ils ont tous dû aller à Larick assister au tournage du film. J'aurais pourtant supposé...

Elle laissa la phrase en suspens : à la réflexion, elle n'était pas très sûre de la nature de ses suppositions, sinon que quelque chose de, euh, d'étrange avait dû attirer son attention. Plus tôt dans la journée, précisa-t-elle, en marchant avec précaution, regardant les ornières et les nids-de-poule davantage que le paysage. Elle serait contente d'arriver à l'abri voisin du loch, pour reprendre son souffle et se repérer. L'endroit était bien plus isolé qu'elle ne l'avait cru de prime abord.

— Bon, pas exactement désert, se répéta-t-elle, le front plissé. Quoique, tout à l'heure...

L'idée lui échappa, une fois de plus, tant elle était attentive à ne pas se tordre la cheville. Il lui fallut un certain temps pour se rappeler la drôle d'impression qu'elle avait eue... bon, elle ne l'avait pas exactement eue, parce qu'elle ne s'en était pas aperçue sur l'instant, elle venait seulement d'y songer. Mais, en y repensant, la quasi-absence de présence masculine dans la grand-rue de Glenclachan, une demi-heure plus tôt, ne devait pas être chose fréquente.

« Un déséquilibre », commenta Miss Seeton, professeur de dessin à la retraite. Si les grands espaces déserts et solitaires ne la dérangeaient pas, certaines sortes d'irrégularités lui paraissaient assez... déconcertantes. À ses yeux, la vie devait, tant que faire se pouvait, imiter l'art : avoir une forme, une structure, et... bon, un certain ordre. Ordonnée, son existence l'était (et elle s'en félicitait), même si elle-même ne pouvait prétendre l'être autant — cette chère Martha s'occupait si bien d'elle que ça n'avait guère d'importance si elle se montrait, euh, peu sensible aux charmes du balai et du chiffon à épousseter, les jours où Martha ne venait pas. Mais, dans l'ensemble, elle menait une vie paisible et ordonnée, avec la grâce d'une routine délicieuse, puisque librement choisie et si plaisante, après les sonneries de l'école de Mrs. Benn (on aurait cru vivre constamment avec un réveil en poche). Pourtant, après huit heures de sommeil (dose raisonnable), on ne devrait pas avoir besoin de...

« Ah, mais c'est l'épuisement dû aux fatigues de la nuit, bien sûr ! L'incendie ! conclut-elle, ravie d'avoir résolu le mystère de l'absence d'hommes à sa propre satisfaction. Et la chute de la girouette, aussi. Il faut que je pense à la dessiner — si originale ! — avant que le forgeron ne la remplace. S'il ressemble un tant soit peu à ce cher Mr. Eggleden — un artisan si consciencieux ! —, il risque de l'avoir réparée avant même mon retour et d'avoir déjà remis les points cardinaux à leur place, ce qui serait loin d'être aussi intéressant. Alors que... »

Elle s'arrêta et regarda autour d'elle, cherchant un endroit où s'asseoir pour noter deux ou trois idées en vue de son croquis de l'église de Glenclachan, afin de ne pas les oublier — il y avait tant de choses à voir... Elle contempla les eaux du loch qui miroitaient, à une centaine de mètres devant elle, au bas d'une pente douce. À force de se concentrer sur le chemin inégal et sur l'énigme qu'elle s'était imposée, elle était arrivée plus loin qu'elle ne le pensait.

Se rappelant les conversations entendues à la boutique à propos du monstre, elle se demanda si c'était là son repaire et rit aussitôt de sa propre stupidité.

« Un spécimen d'histoire naturelle assez improbable, décréta-t-elle avec fermeté. Plutôt une idée romanesque, c'est certain, et pour attirer des visiteurs... on pourrait se cacher quelque part avec des jumelles... »

Et il y avait en effet là une excellente cachette : l'abri qu'avait mentionné le chauffeur du car. Une hutte en bois toute simple, entre deux bouquets d'arbres où se mêlaient des arbrisseaux et de grands arbustes noueux. Dominant le loch, c'était l'endroit rêvé pour repérer un monstre et, d'un point de vue plus réaliste, pour observer les oiseaux, aquatiques et autres, qui fréquentaient ce coin tranquille.

— Clair de lune [1], gnôle, eau-de-feu, tord-boyaux, énuméra Philomena Beigg. Appelez ça par tous les noms, alambiqués ou pas (excusez le mauvais jeu de mots !), ça reste une industrie familiale dans la région. On dit aussi « cuisine », « tourbe », « puanteur » et « jute ».

— Cuisine ? Ça alors, moi qui ai cru qu'ils parlaient de rideaux, de nappe ou autre chose quand ils se sont mis à grommeler des histoires de cuisine et de drap blanc !

Philly Beigg éclata de rire.

— Ils ont dit ça ? Devant vous ? Vous aviez posé des questions, n'est-ce pas ?

— C'est mon boulot, rétorqua Mel du tac au tac. Oui, en effet. Comment le savez-vous ? Est-ce la façon traditionnelle de mettre les gens à l'aise ? Parce que, si c'est le cas...

— C'est l'avertissement traditionnel, interrompit Philomena, pour signaler la présence d'un espion du gouvernement, un contrôleur des douanes, ou une contrôleuse, dans votre cas.

Elle ignora le petit cri de surprise de Mel et continua :

— Quand le bruit circulait que les inspecteurs

1. *Moonlight* : nom d'argot de l'alcool de contrebande. *(N.d.T.)*

étaient dans les parages, les gens avaient coutume d'étaler des draps blancs sur les buissons, dans le but apparent de les faire sécher ou blanchir au soleil. Miss Forby, votre réputation professionnelle n'est, semble-t-il, pas aussi connue dans la région que vous auriez pu l'espérer. D'après ce que vous m'avez raconté, il est probable que je suis la seule personne de Glenclachan à savoir qui vous êtes en réalité.

Mel était vexée :

— Est-ce que j'ai l'air d'une espionne, pour l'amour du ciel ? Il m'est déjà arrivé de me faire traiter de tous les noms, mais de mouchard du gouvernement, jamais ! Amelita Bond ? Pensez donc !

Elle prit une pose majestueuse et rit en déclarant :

— Zéro-zéro-huit en personne, vous croyez ? Eh bien, vous vous trompez.

— Je le sais pertinemment, répondit Philomena, et vous aussi. Mais les autres ?

Mel retrouva aussitôt son sérieux.

— Je suppose que non, si vous voulez parler des gens du cru. J'ai débarqué comme une fleur, en annonçant que je venais pour quelques jours, sans dire qui j'étais ni pourquoi j'étais là. Il y a moins de chances de découvrir la vérité qui se cache derrière un... un certain genre d'affaire, si tout le monde sait qui...

Elle s'arrêta net, soudain consciente des paroles qui étaient sur le point de franchir ses lèvres (décidément, elle devait encore être perturbée par le choc d'avoir été prise pour un douanier !). Miss Beigg la regardait d'un œil pensif.

— Je suppose que je ne devrais pas me montrer trop curieuse, si vous êtes sur la piste d'un scoop. Mais dois-je en déduire que ça ne concerne pas un alambic clandestin ?

— Si tant est qu'il en existe un, se hâta de répondre Mel, tâchant d'orienter la conversation dans une autre direction.

Philomena eut un sourire entendu.

— Il existe bel et bien. Je ne pourrais pas vous dire où il se trouve ni qui l'utilise, mais c'est quelque part dans les environs, et pas très loin. Indépendamment de toute autre considération, pourrait-on dire, Miss Forby, ici on a ça dans le sang, de frauder le gouvernement, et depuis un nombre de générations incalculable, croyez-moi !

— Oh, je vous crois, soupira Mel, maintenant que j'ai eu le temps de réfléchir un peu. Ça explique pourquoi Hamish McQueest tenait tellement à me soû... euh, à me mettre sur la touche, le premier soir (je l'avais d'ailleurs presque oublié), et pourquoi il m'a regardée si bizarrement en me donnant le message qu'un ami de la police m'avait fait parvenir par téléphone. Ça a dû le convaincre que j'étais sur la trace de ses potes bouilleurs de cru. Il leur a donc rendu un grand service en, bon, en essayant de me tenir à l'écart...

— Non, Miss Forby ! déclara Philomena, levant une main pour arrêter Mel dans son envolée. Ou plutôt si, je suis prête à suivre votre raisonnement — en partie, du moins —, mais pas pour les raisons que vous suggérez. Hamish McQueest n'est vraiment pas du genre qui cherche à être bien vu, vous avez pu le remarquer. Et en tout cas, les relations qu'il entretient avec ses clients ne sont certainement pas assez bonnes pour qu'il ait envie d'écarter de leur piste un fonctionnaire des douanes qui débarque et se met à poser des questions gênantes. Et à votre avis, pourquoi diable auraient-ils installé une distillerie clandestine ?

— Pour avoir de la gnôle bon marché, répondit Mel presque sans y penser. Je connais toutes les blagues sur ces radins d'Écossais ! Et quand il s'agit de se soustraire à une taxe, eh bien...

Philomena secoua la tête.

— Avec la modeste installation qu'ils doivent avoir — quelques mètres de tuyau de cuivre et une bouilloire, pas plus —, l'économie de taxes qu'ils peuvent faire n'est guère de nature à précipiter la faillite de l'Échiquier ! Certains ne se rendent peut-être pas compte qu'ils ne courent pas grand risque (à part celui de se ruiner la santé : je n'aimerais pas avoir un foie comme le leur, d'ici un an ou deux !) et ils s'imaginent qu'ils s'exposent à une énorme amende, voire à une peine de prison. Alors qu'on se bornerait sans doute à leur taper sur les doigts et à leur infliger une petite pénalité de cinquante à cent livres au maximum. Ce n'est généralement pas considéré comme un délit majeur.

— Ah bon ! s'étonna Mel. Alors... sauf si ce quelqu'un n'est pas au courant et qu'il ne sait pas que ça ne vaut pas la peine... de tuer pour cela ?

— Vous pensez à Ewen Campbell ? Seigneur Dieu, non ! Il aurait plutôt été un sympathisant d'une pareille opération, sinon l'un de ses instigateurs. Sans doute en cheville avec Dougall McLintie, notre rebelle local. Ce pauvre Ewen n'était pas le seul homme de Glenclachan qui ait tendance à s'échauffer la rate, et Hamish ne lui plaisait pas plus qu'à tous les autres. Ce qui serait une bonne raison de démarrer une distillerie clandestine : par pure détestation d'Hamish McQueest !

Philomena haussa les épaules avant de poursuivre.

— À Glenclachan, une fois qu'on s'est fait une opinion sur quelque chose ou quelqu'un, il n'est pas facile d'en changer. Pas facile du tout. Et les gens ont, semble-t-il, décidé qu'ils ne pouvaient pas s'entendre avec le nouveau patron du pub, ce qui ne m'étonne guère. Il m'a moi-même irritée, à l'occasion. Alors, plutôt que de renoncer à ce que tout Écossais considère comme son privilège de droit divin — déguster la créature dans un cadre convivial —, ils prennent un petit verre ou deux à l'hôtel, histoire d'endormir les soupçons, avant d'aller ensuite chez l'un d'eux pour en descendre pas mal d'autres, remplis du précieux liquide provenant des collines ou d'ailleurs. Il ne reste plus à Hamish McQueest qu'à s'inquiéter de ses bénéfices en chute libre et, avec un peu de chance (je sais comment leur esprit fonctionne), le patron du pub arrêtera les dégâts et prendra un hôtel ailleurs, leur laissant le soin de s'occuper de leur pub local.

— Je n'ai pas l'impression qu'il soit le genre d'homme à capituler sans se battre. Il y a un dur qui sommeille en Hamish McQueest, je dirais.

— Moi aussi, ma chère. Quelque chose dans le regard... ça peut vous paraître une invention de vieille fille, je suis consciente, Miss Forby. Cet Hamish McQueest, il a oublié d'être bête. C'est un malin, c'est certain, et assez rusé pour se rendre compte qu'on le manipule et retourner la situation dans un sens favorable à ses propres objectifs... quels qu'ils soient. Au rang desquels ne figure sans doute pas une distillerie clandestine, j'en suis convaincue. Alors, si votre mémoire est fidèle et qu'il a en effet essayé de vous empêcher de poser des questions, je dirais que le bonhomme a quelque chose à cacher...

CHAPITRE XXIV

Ils étaient arrivés un par un, en catimini, regardant par-dessus l'épaule. Ils avaient garé les véhicules dans lesquels ils s'étaient éclipsés de chez eux en s'assurant qu'on ne pourrait pas les repérer dans la dense verdure des arbrisseaux et des grands arbustes noueux, parés d'un riche feuillage estival. Chacun avait la charge d'un objet particulier qu'il avait retiré de sa cachette, glissé dans son coffre de voiture, de camion ou de quatre-quatre. Parvenu à l'endroit désigné, il avait enlevé les sacs de jute qui le recouvraient et l'avait emporté en vue de l'assembler avec les pièces des autres.

— Voilà un spectacle propre à réjouir le cœur d'un Écossais ! lança le premier homme au dernier arrivant, porteur de la dernière pièce nécessaire à l'ouvrage. Depuis les semaines qu'on y travaille et qu'on attend ça, et maintenant...

— Des semaines ? Tu penses, ça fait autrement plus que des semaines qu'on attend, que l'Écosse attend que justice soit faite. Deux cents ans ou plus, voilà depuis combien de temps. Et aujourd'hui, enfin...

Celui qui venait de parler tendit la main pour toucher, presque craintivement, l'étrange collection étalée par terre, devant lui. Un observateur attentif aurait pu voir trembler ses doigts.

Un soupir se propagea de gorge en gorge. L'homme retira la main, l'air coupable. Personne ne le regarda en face.

— Un sacré bel objet, déclara un autre d'une voix forte et pleine d'assurance. Mais encore meilleur à utiliser qu'à regarder, pas de doute !

Un murmure collectif approuva ce sentiment et une voix ajouta :

— Et voici venu le jour où nous allons nous en servir, le point culminant de tous nos efforts, affirma-t-il, s'arrêtant pour admirer la beauté de son envolée. Tous nos efforts : travailler ensemble pour un unique but, le plus fier et le plus glorieux que puisse avoir un homme né sur la terre d'Écosse...

— *Aye,* on sera dans les livres d'histoire, c'est sûr. Parce que c'est à nous qu'il revient de réussir l'entreprise restée sans succès depuis deux siècles : après tant de tristes années, rendre à la Maison des Stuarts le trône qui lui revient de droit...

Il y eut un silence, à la faveur duquel tous songèrent à la gloire qui serait la leur.

— Et Balmoral partira en fumée ! s'écria une autre voix animée d'une exaltation anormale.

Il s'ensuivit un nouveau silence, plus long encore.

— Le symbole de l'oppression victorienne, déclara enfin l'un des présents. Quel besoin ont les Highlands de reines allemandes[1] qui se font passer pour ce qu'elles ne sont pas ?

— John Camden Neild[2] a de sacrés comptes à

1. Comme le nom l'indique, la dynastie des Hanovre qui détrôna les Stuarts est d'origine allemande. *(N.d.T.)*

2. John Camden Neild était un avare excentrique, qui mourut en léguant 500 000 livres sterling à la reine Victoria, ce legs étant destiné, pensait-il, à assurer sa postérité dans l'histoire. La somme était faramineuse pour l'époque. Victoria en consacra une partie à

rendre ! lança un autre. S'il ne lui avait pas laissé ce legs imbécile, jamais elle n'aurait pensé à bâtir...

— Mais il l'a fait, et elle, elle a bel et bien fait construire c'te... cette excroissance qui défigure le paysage depuis plus de cent ans. Alors, voici notre chance de rétablir la situation, et demain, ce sera le grand jour.

— Ça ne m'avait pas échappé, répondit le premier. Glenfinnan Day, ajouta-t-il à voix basse, d'un ton presque révérencieux, après quoi les murmures reprirent de plus belle.

— L'étendard est-il prêt à être planté sur les cendres du château ?

— Il l'apportera, il a dit, quand on aura fait le nécessaire, précisa un des participants en farfouillant dans sa poche.

— Les ordres cachetés, tu les as bien, Alexander ? Tu peux nous expliquer comment on doit procéder ?

Alexander confirma d'un signe de tête :

— Nos instructions finales avant la dissolution du groupe, avant qu'on n'ait plus besoin de nous parce que la tâche aura été accomplie. Mort aux oppresseurs !

— Mort aux oppresseurs ! répétèrent-ils docilement, en chœur.

Des poings se levèrent en un geste de défi, on tapa des pieds, martelant le plancher avec tant de ferveur que la hutte se mit à osciller. Alexander fusilla ses compagnons du regard.

— Vous voulez que le plancher cède sous nos pieds et que tout le matériel tombe dans la boue et soit inutilisable ? Maintenant, taisez-vous un peu, soyez raisonnables et écoutez pendant que je vous explique comment nous allons nous y prendre demain... c'est le moment ou jamais.

la construction d'un nouveau château sur les terres de Balmoral qu'elle venait d'acquérir. *(N.d.T.)*

— Demain ! répondirent ses compagnons, fascinés.

Conscient de ses responsabilités, Alexander hocha la tête.

— Ne l'ai-je pas entendu de sa propre bouche ? Un murmure au téléphone. Un message caché sous la pierre grise près de la grille de mon jardin, emballé dans du plastique pour le protéger de l'orage...

Il sortit de sa poche un papier, puis une boîte d'allumettes.

— Je suis censé le brûler, comme d'habitude, sans laisser de traces, et disperser les cendres aux quatre vents.

Tendant le bras, il éleva le papier en l'air et tous les regards s'accrochèrent à la feuille qui ondulait, symbole de leur défi, puis il rabaissa vivement sa main tremblante, déplia la page et s'éclaircit la gorge plusieurs fois de suite.

— C'est un fameux rhume que t'as là, Alexander, releva un homme qui avait lui-même la voix rauque. T'as sûrement attrapé froid la nuit dernière, en combattant l'incendie au ch... à MacSporran Castle, se hâta-t-il de rectifier.

« Le château » ne pouvait plus désormais signifier qu'un seul endroit, lequel se trouvait à quatre-vingts kilomètres de Glenclachan.

— *Aye,* tu penses, c'était un orage carabiné, répondit Alexander dont les doigts n'arrêtaient pas de plier et de déplier le papier contenant les instructions, sans qu'il parût s'en rendre compte.

Il se racla la gorge encore une fois et posa le regard, tour à tour, sur chaque conspirateur.

— Bon, maintenant, faites cercle autour de moi, et pas un mot avant que j'en aie terminé...

Mel, l'air perplexe, remâchait les paroles de Philomena quand cette dernière se pencha et prit le dessin déplié sur la table, là où l'avait posé la journaliste. Miss Beigg tendit d'abord le bras pour mettre le papier à distance, puis le rapprocha pour l'examiner plus en détail.

— Une composition intéressante, releva-t-elle, et qui a beaucoup de sens dans le contexte local, naturellement. Mais je ne reconnais pas le style. Est-ce que j'en connais l'auteur ?

— À cause du merle, vous voulez dire ? demanda Mel, répondant par une question à celle qu'avait posée Philomena, mais pas à celle qu'elle avait sous-entendue, car elle tenait à protéger autant que possible la vie privée de Miss Seeton. Cela vous suggère-t-il... euh, qu'un soulèvement jacobite serait plus probable que vous ne l'auriez cru ?

Philomena aussi savait répondre à une question par une autre.

— Est-ce l'effet que ça devrait me faire ? Je connais la chanson, naturellement, mais le croquis est au crayon, et l'oiseau pourrait aussi bien être un freux, une corneille, ou un corbeau. Et il n'y a rien qui permette de juger de l'échelle. Le collier pourrait être de n'importe quelle longueur, quoique la couronne...

Elle entreprit d'étudier les détails du dessin, en particulier la couronne posée au pied du rocher sur lequel était perché l'oiseau anonyme.

— Bon, à présent, oui, je vois ce que vous voulez dire, Miss Forby : à savoir qu'il pourrait y avoir un rapport avec la Maison royale des Stuarts. Cette couronne... ce n'est pas celle qui figure sur les documents officiels et les boîtes à lettres : ce n'est pas celle du roi Édouard, celle qui fait partie des emblèmes de la royauté anglaise et que le souverain porte lors des cérémonies importantes, telles que le couronnement ou l'ouverture du Parlement. Celle-ci... elle ressemble beaucoup à la couronne qui se trouve au château d'Édimbourg et qui n'a jamais quitté l'Écosse pour l'Angleterre, malgré les tentatives de Cromwell pendant la guerre civile. Il a en effet torturé l'épouse du conservateur des joyaux de la couronne écossaise, Miss Forby — une certaine Mrs. Ogilvie —, qui est morte plutôt que de révéler où se trouvaient les insignes de la royauté écossaise...

» Robert Bruce l'a portée quand il a été couronné roi d'Écosse, continua Philomena. Oh, elle a été modifiée depuis, mais elle est restée inchangée depuis quatre ou cinq cents ans. Vous ai-je parlé du collier de Marie Stuart ? Celui qui est en perles écossaises serties dans de l'or ? J'ai d'ailleurs dans l'idée que c'est de l'or de Glenclachan. Bon, cette couronne-là aussi est en or d'Écosse, et incrustée de perles. Et regardez donc la croix, voulez-vous ? Impossible de se tromper. Une perle au bout de chaque branche, et quatre à chaque coin. La couronne même est richement ornée de perles, d'hyacinthes, de saphirs blancs et d'escarboucles — beaucoup moins tape-à-l'œil à mon goût que les joyaux de vos monarques anglais. Cependant, la croix du roi Édouard est moins ornée que celle-ci. Presque banale, pourrait-on di...

— Alors, c'est la couronne qui sert au couronnement d'un roi jacobite ! interrompit Mel, trop excitée pour s'embarrasser des règles élémentaires de la politesse.

Philomena ouvrit de grands yeux :

— La couronne écossaise n'est plus portée, Miss Forby, même lors des couronnements royaux. Ce qui est bien dommage, d'ailleurs, d'aucuns vous diront, mais vous ne voulez pas que je me lance dans un discours sur l'*Acte d'union,* non ?

— Cela a-t-il un rapport quelconque avec les Jacobites ? s'enquit Mel d'un ton préoccupé.

Philomena sourit.

— Certains vous répondront que oui, d'autres que non. Dites donc, vous êtes obsédée par les Jacobites !

— Qu'aviez-vous à l'esprit en évoquant le « contexte local » ? demanda Mel, ignorant cette seconde tentative de Philomena aussi délibérément que la première. J'ai cru que vous vouliez seulement parler du merle.

— Merle, freux, corneille ou corbeau... Non, je pensais plutôt au paysage à l'arrière-plan de l'oiseau, à ce rocher sur lequel il est juché avec tant de... tant de majesté, certes, je vous l'accorde. Et ces collines, là, bien qu'elles soient à peine esquissées, c'est vrai, je les reconnaîtrais entre toutes.

— Scone ! lâcha Mel, voyant Miss Beigg hésiter et réexaminer le dessin avant de se prononcer. Bon, quelque part du côté de Perth, en tout cas, rectifia-t-elle, tandis que Philomena lui lançait un regard interloqué.

— Voyons, qu'est-ce qui a pu vous mettre pareille idée en tête ? Ces collines ne ressemblent en rien au paysage des alentours de Perth : on vous a sérieusement induite en erreur en vous racontant ça. J'ai parcouru les landes et les montagnes de Glenclachan en tous sens, depuis mon enfance. Je les connais comme ma poche, du moins, c'était le cas quand j'étais gamine — et elles sont restées gravées dans ma mémoire de manière indélébile, malgré le temps écoulé depuis l'époque où je les arpentais. Car je les ai bel et bien parcourues en long et en large, je vous assure ! Je pourrais vous y emmener...

Soudain, elle se tut, fixa son regard sur le dessin, puis sur Mel, une drôle d'expression dans les yeux.

— Je serais capable de vous mener à l'endroit précis d'où l'on a cette vue-là, Miss Forby. Je doute cependant que vous le trouviez aussi paisible et tranquille que sur ce dessin. Si les lieux ne grouillent pas déjà de touristes, c'est juste parce que la police n'a pas encore fini son enquête...

Mel sursauta.

— Mais oui, lança Philomena, ça m'a tout l'air du coin où a été retrouvé le corps d'Ewen Campbell !

Une invisible main glacée caressa l'échine de Mel au moment où une ombre assombrissait la petite cuisine du cottage. Miss Beigg leva les yeux.

— La météo avait raison, constata-t-elle. Les nuages s'amoncellent, on pourrait bien avoir un autre orage.

« Vous ne savez pas la moitié de ce qui se passe ! songea Mel. Orage, ça signifie tempête, et donc tourmente, chamboulement et... Miss Emily Dorothea Seeton... »

— Ça ne peut pas être une coïncidence, lâcha Mel à haute voix, affichant un air bien plus inquiet que Philomena l'aurait attendu chez une personne apprenant simplement que son projet d'excursion risquait d'être gâché par la présence de curieux. Miss Beigg, ça va peut-être vous paraître bizarre, mais... je ne voudrais pas que... des gens de l'hôtel puissent entendre... et il y a quelqu'un qu'il faut vraiment que j'appelle très vite. Verriez-vous un inconvénient à ce que je me serve de votre téléphone ? Un appel local, précisa-t-elle.

— Pas à la station météo, je suppose, répliqua Philomena, pince-sans-rire. Ça souffle déjà plus fort qu'une brise, annonça-t-elle après un coup d'œil par la fenêtre, et le pire est encore à venir, m'est avis. Je vais vous montrer où se trouve le téléphone, Miss Forby : suivez-moi, c'est dans le hall. Je fermerai la porte pour que vous puissiez parler en privé. J'espère cependant qu'à un moment ou à un autre vous jugerez opportun de me mettre au courant...

Normalement, c'était Armorel McScurrie qui répondait au téléphone à MacSporran Castle — elle y tenait !

Mais la normalité n'avait plus cours. Dès qu'elle avait appris que les couvreurs viendraient réparer les dégâts de la toiture, Mrs. McScurrie avait clairement signifié (sans un mot) son manque de confiance dans la capacité de ses patrons à superviser l'opération sans son aide. Elle se trouvait donc présentement dans la tourelle aux portraits avec Ranald et le contremaître, à écouter les diverses propositions du malheureux, à exiger de connaître le prix et les délais, et à s'enorgueillir à la pensée que, sans elle, la famille serait désemparée.

Ce fut donc Liusaidh qui apprit à Mel qu'il n'était pas possible de parler à Miss Seeton pour l'instant.

— Elle n'est pas là, Miss Forby. Elle a dû se lever tôt et partir quelque part sans en avertir personne — je n'ai pas la moindre idée d'où elle peut être, je le crains. Mais je suis sûre qu'elle ne tardera pas à rentrer.

— Partie quelque part? Sans laisser de message? Ça ne ressemble guère à Miss S., s'étonna Mel, et le souffle froid de l'angoisse qui lui avait parcouru l'échine tourna à la douche écossaise. Vous auriez beau chercher cent ans durant, jamais vous ne trouveriez de personne plus polie qu'elle. Elle a sûrement prévenu quelqu'un.

Poliment, Liusaidh répéta que ce n'était pas le cas. Mel dut s'éclaircir la voix avant de retrouver l'usage de la parole :

— Mais je... J'ai un... un message important à lui transmettre, et...

— Le temps est en train de tourner, Miss Forby, et Miss Seeton est une dame sensée. Je ne pense pas qu'elle soit allée très loin, sans doute est-elle juste descendue au village pour revoir Philomena Beigg. Elle a été plutôt séduite par...

— Non, interrompit Mel, pour la bonne raison que je me trouve justement chez elle en ce moment et que Miss Seeton n'y est pas. Je suis vraiment inquiète pour elle, lady Glenclachan.

La même inquiétude gagna Liusaidh quand Mel lui eut rappelé deux ou trois choses sur le compte de Miss Seeton.

Alexander se racla la gorge une fois encore et balaya la hutte du regard.

— Écoutez ! commença-t-il.

— Écoutez ! interrompit le conspirateur qui se trouvait le plus près de la porte, imposant le silence d'un geste. Il y a quelqu'un dehors !

Ils s'immobilisèrent. Nul ne pipa mot.

Et tous entendirent une voix chanter. Une petite voix gaie, flûtée et un peu fausse : « Je ne quitterai pas ma cabane en bois pour tes beaux yeux-eux ! J'ai un amant et n'en veux pas deux-eux !... » Le soleil avait beau ne plus briller aussi fort qu'avant, il faisait encore un temps délicieux, et le dessin et la peinture ne suffisaient pas toujours à Miss Seeton pour exprimer sa joie. Quand elle se trouvait seule quelque part, sans personne pour l'intimider, il lui arrivait de se mettre à chanter à gorge déployée, qu'elle se souvînt ou non des paroles.

Il y eut un silence momentané pendant que Miss Seeton (invisible aux occupants de la hutte) négociait une partie du chemin particulièrement accidentée. Après quoi, toujours aussi méthodique, elle reprit sa chanson : « Je ne quitterai pas ma cabane en bois pour tes beaux yeux-eux... »

Elle était bien plus près à présent. Son chant sonna comme un signal aux oreilles des conspirateurs tendus : elle savait qu'ils étaient là.

— Il faut l'arrêter ! ordonna Alexander.

CHAPITRE XXV

— Il n'y a personne avec elle, rapporta l'homme le plus proche de la porte, après avoir guetté précautionneusement à travers une fente du bois.

— Alors, ça va être assez facile de s'en occuper, constata Alexander.

Ses collègues échangèrent des regards.

— P't-être qu'elle s'aventurera pas à entrer, releva un autre dans un murmure plein d'espoir.

— Mais si, affirma Alexander, l'air sombre. T'as laissé ta cervelle à la maison, mon gars ? Si elle sait qu'on est ici — ce qui doit être le cas, j'imagine —, tu crois qu'elle va se contenter de passer ? Sans parler des nuages qui s'amoncellent et de l'orage qui menace : la hutte est le seul abri à des kilomètres à la ronde...

Tout le monde se remit à tendre l'oreille tandis que le chant joyeux se rapprochait davantage encore. Alexander avait raison : elle se dirigeait droit vers la hutte. Pour venir les chercher... pour dénicher l'objet qu'ils avaient apporté et placé là, au milieu du plancher.

— Une bâche ! s'écria un conspirateur désespéré.

Tout le monde se précipita pour essayer de trouver une bâche, bien que sachant qu'ils n'en avaient pas. Il s'ensuivit une mêlée frénétique : c'était la bousculade générale, l'un faisant trébucher l'autre. Ils ne trouvèrent rien.

— Il va falloir s'occuper d'elle, décida Alexander. Angus, Archie et toi, vous vous postez chacun d'un côté de la porte et, dès qu'elle l'ouvrira, l'un de vous lui tapera sur la tête et l'autre l'attrapera quand elle tombera. Alistair...

— Lui taper sur la tête ? se récria Angus, consterné. C'est une chose de poser des bombes pour les faire exploser à distance sûre, mais...

— On n'a rien pour la frapper, objecta Archie.

Avec un grognement furieux, Alexander se baissa pour prendre un morceau de tuyau métallique dans le tas de matériel amoncelé devant lui.

— Et ça, ça ne vous convient pas ? lâcha-t-il sèchement avant de le lancer à Archie. Allez, magne-toi, mon vieux !

Archie, pensif, soupesait l'arme dans sa main quand l'homme à la porte donna les dernières nouvelles :

— Ça alors ! C'est la petite mémé qu'a retrouvé le bébé du *laird* !

On se précipita pour écarter le guetteur et chacun se trouva un point d'observation : un trou laissé par un nœud dans le bois, une fente entre les planches, à travers lesquels guigner la bonne dame, et ils reconnurent l'invitée du *laird*.

— Les gens de Glenclachan ne vont pas être contents, marmonna une voix.

Il y eut un silence.

— Ce tuyau est trop lourd, protesta Archie qui le laissa tomber sur le tas d'objets variés et divers. Angus, quand elle entrera, moi, je la tiendrai pendant que tu lui prendras ses jumelles (elles sont dans leur étui). Une petite tape avec ça, et elle sera dans le cirage illico, sans trop de dommages...

— Des dommages, y en aura assez si elle reconnaît l'un de nous ! répliqua Alexander, tandis qu'Angus et Archie allaient prendre leur place, près de la porte, et que les autres s'éloignaient à distance respectable.

Les deux hommes placés en embuscade jetaient des regards noirs à leur chef et à leurs collègues.

— Une petite vieille haute comme trois pommes ! grommela Angus, tandis que la voix se rapprochait. Dis donc, Archie, et si je la tenais pendant que toi...

— La ferme !

La chanteuse arrivait avec sa chanson. Miss Seeton posa le pied sur le seuil de la porte, la main sur la poignée, les yeux sur les curieux trous laissés par les nœuds du bois...

Et, quand enfin elle poussa la porte pour entrer, la dernière chose qu'elle eut la surprise de voir, avant de sombrer dans l'inconscience, fut un trou qui avait presque l'air de lui adresser un clin d'œil.

— Pensez-vous que nous devrions alerter l'équipe des secours en montagne ou la police ? demanda Liusaidh. Non, sûrement pas la police, conclut-elle avant même que Mel eût eu le temps de répondre. C'est une petite personne très sensée, je n'arrive pas à croire... Mais, naturellement, elle ne sait pas à quelle vitesse le temps peut changer dans les Highlands...

— On dirait que vous voulez vous rassurer, autant que j'essaie de le faire de mon côté, constata Mel avec un rire nerveux. Mais elle ne nous remercierait pas... bon, peut-être que si, mais elle serait drôlement gênée si on envoyait des gens à sa recherche, alors que nous ne sommes pas sûres à cent pour cent...

C'est alors qu'elle eut une inspiration :

— Lady Glenclachan, Miss Beigg connaît les environs comme sa poche. Que diriez-vous de nous conduire là-bas ? Nous pourrions jeter un coup d'œil dans le coin ?

— Je serai au cottage dans dix minutes, promit Liusaidh, qui raccrocha.

Mel fixa le combiné silencieux qu'elle tenait à la main, le replaça sur son socle en hochant la tête et regagna la cuisine pour parler à Philomena.

Vingt minutes plus tard, la Land Rover des MacSporran quittait la route et roulait en cahotant sur le terrain inégal où Miss Seeton avait marché, seulement deux jours plus tôt.

— Elle a suivi le chemin une partie du temps, m'a-t-elle dit, et puis elle a longé le ru en direction du grand rocher, expliqua la comtesse, en tâchant de passer par les endroits les moins accidentés. Mais quant à savoir si elle a suivi exactement le même itinéraire aujourd'hui... si même elle est ici...

— C'est tout ce qu'on peut faire pour l'instant, lui rappela Mel. Si l'orage éclate, ajouta-t-elle en regardant le ciel, ou, bon, s'il se passe autre chose, eh bien, on alertera les pros. Pour le moment, gardons l'œil ouvert, et le bon !

Quatre yeux plébéiens étaient donc écarquillés à plein temps, tandis que les deux aristocratiques restaient rivés sur la route, ne jetant que de brefs regards sur le paysage dans son ensemble. Quand Liusaidh levait le nez, elle appuyait sur le klaxon, donnant quelques petits coups rapides — un signal que les rafales de vent portaient dans toutes les directions. En dehors de ce bruit, il régnait un silence tendu dans la Land Rover lorsqu'elle arriva au pied de la cascade.

— C'est bien là ! affirma Philomena.

Malgré le ciel couvert et le jour assombri, Mel reconnut la vue représentée par le dessin de Miss Seeton.

— Pouvons-nous grimper la pente ? s'enquit-elle.

Liusaidh avait déjà enclenché la première et, avec force grondements de moteur et fracas de pierraille, la voiture monta lentement jusqu'au sommet de la cascade. On ne roulait pas facilement — il fallait contourner les rochers, les éboulis craquaient sous les pneus et les faisaient déraper — mais elles finirent par parvenir en haut.

De nouveau, Liusaidh laissa le moteur tourner au ralenti. Trois paires d'yeux scrutèrent les alentours.

— Elle pourrait être n'importe où, concéda Mel désemparée, contemplant les rochers épars, les arbres noueux, la broussaille et, pire encore, les crevasses qui béaient un peu partout. Et voilà qu'il se met à pleuvoir !

Liusaidh appuya de nouveau sur le klaxon. Une fois, deux fois. Pas de réponse. Les oiseaux même étaient allés se mettre à l'abri, sentant venir l'orage.

— C'est peut-être ce qu'elle a fait, elle aussi, suggéra Liusaidh, une note d'espoir dans la voix.

— À moins qu'elle soit tombée dans une crevasse et qu'elle se soit blessée, objecta Mel en se tortillant pour enfiler un ciré prêté par Philomena avant de quitter le cottage. Si chacune de nous cherche dans une direction différente...

Elles partirent, veillant cependant à ne pas se perdre de vue et à rester à portée de voix les unes des autres. Elles criaient le nom de Miss Seeton et s'appelaient pour signaler qu'elles étaient toujours bredouilles ou pour s'encourager, tandis qu'elles continuaient les recherches sous une pluie battante, le vent déchirant leurs paroles.

C'est alors que le premier éclair lézarda le ciel.

Mel poussa un cri (elle n'était pas une fille de la campagne !). Pourtant, l'orage était encore à des kilomètres : le coup de tonnerre qui suivit, plusieurs secondes plus tard, n'éclata pas violemment au-dessus d'elles, signe de danger immédiat, mais gronda sourdement. Soudain, Mel en eut assez. Dégoulinante de pluie, les souliers trempés, la voix rauque, les cheveux plaqués sur la figure, elle sentit qu'elle n'en pouvait plus.

Ses compagnes aussi. Mel se retourna et vit que lady Glenclachan et Philomena Beigg rejoignaient le havre de la Land Rover. Une à une, elles l'atteignirent et grimpèrent dedans.

— Je ferais mieux de ne pas rouler par un temps pareil ! hurla Liusaidh, presque inaudible à cause du martèlement furieux de la pluie sur la tôle du toit. Je me sentirai plus en sûreté, une fois l'orage passé. Pas la peine de prendre des risques !

Elles étaient allées à la limite du possible. Le vent soufflait maintenant avec la violence d'une tempête : il lacérait furieusement les nuages et les projetait dans le ciel à une allure folle, déplaçant du même coup l'orage. Si bien qu'on devinait à l'horizon lointain une fragile lueur, annonciatrice de cieux plus cléments...

Un autre javelot de lumière crue déchira le firmament, accompagné d'un coup de tonnerre digne du jour du jugement dernier, qui claqua juste au-dessus de leurs têtes. Mel poussa un petit cri mais, cette fois, elle ne fut pas la seule. La terre tremblait sous elles, la Land Rover roulait et tanguait sur ses amortisseurs.

Miss Seeton avait-elle encore une chance, dans une tempête pareille ?

Il commençait à pleuvoir quand les conspirateurs (qui avaient caché leur captive, inconsciente, en la couvrant de leurs vestes) se rendirent compte qu'ils devaient quitter leur lieu de rencontre. La hutte ayant été érigée si récemment, ils s'étaient dit que personne n'y songerait, mais ils s'étaient trompés et en avaient eu la preuve désagréable. Autant limiter les dégâts et trouver une cachette plus sûre pour assembler... l'Engin, comme on l'appelait en baissant la voix. Et pour prendre une décision au sujet de leur prisonnière inattendue.

— Elle en sait trop long, déclara Alexander. On devrait la... la... il faut l'empêcher de parler à âme qui vive...

— Et qu'est-ce qu'elle pourrait bien raconter, puisqu'une simple chiquenaude a suffi à la faire tomber dans les pommes, avant qu'elle ait eu le temps de poser les yeux sur un de nous ?

— Pourquoi pas la ligoter et la laisser quelque part où elle pourrait parvenir à se détacher, au bout d'un certain temps ? suggéra Archie. À ce moment-là, on aurait déjà... déjà accompli notre mission, et sans lui faire de mal.

— On pourrait téléphoner un message à la police en indiquant où la trouver, proposa Alistair. Bon, peut-être pas à la police, rectifia-t-il, sentant tous les yeux braqués sur lui, mais à Glenclachan ou à sa dame. Ils vont se faire du souci pour elle, ajouta-t-il en tapotant la silhouette couverte et endormie de Miss Seeton.

Alexander ricana :

— Aujourd'hui, on a bien d'autres chats à fouetter qu'une vieille bonne femme, souvenez-vous ! On va l'emmener avec nous, avant que quelqu'un d'autre arrive pour s'abriter de la pluie. D'autant que, pour ce que nous en savons, c'était point un refuge qu'elle cherchait, c'était nous. On peut pas prendre ce risque. Il va falloir... la faire taire.

— On n'a pas le temps d'en discuter pour l'instant, objecta Alistair d'une voix qu'il voulait ferme. Commençons d'abord par tout remettre dans les voitures, on décidera ensuite de ce qu'il vaut mieux faire. Du moment qu'on ne la laisse pas ici comme témoin...

— Vite, avant que la pluie tombe trop fort, renchérit Archie, et tout le monde se déclara d'accord, même Alexander.

Tout le monde, sauf Miss Seeton, ça va de soi. Elle était toujours sans connaissance ; gênée par les couches de vestes empilées sur elle, elle avait la respiration laborieuse, bien que régulière. Quand le souffle semblait particulièrement oppressé, on jetait des regards à la dérobée en direction du corps invisible sous les vêtements ; on tendait l'oreille, mine de rien, pour guetter la prochaine inspiration qui rassurerait.

— Mettez-la dans la camionnette avant qu'il ne pleuve trop, commanda Alexander.

Mais c'était plus vite dit que fait : ils étaient arrivés au refuge un par un, dans des véhicules différents, encore fallait-il savoir dans lequel l'installer. Et la décision méritait réflexion : tout comme les explosifs, un corps laisse des traces — que la personne soit consciente ou pas.

— Elle n'est pas encore morte ! leur rappela Alexander d'un ton sec. Vous racontez n'importe quoi, tous autant que vous êtes ! Elle est plutôt bien emballée là-dedans. Donnez juste un peu de mou pour qu'elle ait plus d'air. Mais qui peut interdire à un homme de porter son veston dans sa propre voiture et d'être accompagné d'un ou deux amis ?

Enfin, la décision fut prise. On emmènerait Miss Seeton dans la plus grande camionnette : pourquoi la confiner plus à l'étroit que nécessaire ? La moitié des composants de... l'Engin irait dans une autre camionnette, l'autre moitié dans une des voitures, et les conspirateurs restants repartiraient chacun seul au volant. Le blâme — enfin, la gloire, se hâta de corriger Alexander — devrait être partagé par autant de monde que possible.

Le transport du fardeau aussi fut partagé : ils s'y

mirent à plusieurs, autant qu'il le fallait pour porter confortablement un corps menu enveloppé de lainages, le sortir de la hutte sous la pluie et rejoindre le vallon masqué par les arbres, où étaient garés les véhicules des conspirateurs. Ils veillèrent à ce que Miss Seeton garde la tête dans le bon sens pendant le trajet et faillirent même se chamailler pour savoir qui la lui maintiendrait bien en place. Pas besoin d'être deux pour ça, releva Alexander d'un ton acerbe, mais les autres l'ignorèrent.

Ils étaient en train d'essayer d'ouvrir la porte à deux battants, à l'arrière de la camionnette, quand ils reçurent un choc, pire encore que le précédent. Ayant eu le visage exposé aux éléments, au pouvoir revivifiant de l'eau, Miss Seeton se mit soudain à se tortiller : elle toussa et ouvrit les yeux.

— Oh ! s'écria-t-elle en les refermant aussitôt. Oh, ma tête...

Les anciens occupants de la hutte échangèrent des regards horrifiés : Miss Seeton geignait doucement, clignant les yeux. Qui finirent pas se rouvrir, incapables d'accommoder. La pluie continuait à tomber.

— Oh, mon Dieu, gémit-elle. Mon parapluie !

Après un silence paralysé, Alexander retrouva l'usage de la parole.

— Alors, qu'est-ce qu'il vous prend, bande d'imbéciles heureux... à rester bouche bée, alors que cette pauv' p'tite âme est en train d'attraper une pneumonie sous vos yeux ? Archie, mon gars, ouvre donc cette porte illico et mets-la au sec pendant que je...

Sans attendre de voir si l'on suivait ses instructions, Alexander tourna les talons et se précipita vers la hutte. Pendant ce temps-là, il pleuvait de plus belle et Miss Seeton reprenait conscience, lentement mais sûrement. Personne n'avait envie de la poser par terre pendant qu'on se débattait pour ouvrir la porte. On proférait des excuses (ça prenait si longtemps !) et d'autres paroles réconfortantes, tandis qu'Archie, les mains rendues glissantes par la pluie et la transpiration, s'escrimait à faire jouer la serrure récalcitrante.

Il tombait des cordes à présent et la pluie tambourinait sur le toit de l'abri. Alexander se mit en quête du parapluie de Miss Seeton. Elle l'avait au bras quand elle était tombée dans l'embuscade, il s'en souvenait, mais elle avait lâché toutes ses affaires dans la pagaille qui s'était ensuivie — réflexe normal en pareil cas. Son sac à main avait été ramassé et fourré dans le ballot avec elle, et on lui avait remis les jumelles en sautoir. Mais on n'avait même pas remarqué le parapluie et, quant à savoir où il avait pu passer, nul n'en avait idée, avec tout le va-et-vient qu'il y avait eu pour tomber les vestes, couvrir la petite dame, déplacer des affaires, et ainsi de suite...

C'est alors qu'Alexander l'avisa : en soie noire, avec un manche métallique et une poignée recourbée, il était à moitié enfoui parmi les composants de l'Engin, sous le morceau de tuyau qu'Archie avait rejeté, le jugeant trop lourd pour s'en servir comme matraque. Ledit tuyau avait dû rouler par terre dans la mêlée qui avait suivi l'attaque — bon, la prise de contact, corrigea-t-il —, pour s'immobiliser sur le parapluie, nettement plus petit et plus léger.

— Et p't-être bien qu'il est abîmé, marmonna Alexander, inspectant le svelte objet aux plis bien nets, pour vérifier qu'il n'y avait pas d'accroc ou de déchirure.

Il siffla doucement en apercevant la marque d'un poinçon et comprit en quoi étaient le manche et la poignée.

— En or ! s'exclama-t-il, lançant un regard par la porte ouverte dans la direction qu'avait prise la propriétaire du précieux riflard. Un pébroque en or, ben alors ! s'étonna-t-il, et Miss Seeton remonta de plusieurs crans dans son estime.

— Elle ne m'en voudra pas si je m'en sers pour ne pas me faire saucer, décida-t-il, s'apprêtant à ouvrir le parapluie avant de braver l'averse. Pas la peine qu'on attrape tous la mort !

Sans prendre le temps de méditer sur l'incohérence de ce sentiment, il ouvrit aussitôt le parapluie, sentit la pointe heurter le linteau de la porte en sortant, bien qu'il se fût baissé, et s'élança, s'exposant à tremper son pantalon malgré ses efforts pour passer entre les gouttes.

Il avait à peine démarré que sa course fut interrompue brusquement par un éclair sidérant, psychédélique, qui jaillit du ciel et plongea vers la terre, déchira le monde en deux et, peut-être attiré par l'éclat de l'or, faillit frapper le parapluie, à deux ou trois centimètres près, mais s'abattit au beau milieu de la hutte en bois.

La violence du déplacement d'air projeta Alexander à terre, les oreilles bourdonnantes sous l'effet du tonnerre, le parapluie arraché des mains par le souffle. Quelques secondes plus tard survenait une deuxième déflagration, plus puissante encore. Clignant des yeux, suffoquant, agitant la tête, Alexander parvint enfin à se mettre à genoux, puis à se retourner... pour s'apercevoir que la cabane qu'il avait quittée moins de deux minutes plus tôt avait explosé et était devenue une gigantesque boule de feu.

CHAPITRE XXVI

— Si quelqu'un nous dit que nous l'avons échappé belle, je ne le contredirai pas, déclara Liusaidh d'une voix dont le tremblement n'avait pas encore entièrement disparu.

— Voilà bien l'euphémisme britannique dans toute sa splendeur! commenta Mel. En effet, je suppose qu'on peut difficilement faire mieux, dans le genre sacrée veine. Si je n'ai pas les genoux qui jouent des castagnettes, c'est parce qu'ils ont déjà tourné en gelée... Et vous, Miss Beigg?

Philomena opina du bonnet:

— J'ai cru que j'étais devenue aveugle, et sourde aussi. Et que l'Écosse connaissait son premier tremblement de terre depuis des siècles...

Les violentes secousses qui affectaient les amortisseurs de la Land Rover avaient cessé et les derniers échos du tonnerre s'étaient tus. Liusaidh se ressaisit: *noblesse oblige**.

— Mesdames, je crains que nous ne soyons en train de perdre notre temps. Si la pauvre Miss Seeton a essuyé l'orage, elle aura besoin d'un secours plus expert que le nôtre. Je pense que nous devrions rentrer et donner l'alerte, signaler sa disparition.

Elle osait à peine regarder Mel en suggérant cela,

mais la passagère assise près d'elle ne contesta pas. Elle démarra et roula avec d'infinies précautions sur ce qui n'était plus qu'un véritable bourbier, à la suite de l'orage. La pluie avait presque cessé, mais elle avait fait naître de nouveaux ruisseaux qui tourbillonnaient autour des rochers, formaient des mares et changeaient la terre en boue. Les éboulis meubles, qui craquaient sous les pneus pendant l'ascension, avaient pris la consistance d'une sorte de caramel en liquéfaction quand elles amorcèrent la descente. Liusaidh jouait du volant pour tenter de contrôler les dérapages qui s'enchaînaient. Les pneus projetaient des cailloux qui frappaient bruyamment le métal ou le roc, avant de tout éclabousser à la ronde en s'enfonçant dans la mer de boue brune et épaisse, aux allures de mélasse.

Les roues avant tombèrent dans un nid-de-poule avec un brusque cahot qui projeta ces dames sur le côté du véhicule.

— Désolée ! lâcha Liusaidh, haletante, mais je ne vois vraiment pas où je vais...

Les roues vrombissaient, crachant de la gadoue et de la caillasse. Le moteur couina quand Liusaidh enclencha les vitesses pour forcer la mécanique à sortir la Land Rover du trou et à descendre la pente, le long de la cascade.

Ladite cascade, ou plutôt la source qui l'alimentait, était sortie de son lit et rendait le terrain encore plus traître. Plus on avançait dans la descente, et plus le sol était épais et gluant. La pluie s'arrêta. Le soleil se mit à lutter pour percer ce qu'il restait de nuages, mais son combat n'était rien à côté de celui qu'on menait sous lui.

Elles tombèrent dans un autre nid-de-poule.

— Oh non ! gémit Liusaidh, les dents serrées.

Mel et Philomena restèrent coites tandis que la conductrice commençait à appuyer sur l'accélérateur.

Un cri unanime leur échappa alors : annoncé par un grondement sourd venu de plus haut, un rocher déboula soudain, délogé par le torrent de boue. Il passa devant elles à la vitesse d'un boulet de canon, pour aller s'écraser contre un pan de roche plus stable, à cinq mètres sur leur droite, et se fracasser en trois morceaux.

Mel en eut le souffle coupé.

— Qui a parlé de sacrée veine, tout à l'heure ?... Parce que, là...

— Si on n'avait pas été coincées dans un nid-de-poule, ce rocher nous aurait... il allait nous...

— Mais il ne l'a pas fait parce qu'on était coincées, enchaîna Philomena, se donnant un mal de chien pour feindre son assurance habituelle et y parvenant presque.

Il y eut un long silence, lourd de réflexion, brisé seulement par le ronronnement du moteur au ralenti. Liusaidh avait les mains agrippées au volant, Mel serrait tant les poings qu'elle n'avait jamais eu les articulations des doigts aussi pâles. Le regard perdu dans l'infini, Philomena écoutait les battements de son cœur, plus violents encore que le coup de tonnerre qui avait éclaté plus tôt.

Liusaidh, elle, surveillait constamment le rétroviseur pour y guetter d'autres horreurs éventuelles. Mais plus rien ne bougeait. Elle finit par retrouver l'usage de la parole :

— Bon, on ferait mieux d'y aller.

— Non, attendez ! lança Philomena dont les yeux avaient quitté l'infini pour se poser sur le rocher fracassé.

Pendant ce temps, le soleil avait gagné sa bataille contre les nuages et s'employait sans merci à déverser de la chaleur et de la lumière sur tout ce qui était exposé à ses rayons. Les mares d'eau lisse devenaient miroirs ; de la vapeur s'élevait de toutes les roches, sauf celle que son éclatement récent venait de révéler à l'œil humain.

Une pierre qui avait dû rester intouchée par la pluie depuis sa formation.

Alors, pourquoi brillait-elle d'un si étrange éclat ?

Les couvreurs avaient soigneusement inspecté la tourelle pour évaluer les dégâts, et Mrs. McScurrie avait mis le même soin à surveiller l'inspection des couvreurs. Elle rendait les ouvriers nerveux. À la différence de Ranald, qui se montrait affable et intéressé, la gouvernante manifestait une vigilance tatillonne. Un gros bloc-notes et un crayon à la main, elle inscrivait la moindre remarque du contremaître, lançait des regards noirs et appuyés sur les grosses chaussures de ses compagnons, et se raclait la gorge quand le *laird* semblait prêt à s'engager sur un point qui méritait, à son avis, plus ample réflexion.

L'orage fut accueilli avec soulagement par tous les hommes présents. Ce n'est pas une tâche facile ni sûre d'inspecter un bâtiment endommagé par un vent de tempête et une pluie battante. Et quand à cela s'ajoute le même déchaînement de forces naturelles que celui qui a causé les dégâts initiaux, mieux vaut abandonner la partie.

Les couvreurs quittèrent donc le chantier pour se mettre en sécurité au château, où Ranald découvrit le message que Liusaidh lui avait laissé à la hâte : elle était partie avec Miss Forby et Miss Beigg à la recherche de Miss Seeton, car on éprouvait quelque inquiétude pour cette dernière, ne sachant où elle se trouvait.

— Elle a pris la Land Rover et elle dit qu'elle devrait être de retour dans une paire d'heures, mais elle n'a pas précisé quand elle était partie, grommela Ranald, jetant un coup d'œil sur sa montre puis sur le ciel. Ni où elle allait...

— Elle sait prendre soin d'elle-même, Glenclachan,

et de ceux qui l'accompagnent, n'ayez crainte ! fit l'entrepreneur qui eût volontiers envoyé une tape amicale dans le dos du *laird,* mais qui avait repéré l'expression d'Armorel juste à temps et s'était contenté d'un vague geste d'encouragement. Milady connaît p't-être point les collines aussi bien que vous, mais pas loin, et elle sait drôlement manier le volant, pour sûr. Même que je me suis souvent dit qu'elle devrait faire des rallyes, à voir comme elle fonce avec le camion qu'y a là-bas...

Mrs. McScurrie l'embrocha d'un regard et il ravala le reste de sa tirade. Ses deux acolytes, qui n'avaient pas encore ouvert la bouche, se trouvèrent aussi à court de mots que lui. Ranald se força à esquisser un sourire reconnaissant :

— Bien sûr, Calum, vous avez raison. Ça n'a pas de sens que je me fasse de la bile : elle ne va sûrement pas tarder à rentrer, sans autre mal que d'être trempée jusqu'aux os. À ce propos, ajouta Ranald, lord Glenclachan, se souvenant que *noblesse oblige** : Vous prendrez bien un petit verre contre le froid, non ? Le calendrier a beau indiquer qu'on est en août...

Sentant l'œil de Mrs. McScurrie rivé sur eux, Calum et ses compagnons déclinèrent l'offre en remerciant le *laird.*

Dix minutes plus tard, bravant le déluge, ils prirent la route d'un commun accord (tacite) et gagnèrent le *Pock and Tang.* Calum ronchonnait tout en se garant : c'était vraiment de la déveine qu'on ne puisse plus compter sur Dougall McLintie pour se procurer une autre cuvée de la créature. Fergus et Finlay, toujours aussi laconiques, relevèrent que ça n'avait pas d'importance. Ils étaient sans doute prêts à payer plein tarif pour une boisson qui réchauffe et qui justifie son prix (dans la limite du raisonnable), ne serait-ce que pour bannir de leur esprit le souvenir glaçant du regard furibond d'Armorel McScurrie

Les trois hommes remontèrent leurs grosses vestes imperméables sur leurs têtes et coururent jusqu'au bar. Calum arriva le premier et commanda trois Lairigigh, à mettre sur son ardoise.

— Trois doubles ?

Hamish haussa les sourcils en voyant arriver Fergus et Finlay, pantelants, aussi dégoulinants d'eau que le contremaître. Et pendant que le patron les servait, les couvreurs enlevèrent leurs lourdes vestes de travail bleues et les suspendirent sur le dossier de chaises voisines.

L'orage se calmait, le soleil brillait. Hamish alla ouvrir la porte pour aérer : l'air de l'extérieur était moins humide que celui du pub, d'autant que les trois vestes l'avaient saturé de poussière, d'humidité et d'une odeur de laine mouillée. Calum soupira.

— On ferait mieux de rentrer au château, maintenant qu'on n'a plus à craindre d'orage. Et Glenclachan aura peut-être de bonnes nouvelles de milady et de la p'tite dame rosbif.

— Et s'il en a pas... lâcha Fergus, pensif.

— On pourrait p't-être proposer... enchaîna Finlay.

— De l'aider ? conclut Calum qui confirma d'un signe de tête. *Aye,* on pourrait. Mais...

— Aider ? Au château ? s'étonna Hamish, tout ouïe. Des ennuis avec lady Glenclachan ?

— Pas forcément, répondit Calum.

Fergus et Finlay se hérissaient déjà mais, comme Hamish les regardait d'un air plus sympathique que d'ordinaire, Calum céda.

— Leur invitée a disparu, expliqua-t-il. La dame de Glenclachan est partie à sa recherche, avec la jeune femme qui loge chez vous. Et avec Philly Beigg — Dieu sait comment celle-là est venue fourrer son nez dans cette affaire ! Toujours est-il qu'elles se sont évanouies dans la nature, toutes les trois, et la petite vieille dame avec elles. Du moins on l'espère — encore faut-il qu'elles aient réussi à la retrouver. Sinon, elle a dû être emportée par la violence des trombes d'eau.

— Ah bon, Miss Forby aussi ? Je vois.

Un observateur avisé aurait compris qu'Hamish réfléchissait intensément, car ce dernier se caressait la moustache et fronçait les sourcils.

— Si vous retournez tout de suite au château, déclara enfin le patron, j'aimerais bien profiter de votre voiture pour y aller, Calum. Il y a... deux ou trois choses que Sa Seigneurie devrait savoir, je pense, puisqu'il est le *laird*, paraît-il.

Calum le considéra et haussa les épaules en lançant à Fergus et Finlay :

— Allez, on n'a pas de temps à perdre, maintenant que le soleil est sorti.

— Accordez-moi un instant, voulez-vous ?

Il se dirigea vers la porte donnant sur l'intérieur de l'hôtel et appela Shona. Celle-ci arriva tranquillement, un chiffon à épousseter à la main, et apprit qu'elle devait remplacer son patron au bar, car celui-ci sortait. Il avait à faire.

— Ah ouais ? se borna-t-elle à répondre en lâchant son chiffon sur la table la plus proche.

Hamish était trop pressé pour la réprimander. Il se tourna vers Calum et lança :

— Bon, on y va ?

Et ils sortirent.

S'il n'y avait pas trace de la Land Rover quand Calum et la compagnie arrivèrent au château, le contremaître eut cependant du mal à se garer : une foule de véhicules disparates encombrait la cour devant l'édifice — une cour gravillonnée aménagée par le comte Allain, un fou d'automobile. Des voitures, des fourgonnettes et des camions, abandonnés là dans un désordre qui avait dû profondément offenser l'esprit méthodique de

Mrs. Armorel McScurrie. Calum se gratta la tête, haussa les épaules, repartit en marche arrière dans l'allée pour se garer à un endroit commode, sous un arbre. Une bonne idée, semblait-il, maintenant que le soleil s'était remis à briller.

Les quatre hommes gagnèrent la lourde porte. Elle n'était pas fermée. Ils frappèrent à l'aide du heurtoir : personne ne parut entendre. Ils entrèrent alors, après un échange de regards.

Personne ne les remarqua. De fait, il régnait une telle excitation dans les lieux que l'ombre de Bonnie Prince Charlie en kilt, jouant de la cornemuse et dansant la gigue en même temps, serait peut-être même passée inaperçue.

Mrs. McScurrie donnait des ordres, Ranald et les domestiques couraient pour les exécuter. Les gens de l'extérieur employés au château se tenaient par petits groupes, conférant avec des hommes à la mine déconfite, dont Calum et ses compagnons reconnurent aussitôt le visage.

— Angus ! Alistair ! Archie ! Qu'est-ce qui se passe, les gars ?

Mrs. McScurrie fit volte-face et déchaîna sa fureur contre les nouveaux venus :

— Vous voulez coller une crise de nerfs à la pauvre petite âme, à l'effrayer de la sorte avec votre raffut ? C'est déjà pas assez qu'elle ait eu une bosse sur la tête, qu'elle ait failli être foudroyée, non, il faut que vous débarquiez en faisant un potin de tous les diables, avec pas plus de jugeote qu'un... Non, Glenclachan ! protesta-t-elle quand Ranald arriva en courant, une bouillotte à la main. Juste des couvertures pour la tenir au chaud, je vous ai dit, et ensuite, appelez le médecin. Voyons, y a pas pire qu'une bouillotte quand on est en état de choc...

Ranald s'excusa et repartit illico, marmonnant des propos où il était question de brandy et de thé sucré. Un concert de voix s'éleva pour proposer d'aller chercher le Dr Beltie au village en voiture, si le *laird* n'avait pas le temps de téléphoner. Mrs. McScurrie se mit aussitôt à vitupérer contre ces bonnes volontés et leur ordonna de se tenir coites, car elles ne faisaient qu'ajouter à la confusion générale.

La cause de ladite confusion reposait, emmitouflée dans toute une collection de vestons et de manteaux, sur l'antique banquette de chêne, près du coffre, dans le hall du château. C'était une femme, comme on pouvait le voir à ses cheveux gris ondulés et à ses pieds confortablement chaussés — tout ce qui dépassait, aux deux extrémités du monceau de vêtements. Un oreiller improvisé avait été glissé sous la tête, à laquelle on pouvait supposer qu'appartenait la grise chevelure. Les deux armures et la silhouette allongée sur la banquette étaient les seules formes humaines tranquilles de la pièce.

Mais soudain, Hamish, Calum et les autres ouvrirent de grands yeux, car vestons et pardessus s'étaient mis à se tortiller, comme sous l'effet d'un léger tremblement de terre. Mrs. McScurrie se précipita pour faire cesser les contorsions :

— Chut, ma poulette, restez couchée bien calmement. Plus besoin de vous en faire ! Vous voilà entre de bonnes mains !

Mrs. McScurrie se retourna pour promener un regard furibond sur tous les hommes massés dans le hall, ce qui l'obligea à relâcher son attention, jusque-là concentrée sur les vestes. Avec un dernier effort, sa prisonnière se libéra et tenta de se relever.

— C'est très gentil de votre part, déclara Miss Seeton, mais vraiment, je suis sûre que... Oh ! lâcha-t-elle, en se rasseyant, portant la main à la tête. Oh, mon Dieu, peut-être que...

— Il n'y a pas de « peut-être », lui répliqua-t-on sèchement.

« Je vous l'avais bien dit », proclamait le visage de Mrs. McScurrie qui entreprit d'envelopper à nouveau Miss Seeton de plusieurs couches de vestons, tel un oignon aux multiples pelures laineuses.

— De la chaleur, du repos et une visite du docteur, voilà ce qu'il vous faut. Et pas de discussion ! Bon, maintenant, où est passé Glenclachan ?

Ranald réapparut : il avait téléphoné au médecin qui espérait être là d'ici peu, rapporta-t-il. Derrière lui suivait une femme de chambre qui portait une tasse de thé sur un plateau, elle-même suivie d'une seconde, les bras chargés de couvertures diverses et variées. Mrs. McScurrie les prit et les étendit sur le corps de la victime. Elle persuada ensuite Miss Seeton de boire le thé. Un spasme bref secoua cette dernière quand elle s'aperçut que le breuvage était terriblement sucré, mais Armorel fit la sourde oreille à ses plaintives protestations : vraiment, elle se sentait bien mieux à présent, elle irait tout à fait bien après un petit somme, elle en était sûre...

Le thé, plus fort et plus sucré qu'elle ne l'aurait pris de son plein gré, dut lui faire surmonter le choc, ou lui en causer un nouveau, de sorte que, la tasse bue, elle fut capable d'annoncer qu'elle allait nettement mieux, la voix bien plus ferme que jusqu'alors.

— Nous sommes ravis de l'entendre, Miss Seeton, osa répondre Sa Seigneurie, gardant un œil sur la gouvernante, de peur que celle-ci ne pensât qu'il risquait de trop fatiguer sa pauvre invalide d'invitée.

Voyant qu'Armorel se contentait d'afficher un air grognon sans piper mot, Ranald s'enhardit et demanda si Miss Seeton se sentait capable de raconter ce qui était arrivé au juste.

CHAPITRE XXVII

Miss Seeton n'eut pas le temps de répondre qu'un concert de voix s'éleva, produisant un inaudible brouhaha. Quand une demi-douzaine de personnes parlent à la fois, le niveau de la communication est aussi bas que celui des décibels est élevé. On put voir Miss Seeton grimacer et porter une main à la tête, tant le hall résonnait.

D'un seul regard, Mrs. McScurrie fit taire les voix : on aurait pu entendre une mouche voler dans le silence qui s'ensuivit. Le sourire tremblant et reconnaissant de Miss Seeton ne passa pas inaperçu.

— Voilà, voilà, pauvre p'tite âme ! chantonnait Mrs. McScurrie d'un ton si réconfortant et avec tant de douceur que Ranald dut y regarder à deux fois pour être sûr que c'était bien sa gouvernante qui parlait. Ne vous faites pas l'ombre d'un souci, ma poulette. Attendez juste l'arrivée du médecin.

— Le médecin arrive !

De la porte parvint un bruit de pas raclant le sol, et un homme de haute stature, porteur d'une serviette noire, entra à grandes enjambées dans le hall, salua Ranald d'un signe de tête, survola le reste de la compagnie d'un regard qu'il riva ensuite sur Miss Seeton et la pile de vêtements et de couvertures qui l'enveloppaient, avant de lancer gaiement :

— Ha !

— Docteur ? Oh, mon Dieu ! s'écria Miss Seeton, commençant seulement à comprendre ce qui se passait. Oh, mon Dieu ! Le médecin... mais je me sens plutôt...

— Pas étonnant, osa relever Alexander qui se trouvait plus loin de Mrs. McScurrie que les autres et courait donc moins de risques. Si vous étiez un chat, ma bonne dame, il vous resterait à peine une vie : à trois centimètres près, la foudre vous réduisait en cendres.

Il se tourna alors vers ses amis :

— Une chance pour elle, n'est-ce pas, les gars, qu'on se soit justement trouvés là à chercher un abri, et qu'on ait pu la ramener ici sans encombre après la foudre, vu qu'on était arrivés après elle avec nos voitures.

— Une chance pour nous aussi, enchaîna Archie, reconnaissant que c'était son tour de parler, qu'on ne soit pas encore entrés dans le refuge, sinon c'est nous qui aurions été réduits en cendres. Et dispersés aux quatre vents, par-dessus le marché, souligna-t-il, ses collègues confirmant ses propos par leurs murmures. Y a longtemps que j'avais pas vu une chose pareille ! Fallait voir comment c'te p'tite hutte de bois a été soufflée et a volé en mille morceaux ! Faut dire que c'est un truc sacrément puissant, un éclair ! On peut jamais savoir ce qu'il va faire.

Les conspirateurs essayaient de ne pas regarder Miss Seeton en contant leur histoire, inventée avec tant de soin et à présent soumise à son approbation. Leur version des faits n'étant contestée par aucune des personnes présentes dans le hall, sa confirmation dépendait de leur ex-victime, qui pouvait aussi bien devenir l'agent de leur juste châtiment. Le Dr Beltie tenait une main de Miss Seeton pour lui prendre le pouls; elle porta de nouveau l'autre à sa tête, cligna des yeux et déclara :

— Oh, mon Dieu, je suppose... ou plutôt je sais, d'après ce que vous venez de raconter, messieurs, que je dois vous remercier de votre bonté, mais je ne peux vraiment pas... pas dire... je ne me rappelle rien, j'en ai peur. Il y avait aussi un autre gentil monsieur qui conduisait le car; c'est lui qui m'a parlé du loch et de l'abri d'où on peut observer les oiseaux...

Elle s'interrompit et fit la grimace en tentant de raviver son souvenir. Le chœur des conspirateurs murmura qu'ils avaient, eux aussi, eu envie d'en savoir plus long sur la gent ailée du loch. À ce point du récit, Hamish McQueest se mit à caresser et à tortiller sa moustache d'un air songeur (il avait jusque-là concentré son attention sur Miss Seeton, comme tout le monde). Pourtant, en dehors de lui, aucun doute ne semblait planer parmi les personnes présentes dans le hall.

— Amnésie, déclara le médecin, pointant le pinceau de lumière d'une mince torche dans les yeux de Miss Seeton. Légère commotion cérébrale aussi, bien entendu, et état de choc — deux maux qui disparaîtront, le temps aidant.

— Et pour ce qui est de l'amnésie? s'enquit Alexander, tandis que ses compagnons retenaient leur souffle. La pauvre p'tite âme, il serait souhaitable qu'elle ne se rappelle jamais qu'elle a bien failli y rester...

Le Dr Beltie haussa les épaules.

— Elle peut aussi bien retrouver la mémoire que jamais. Il y a toujours un risque dans les cas de ce genre. L'amnésie est une chose bizarre... mais elle n'aura pas de séquelles, c'est certain. En tout cas, elle a eu de la chance que vous l'ayez retrouvée juste à ce moment-là. Par terre, inconsciente, sous la pluie...

Après un claquement de langue, il commença à donner ses instructions relatives au bien-être de Miss Seeton, rendant ainsi inaudibles les soupirs de soulagement que poussèrent Alexander, Archie, Angus et leurs amis. La foudre qui avait arraché le parapluie de la vieille dame des mains d'Alexander, sidéré, avait du même coup guéri de leur folie le gang des Jacobites, qui avait assisté, horrifié, à l'explosion de la hutte. Cette hutte qu'ils s'apprêtaient à rejoindre, une fois leur captive mise en sûreté, claquemurée dans la camionnette cabossée d'Archie. Surtout, ils s'étaient rendu compte de la portée de l'acte qu'ils projetaient — ou plutôt, qu'un autre avait imaginé et les avait incités à accomplir. Et cette prise de conscience les avait frappés avec autant de violence que la foudre tombée sur l'abri. Ils n'avaient même pas eu besoin des propos frénétiques d'Alexander, après qu'il se fut remis sur ses pieds, pour comprendre que leur zèle révolutionnaire venait de subir un déclin aussi décisif que soudain. Leurs forces seraient désormais entièrement consacrées à une tâche capitale : assurer la survie de Miss Seeton.

— Mais elle s'en remettra, docteur ? reprit Alexander, tandis que le Dr Beltie reprenait son souffle et que Miss Seeton murmurait force remerciements et excuses pour tout le mal que s'étaient donné Alexander et les autres. Elle n'a rien de grave, non ?

— Oh, elle survivra ! répondit le médecin qui tourna son regard vers Ranald. Je vais cependant devoir vous priver de votre invitée pour un jour ou deux. Un bref séjour au petit hôpital local, quelques examens et...

— L'hôpital ? Mais que se passe-t-il ? Qui est malade ?

Le médecin avait été interrompu par Liusaidh. Flanquée de Mel et de Miss Beigg, elle était entrée par la porte restée ouverte, juste à temps pour saisir les dernières paroles du Dr Beltie.

— Ranald, c'est Marguerite ? Et où est ... Miss Seeton ! s'exclama la comtesse, le souffle coupé, remarquant le triste état dans lequel était son invitée. Miss Seeton...

— Miss S. ! s'écria Mel qui se précipita en courant vers la banquette de chêne, écarta sans ménagement le Dr Beltie et Mrs. McScurrie, et prit la main de sa vieille amie. Ma pauvre, vous n'avez rien ? Comment se fait-il que vous finissiez toujours amochée ? Et qu'est-ce que je vais bien pouvoir raconter à l'Oracle ?

Là-dessus, on vit Miss Seeton se ragaillardir un brin, mais elle paraissait fort surprise. Vraiment, c'était gentil de la part de Mel de s'inquiéter ainsi pour elle... bon, Mel était sur place, n'est-ce pas, alors ça se comprenait... Pourtant, elle ne pensait pas que ce cher Mr. Delphick eût réellement besoin d'apprendre qu'elle avait eu une telle... une si remarquable...

Miss Seeton étant à court de mots, il revint aux autres personnes présentes de les trouver. Il fallut un certain temps à Ranald et au reste de la compagnie pour expliquer ce qui s'était passé (tout le monde parlait ensemble avant que l'autorité du *laird* n'y eût mis bon ordre). Il s'en était fallu d'un cheveu que Miss Seeton fût frappée par la foudre ; elle n'avait pas de mal, à part une légère amnésie, et tout le monde s'était employé à lui prodiguer les meilleurs soins. Mrs. McScurrie ajouta alors, avec un reniflement courroucé, que tout ce branle-bas avait terriblement chamboulé la p'tite (qu'on venait de descendre de sa chambre, une minute avant l'arrivée de Miss Seeton). Au point qu'on avait dû la remonter illico et la confier à la troisième femme de chambre. Laquelle avait été menacée de renvoi immédiat, précisa Armorel, plus pète-sec que jamais, si la porte de la chambre s'ouvrait, ne serait-ce que d'un centimètre, avant que cesse le remue-ménage.

— Comme vous le lui auriez dit vous-même, milady, je n'en doute point, si vous aviez été là.

— Euh, en effet.

Décidément, la gouvernante s'y entendait pour donner à ses patrons une impression d'inutilité et un sentiment de culpabilité !

— Oui, merci, Mrs. McScurrie.

Liusaidh avait reculé en direction de la porte pendant la diatribe d'Armorel, dans le but apparent de rejoindre Miss Beigg, la seule des trois femmes à ne pas avoir bougé depuis qu'elles avaient fait leur entrée.

— Ranald, écoute un peu ce que nous avons... ce que Miss Beigg a découvert ! reprit Liusaidh (on comprenait maintenant pourquoi elle avait fait marche arrière). Jamais tu ne devineras, même si tu réfléchissais cent ans ! Miss Beigg, racontez-lui donc !

Philomena avait les yeux brillants, à devenir ainsi le centre d'attention. Observatrice silencieuse mais intéressée de ce qui s'était dit ou fait depuis que les passagères de la Land Rover avaient gagné le château, elle avait réfléchi. Et vite. Les différentes attitudes qu'elle avait notées parmi cet ensemble d'hommes disparate lui avaient donné de bonnes raisons de cogiter sérieusement. Son regard alla de Miss Seeton à lord Glenclachan, avant de se porter sur Hamish qui se trouvait toujours près de Calum et des autres couvreurs. Elle se frotta le bout du nez.

— Je ne voudrais pas souffler la politesse à ceux qui attendaient leur tour de parler au *laird,* déclara-t-elle lentement. Tenez, Mr. McQueest, par exemple, je suppose que vous n'avez pas délaissé votre hôtel pour venir aider à réparer la toiture du château, non ?

— Oh, mais ça n'a plus guère d'importance à

présent, protesta Hamish, glissant un regard en coin vers Miss Seeton. Vraiment pas, affirma-t-il, se remettant à tortiller la pointe de sa moustache.

Alexander considéra Hamish.

— Vous m'avez l'air un brin nerveux, non ? C'est pourtant pas nécessaire. Il n'y a plus aucune raison de s'inquiéter maintenant, n'est-ce pas ? lança-t-il à la cantonade.

— Absolument pas, répondit Ranald.

Il se demanda pourquoi Alexander mettait une si curieuse fougue dans ses propos, mais conclut que, comme Miss Seeton, ce dernier devait être encore sous le choc.

— Plus personne n'a lieu de s'inquiéter, maintenant que Miss Seeton est ici, en sécurité. Pas vrai, docteur ?

— Tout ira bien pour elle, confirma le Dr Beltie. Mais je ne suis pas si sûr que ce soit le cas de Miss Beigg, si on ne la laisse pas raconter ce qui la tracasse, ajouta-t-il avec un sourire pour l'intéressée. Gare à votre tension, Philly !

Après un bref échange de regards avec Liusaidh, Ranald pria Philomena de l'excuser et lui demanda de leur faire part de l'importante découverte mentionnée par son épouse.

— C'est une façon de présenter la chose, répondit-elle avec un bref coup d'œil en direction d'Hamish. Vous êtes bien sûr ? s'enquit-elle, et lord Glenclachan opina du bonnet, remarquant seulement alors qu'elle était restée sur le seuil de la porte. Nous avons trouvé le mobile probable du meurtre d'Ewen Campbell, annonça-t-elle calmement. Au cas où cela intéresserait quelqu'un, ça va de soi.

« Peut-être aurais-je dû être actrice plutôt qu'écrivain », songea-t-elle, amusée. C'était une délicieuse impression que de faire sensation, d'être le centre d'attention : les gens écarquillaient les yeux et tendaient l'oreille, guettant la suite de sa déclaration. Son père n'aurait pas approuvé, oh non... Elle soupira, puis retrouva son entrain, tandis que mouraient les manifestations de surprise et les exclamations de son auditoire.

— Je suppose donc que cela vous intéresse. Et qu'il en sera de même de la police, quand nous la mettrons au courant. Ça m'étonnerait qu'elle ait l'habitude de recevoir le genre de renseignement qui nous a aidés à résoudre l'énigme du crime — enfin, en partie.

Elle s'était laissé emporter — ah, papa ! quelle honte ! —, mais elle se rattrapa vite.

— Nous connaissons le pourquoi du meurtre, mais pas son auteur — du moins, pas encore. Bien que je commence à avoir ma petite idée...

— Ce n'est pas Malcolm MacDonald ! décréta Alexander, les gens du cru confirmant ses propos avec force hochements de tête et murmures approbateurs. Jamais vous nous ferez croire ça... il est tellement choqué qu'il est au lit, ma parole ! Pas vrai, docteur ?

Le Dr Beltie acquiesça du chef.

— Ça lui a fichu un sale coup, c'est vrai...

— Ce n'est pas Malcolm, interrompit Philly Beigg. Du moins, j'en doute. Malcolm a toujours préféré les perles. Il ne tuerait pas un homme juste pour une part de... une part d'or...

Une véritable clameur s'éleva quand elle s'arrêta. Nul ne remarqua la petite grimace de douleur de Miss Seeton, pas même Mrs. McScurrie. Mel tapota la main de son amie pour la réconforter, mais Miss Seeton elle-même avait envie d'entendre le reste des révélations de Philomena.

— Il y a toujours eu une rumeur prétendant qu'il existait une mine d'or aux environs de Glenclachan, poursuivit l'historienne, qui buvait du petit-lait. Je crois que nous avons tous rêvé de la trouver, quand nous étions enfants, mais nous n'aurions pas su quoi chercher. Des pépites ou des filons dans le minerai, je suppose, mais, sans connaissances précises... Bon, quelqu'un qui sait ce qu'il cherche devrait pouvoir en trouver, une fois qu'il saurait où prospecter. Et nous sommes en mesure de lui indiquer qu'il lui suffit de suivre le chemin...

Elles avaient échappé au désastre de justesse dans la Land Rover, raconta-t-elle, et le rocher fracassé avait révélé la veine d'or qu'il recélait en son cœur.

— Exactement à l'endroit où, pour des raisons que j'ignore, Miss Forby pensait que se trouvait la solution du mystère du meurtre d'Ewen...

— Et bien sûr qu'elle essayait de trouver la solution ! lança Hamish McQueest. Elle est de la police, n'est-ce pas ? C'est son boulot, déclara-t-il en recommençant à tirer sur sa moustache.

Alexander prit la parole avant que Mel ait eu le temps de nier tout rapport avec la gent policière. Il n'avait pas quitté Hamish des yeux pendant tout le récit de Philomena et c'est les sourcils froncés qu'il déclara :

— Vous cessez pas de tirer sur vos bacchantes quand vous avez quelque chose qui vous tarabuste, Mr. McQueest. Ça me rappelle un type que j'ai rencontré un jour : une grosse barbe qu'il avait, noire comme la nuit, et il parlait à voix basse, sous prétexte qu'il fallait pas qu'on nous entende. Et il savait causer, en plus. Il avait le chic pour vous raconter les histoires les plus étonnantes et vous les faire presque avaler...

Hamish regarda Alexander, puis Ranald :

— Il n'y a pas de loi qui interdise de se tortiller la moustache, j'espère ? Et quant à ressembler à un autre barbu, eh bien, rien ne ressemble plus à une barbe qu'une autre barbe, dans le noir.

— Je n'ai jamais dit que c'était dans le noir, répliqua Alexander.

Hamish le fixa, puis haussa les épaules.

— « Noire comme la nuit » : vous parliez de la barbe ou de l'heure ? Je n'y vois guère de différence, quant à moi. Vous racontez n'importe quoi, Alexander. Ça doit être le choc, sans doute, parce que vous avez failli y passer. Dans l'explosion, ajouta-t-il, insistant sur le mot. D'une violence surprenante, pour un simple coup de foudre, n'est-ce pas, c'est bien ce que vous avez dit ?

Mais Alexander avait déjà pris ses décisions et n'allait pas se laisser intimider. Il fit non de la tête.

— Ce coup de foudre a détruit tout ce qu'il y avait dans la hutte. Mais, même si ce n'était pas le cas, ça n'aurait pas d'importance. Ewen Campbell était l'un des nôtres, Mr. McQueest, alors que vous, vous ne pourrez jamais en être.

Il se tourna vers ses anciens compagnons, qui affichaient leur surprise mais conservaient leur confiance à leur ex-chef, lequel s'adressa alors à Philomena :

— Vous avez trouvé l'or là où est mort Ewen ?

— Oui, à l'endroit où il a été découvert, ou dans le voisinage immédiat.

— Mais il aurait fallu un... un spécialiste pour reconnaître de l'or si la fameuse pierre n'avait pas éclaté en morceaux ?

— J'imagine que oui. La police va probablement amener une horde d'experts pour inspecter la zone et chercher des traces...

... Des traces d'or, ou celles qui désigneraient l'endroit exact du meurtre d'Ewen ? Elle n'en était pas sûre.

— Il y a expert et expert, comme chacun sait, enchaîna Alexander, reprenant la balle au bond. Des experts en histoire, fit-il, avec un salut en direction de Miss Beigg, des experts de la police et des experts ès mines. Et ça, que croyez-vous que ce soit, Mr. McQueest, sinon un autre nom pour désigner un ingénieur des mines ?

L'accusation porta : Hamish perdit la tête et s'enfuit en courant.

Tout le monde s'accorda par la suite à constater que Philomena n'avait pas eu le choix, quand Hamish l'avait si grossièrement bousculée pour l'écarter de la porte : elle avait emprunté sa targe à l'armure la plus proche et l'avait lancée sur le fuyard...

De sorte que le Dr Beltie dut prendre deux patients dans sa voiture pour les emmener au petit hôpital local. L'un — ou plutôt l'une — souffrait de choc et d'une légère amnésie ; l'autre, de contusions, accompagnées d'une forte commotion cérébrale.

CHAPITRE XXVIII

Trois jours plus tard, Miss Seeton était de retour à MacSporran Castle où elle constata, pour son plus grand plaisir, que Mel séjournait aussi à présent. Comme avait expliqué Ranald lorsque Mrs. McScurrie s'était mise à ronchonner, on ne pouvait quand même pas s'attendre à ce que Miss Forby eût envie de rester à l'hôtel, alors qu'elle avait contribué à en envoyer le propriétaire en prison.

Armorel continua à se plaindre pendant un jour ou deux, mais un dégel s'opéra peu à peu chez elle, grâce à la discrétion dont Mel fit preuve en gérant son scoop, à l'habileté avec laquelle elle sut repousser ses importuns collègues de Fleet Street et à l'affection qu'elle témoignait à Miss Seeton et que celle-ci lui rendait bien. La gouvernante ne tarda pas à fréquenter assidûment l'office de distillation pour concocter de bizarroïdes bouillies de simples et inventer de nouvelles formes d'embrocation, de cataplasme et de baume. Elle insistait : Miss Forby devait s'en servir pour traiter sa cheville qui tardait à retrouver sa résistance, après les efforts déployés pour aller à la recherche de Miss Seeton.

En tant que *laird* et maire de Glenclachan, Ranald était habilité à savoir comment progressait l'enquête policière et, quand il recevait des nouvelles intéressantes, il les communiquait au fur et à mesure à son épouse et à ses invitées.

Il y eut cependant une nouvelle qu'il s'abstint de divulguer avant que Miss Seeton ne fût sortie. Celle-ci n'avait pas renoncé à son intention de faire un dessin de la grand-rue, qu'elle comptait offrir à ses hôtes pour les remercier de leur hospitalité, et Ranald attendit qu'elle ait pris le chemin du village de Glenclachan, munie de ses crayons, de son carnet de croquis et d'un petit chevalet que le *laird* était allé dénicher dans un des greniers, s'étant souvenu de l'avoir utilisé dans sa jeunesse. Une fois assuré qu'elle ne rentrerait pas de sitôt, Ranald regarda son épouse et leur autre invitée et leur fit jurer le secret, avant d'annoncer quoi que ce soit.

Mel dut se faire violence pour mettre ses responsabilités professionnelles en veilleuse, mais la courtoisie qu'un invité doit à son hôte comptait davantage, décida-t-elle. En outre, elle avait eu son scoop et l'idée de ne pas connaître toute l'histoire lui était insupportable, même si elle ne pouvait pas s'en servir.

— D'accord, concéda-t-elle avec noblesse.

Ranald sourit.

— Juste pour cette fois, Mel, et je suis sûr que vous comprendrez pourquoi, quand vous apprendrez la nouvelle. Vous êtes libre d'utiliser le reste comme vous le jugerez bon.

— C'est équitable, admit Mel, souriant à son tour.

Elle se déclara tout ouïe, Liusaidh aussi, ce que Ranald enregistra avec un hochement de tête.

— Souvenez-vous, leur rappela-t-il, motus...

Et il leur rapporta le récit d'Alexander, qui avait tout avoué, s'en remettant — et ses amis avec lui — à la bienveillance de leur chef de clan. Ils avaient tous été choqués par la duplicité d'Hamish McQueest : les moqueries délibérées que ce dernier lançait publiquement à la Cause sacrée, dans le but d'exciter et d'irriter les Jacobites qu'il avait lui-même recrutés ; ledit recrutement effectué de manière sournoise et en se déguisant. Et tout cela pour une simple raison sordide : l'appât du gain. La façon dont il avait tenté d'envoyer Mel à leurs trousses (il la soupçonnait d'être un policier), afin de détourner l'attention des autorités et des gens du coin de l'or qu'il avait récemment découvert, jusqu'à ce qu'il ait eu le temps de faire valoir ses droits en bonne et due forme ; l'assassinat d'Ewen Campbell qu'il avait compté mettre sur le dos de Malcolm MacDonald, avant de s'aviser que les Jacobites constituaient un coupable idéal...

— Si vous voulez mon avis, ils ont compris la leçon, conclut Ranald dans un sourire. L'archiduc Casimir et Sa Grâce Clementina — enfin, quels que soient les noms qu'ils se donnent — peuvent repartir chez eux dès qu'ils voudront : personne ici ne les regrettera. Alexander et ses amis ont tous juré de ne plus s'occuper de révolution jusqu'à la fin de leurs jours, paraît-il, et je suis sûr qu'ils y sont résolus. Ce sont de braves types, au fond, même s'ils sont parfois un peu lents à l'allumage, ce qui a permis à McQueest de profiter d'eux. Je ne crois vraiment pas que ce serait d'une quelconque utilité de leur causer des ennuis maintenant. Le choc qu'ils ont eu quand ils ont failli y rester a largement suffi à leur faire reprendre leurs esprits : Alexander m'a raconté que la foudre avait eu un profond effet sur lui, quand elle avait manqué de justesse la pointe du parapluie de Miss Seeton, et pas seulement parce qu'elle avait mis le feu aux explosifs contenus dans la hutte. Ça a la fibre superstitieuse, un Highlander, vous savez. Je ne serais pas étonné qu'ils fondent une secte d'adorateurs du riflard ! Non, sérieusement, ils se réjouissent tous de savoir que tout est terminé, sans qu'ils aient eu à faire du mal à quiconque...

Il se tourna vers Mel avec un sourire coupable :

— Je crains d'avoir pris l'initiative de leur dire qu'ils feraient mieux de s'abstenir de remplir l'hôpital de fleurs et de boîtes de chocolats, au cas où l'inspecteur Trumpie penserait qu'il y a anguille sous roche... Ils n'étaient vraiment pas fiers d'avoir asséné un coup sur la tête de Miss Seeton et ils ont été grandement soulagés de voir à quelle vitesse elle a rebondi. Votre amie — notre amie aussi, j'espère — est vraiment une femme remarquable. Si ce sont là les effets du yoga, eh bien, je suis tenté de m'y mettre aussi !

Si la pratique quotidienne de Miss Seeton était une affaire personnelle, ce n'était pas un secret : on l'avait surprise à lire au bébé, un soir où Liusaidh n'arrivait pas à le calmer malgré toutes ses attentions, un chapitre intitulé : « Un corps agité signifie un esprit agité »...

— Je suis sûre qu'elle serait ravie de vous prêter *Rajeunissez de jour en jour grâce au yoga,* aussi longtemps que nécessaire. Je pense qu'elle doit le connaître par cœur et pouvoir le réciter à l'envers, et si elle sait que ça vous intéresse... bon, elle n'est pas du genre à fourrer le nez dans la vie des autres, évidemment, mais elle aime se rendre utile. Depuis sa sortie de l'hôpital, elle a lâché plusieurs allusions à ça, fit-elle en montrant sa cheville bandée, d'où émanaient les discrets effluves de la dernière embrocation préparée par Armorel. Elle estime que c'est en partie sa faute si je me suis donné une entorse en allant à sa recherche, voyez-vous.

— Pauvre Miss Seeton ! s'écria Liusaidh avec un sourire et un soupir.

Mais Mel secoua la tête.

— Vous n'avez pas besoin de vous apitoyer sur le

sort de Miss S., croyez-moi. Elle ne le fait jamais. Quoi qu'il lui arrive, elle se contente de... rebondir, dit-elle en riant. Invariablement. Notez bien, elle fiche une frousse terrible à tous ses amis, parce qu'on craint toujours que sa chance ne vienne à lui faire défaut, un de ces jours. Mais, quand on s'en sort après avoir pris un sacré coup sur la cafetière et avoir failli être déchiqueté par une bombe posée par une bande d'anarchistes, c'est qu'on est doué pour la survie, de naissance, je crois. Et Dieu merci !

Miss Seeton avait été conviée à prendre le thé chez Miss Beigg. Elle s'y trouvait encore quand Liusaidh téléphona pour inviter Philomena à accompagner son invitée au château pour le dîner. Ranald avait, semblait-il, une dernière nouvelle à leur apprendre : la vraie raison de la mort d'Ewen Campbell.

— Il avait trouvé la mine d'or, n'est-ce pas? s'étonna Philomena, manifestement déçue, mais s'efforçant de ne pas le montrer. Vous voulez dire que ces veines de la roche étaient très prosaïquement de la pyrite de fer, ou du cuivre ? Je n'arrive pas à le croire !

Ranald lui tendit un verre de whisky Rainbird : ce n'était pas parce que son père avait été abstinent qu'elle devait l'être aussi. Philomena rit... un peu jaune.

— Je suis pourtant sûre que j'avais raison, renchérit-elle, et il hocha la tête.

— D'une certaine manière, oui, mais ces veines-là recélaient davantage de secrets que vous ne le pensiez, figurez-vous. Vous n'avez pas trouvé qu'elles avaient l'air plutôt, euh... plutôt délavées, pour de l'or?

— Je ne sais pas, répondit Philomena.

Mel se dressa brusquement sur son séant, sans même remarquer qu'elle avait forcé sur sa cheville.

Elle venait de se rappeler que l'or du collier de perle lui avait paru très pâle, dans la dernière nature morte dessinée par Miss Seeton.

— Je n'ai jamais vu d'or brut, à proprement parler, releva Philomena, plissant le front. Mais on aurait vraiment cru de l'or, tel qu'on se l'imagine à l'état naturel.

Ranald servit à boire à ces dames, se versa un whisky et soupira :

— Le géologue sollicité par la police a longuement disserté sur les gisements de minéraux, et je ne suis pas certain d'avoir retenu tous les détails de son explication, mais l'essentiel devrait suffire, je crois, déclara-t-il, s'éclaircissant la gorge avant de poursuivre. Quand on trouve des métaux ou des minéraux dans le, hum, dans la nature — des minerais et ainsi de suite —, ils ne se présentent pas forcément de manière individuelle. Je veux dire qu'ils peuvent être mélangés à d'autres métaux — ainsi, le cuivre et le nickel sont souvent mêlés, paraît-il. Et Hamish McQueest était assez malin pour se rendre compte que l'or qu'il avait découvert n'était pas, euh, pur, en quelque sorte, hésita-t-il, recourant à une autre gorgée de whisky pour l'aider à trouver l'inspiration. Il était mélangé à un autre métal, qui lui donnait sa pâleur.

— De l'argent ? suggéra Philomena, d'un ton qui trahissait la déception.

— Du platine, lâcha Ranald, laconique.

Ces dames ouvrirent de grands yeux.

— Le platine, ça a plutôt de la valeur, non ? demanda Mel. Il vaut deux fois le prix de l'or ou dans ces eaux-là, n'est-ce pas ? Et McQueest a trouvé qu'il y en avait là, dans la lande ?

— Oh, sa découverte n'a pas été aussi simple que ça : pour arriver jusqu'à la veine, il a dû suivre des traces qu'il avait repérées plus bas. Des traces de minerai exposé à l'air libre et dégradé, mais qui indiquaient que ça valait la peine de fureter dans le coin. Cela dit, il a d'abord fallu qu'il soit capable d'interpréter la signification de ces traces-là. Ce qui fut le cas. Rappelez-vous : nous avons tous grandi en entendant des histoires de mine d'or et dans l'idée que la mine existait encore et n'avait pas disparu au fil du temps, sous l'effet des éléments. Si tant est qu'elle ait jamais existé, bien sûr. Il y a des poches aurifères un peu partout dans les Highlands, vous savez, il est tout à fait plausible qu'on ait importé à Glenclachan l'histoire d'une autre mine conservée dans la mémoire populaire. Miss Beigg sait mieux que moi comment fonctionne ce genre de phénomène. Il y a bel et bien une zone d'environ quatre-vingts kilomètres de long sur une bonne trentaine de large, entre Oban et Aberfeldy, où l'on a trouvé de l'or. Et où l'on en trouve encore, en petites quantités. N'importe qui peut enfiler une paire de bottes en caoutchouc, prendre une batée et patauger dans la rivière pour essayer de trouver fortune.

— Les cours d'eau sont plutôt intéressants, dans votre partie du monde ! releva Mel. Des perles, de l'or... sans compter le saumon, évidemment...

Il y en avait au menu du dîner, nappé d'une des meilleures sauces de Mrs. McScurrie.

— Tout ça vaut de l'argent, et c'est bien normal. Bon, c'est cher, on le sait — le platine, je veux dire —, mais à quoi ça sert ? Je suppose que n'importe qui pourrait estimer qu'une bonne vieille mine d'or pur peut valoir la peine de tuer un homme (elle jeta un bref regard en direction de Miss Seeton qui venait d'émettre un claquement de langue attristé mais ne pouvait s'empêcher d'écouter avec intérêt), mais à quoi sert le platine ?

Ranald se racla la gorge une nouvelle fois et afficha un air de perplexité.

— Il est essentiellement à usage industriel et technique, d'après ce que j'ai pu comprendre, parce qu'il a, euh, une exceptionnelle résistance à la corrosion et qu'il fait un excellent catalyseur. Il est surtout utile dans le raffinage du pétrole et dans la fabrication de, euh, de certains acides importants dont le nom et les propriétés m'échappent. Ah, et il peut aussi servir de revêtement intérieur ou extérieur, ou plus généralement de couche protectrice pour, euh, toutes sortes de pièces — lentilles optiques, électrodes. Et en bijouterie, naturellement...

— Parlons plutôt bijoux, marmonna Mel.

Philomena, elle, fut plus directe :

— C'est vraiment rasoir au possible !

— Mais mortel, ajouta Mel.

Elle se tourna vers Miss Seeton.

— Ce dessin que vous aviez fait, Miss S., avec tous les oiseaux, avez-vous fini par comprendre ce qu'il représentait ?

« Je parie que ça va être des gobe-mouches platine ou quelque chose du même genre », songea Mel, qui se promit un nouveau chapeau si elle avait raison. Sinon, pourquoi son amie aurait-elle exécuté ce croquis ?

Miss Seeton survola la pièce des yeux.

— Mon bloc à dessin est dans le hall, dit-elle. Si ça vous intéresse vraiment, Mel, mon petit...

— Et comment ! Sur le coffre, je suppose ?

Mel n'eut pas le temps de se lever pour aller le chercher en claudiquant que Philomena se précipitait. On l'avait discrètement mise au courant du don exceptionnel de Miss Seeton et elle avait, elle aussi, juré le secret.

Elle revint et, ayant interrogé Miss Seeton d'un bref regard, elle tendit le bloc à Mel qui le feuilleta pour la énième fois.

— Voilà les oiseaux ! proclama-t-elle d'un ton triomphant en retrouvant le dessin que Miss Seeton avait exécuté le jour où elle avait découvert le corps d'Ewen Campbell. Des canards ou des volatiles de ce genre, et des hirondelles ? Avez-vous la moindre idée de ce que c'est vraiment ? demanda-t-elle en regardant Miss Seeton, dans l'expectative.

Miss Seeton rougit et se mit à se tordre les mains. Mel souriait. Constatant que Miss Seeton ne bronchait pas, Philomena, experte en histoire naturelle, prit le bloc. Elle passa un moment à examiner le dessin et rit :

— Membres de la famille des canards, sans aucun doute ! Je me hasarderais à dire *Bucephala clangula*. Le, euh, le garrot à œil d'or, déclara-t-elle, partant d'un nouveau rire en voyant la réaction de Mel qui avait lâché une exclamation et hochait la tête d'un air entendu. Les plus petits oiseaux seraient, à mon sens, des roitelets huppés, ceux qui ont une crête dorée, ou des chardonnerets, les « passereaux dorés »...

Et tous de contempler Miss Seeton avec un profond respect... Finalement, Mel brisa le silence un peu gêné qui s'installait :

— Eh bien, je suppose que je vais m'offrir un chapeau neuf, la prochaine fois que j'irai à Brettenden, Miss S. J'estime que j'ai bien mérité une création de *Monica Mary* !

Soulagée que la conversation se soit heureusement portée sur un autre sujet que sa personne, Miss Seeton sourit d'un air absent, ajoutant qu'elle se réjouissait de la visite de sa chère Mel, puis se tourna vers Ranald en piquant un nouveau fard.

— Comme l'a dit Miss Beigg, le platine n'est guère romantique, alors que l'or — force est de le reconnaître, je crois — n'est pas seulement beaucoup plus séduisant, il a aussi bien davantage d'applications pratiques. Tenez, mon parapluie, par exemple... Et on peut aussi mettre de la feuille d'or sur les cadres de fenêtres, qui nécessitent ensuite très peu d'entretien, d'après cette chère lady Colveden.

Elle toussa délicatement avant d'ajouter :

— J'hésite à me mêler de ce qui ne me regarde pas, lord Glenclachan, mais MacSporran Castle est bien plus grand que Rytham Hall, et votre château possède un grand nombre de fenêtres. Sachant qu'il doit falloir les repeindre plus souvent puisque vous êtes tellement plus au nord que nous, voyez-vous, et que la terre sur laquelle on a trouvé l'or vous appartient...

— Si seulement ! s'exclama Ranald.

Mel considérait son amie d'un air amusé. Il y avait eu une découverte sensationnelle, dans laquelle Miss Seeton avait joué un rôle important — sans le savoir, comme d'habitude —, et la seule pensée qui venait à l'esprit de l'héroïne, c'était l'entretien de la demeure d'autrui ! Pas de doute, on n'en fabriquait plus, des petites dames de cette sorte...

C'est à Philomena Beigg que revint cependant le dernier mot.

— Miss Seeton, vous êtes vraiment une perle rare, si vous me permettez l'expression...

Cet ouvrage a été réalisé par

FIRMIN DIDOT

GROUPE CPI

Mesnil-sur-l'Estrée

pour le compte des Éditions 10/18
en septembre 2002

Imprimé en France
Dépôt légal : octobre 2002
N° d'édition : 3413 – N° d'impression : 60876